叶小辛 著

起飞·降落

上

The
Rosy Flight

四川文艺出版社

图书在版编目（CIP）数据

起飞，降落 / 叶小辛著. — 成都：四川文艺出版社，2021.8
ISBN 978-7-5411-6016-5

Ⅰ.①起… Ⅱ.①叶… Ⅲ.①长篇小说—中国—当代 Ⅳ.①I247.5

中国版本图书馆CIP数据核字（2021）第150665号

QIFEI, JIANGLUO
起飞，降落
叶小辛 著

出 品 人	张庆宁
选题策划	紫焰文化
责任编辑	陈 纯 彭 炜
内文设计	史小燕
封面设计	赵海月
责任校对	段 敏
责任印制	崔 娜

出版发行	四川文艺出版社（成都市槐树街2号）
网　　址	www.scwys.com
电　　话	028-86259287（发行部）　028-86259303（编辑部）
传　　真	028-86259306

邮购地址	成都市槐树街2号四川文艺出版社邮购部　610031
排　　版	四川胜翔数码印务设计有限公司
印　　刷	成都蜀通印务有限责任公司
成品尺寸	145mm×210mm　　　开　本　32开
印　　张	17.75　　　　　　　字　数　490千
版　　次	2021年8月第一版　　印　次　2021年8月第一次印刷
书　　号	ISBN 978-7-5411-6016-5
定　　价	68.00元（全二册）

版权所有·侵权必究。如有质量问题，请与出版社联系更换。028-86259301

起飞降落
The Rosy Flight

目录

第一章
这甚至不是终点的起点，而是起点的终点 ... 001

第二章
假笑得多了，就忘记真笑是什么样的了 ... 063

第三章
她们更像常春藤，给一堵墙，就能往上爬 ... 149

第四章
如果仇恨有期满之日，它已经到期了 ... 235

第五章
理想本来就是比钱更奢侈的东西 ... 375

第六章
他不是善男，她不是信女，他们是绝配 ... 455

第一章

Chapter 1

这甚至不是终点的起点,而是起点的终点

1

"我更希望，秦先生能够给我一个机会。"

在直播镜头前，宋洋像模像样，扮演一个心思单纯的毕业生。她貌似拘谨，缓缓说出这句话来。

秦远风直到此时，才终于认真打量了对面这姑娘一眼。

他意识到，自己被反摆了一道。

迅速反应过来后，他微微一笑："当然可以。"

这一幕，并非故事的终点。

丘吉尔先生会说，这甚至不是终点的起点，而是起点的终点。

让我们回到起点，这个饭局的最初。

这一天，宋洋提前抵达饭局所在的酒店顶楼。她借着镜子般的电梯壁，检查自己的脸：苍白，稚嫩。很好，她希望呈现在秦远风面前的，就是这样一个纯良无辜的学生。

步出电梯，她很快被领到窗前的位置上。窗内，大把大把百合花与白蜡烛，点缀着红黑配色的桌椅。有好几个工作人员，正在摆弄笨重的摄影器材与打光器械，镜头对准餐桌。有人把宋洋领到位置上，对她说，秦先生的车堵在路上，马上就到。

宋洋心想，他们虚伪得够客气的。她不会天真地以为，通知她到的时间，跟通知秦远风到达的时间一致。既然要作秀，配角当然要先到位暖场。

宽大的橡木桌上，摆着粉白双色的花束。她独自坐在桌前。其他人在桌旁走来走去，设机位、灯光和收音。

编导上前，看了宋洋一眼，又回头扬起手："她没化妆啊，这样不上镜！化妆师呢？"

马上有人拿着全套工具，替她化妆。化妆师问："你想要哪种效果？"

"面试妆。"宋洋说。

化妆师一怔，重复了一遍问题。

宋洋想了想，说："日常一点儿就好。"

她跟秦远风，来日方长。她不愿意给他留下进攻型的坏印象。她在人前，永远是那个不起眼的、人畜无害的宋洋。

编导戴着眼镜，头发乱，穿格子衬衣，是那种一转身就会忘掉他长相的人，但非常精干，拿着文件，一直跟她沟通待会儿的主要谈话方向。编导助理坐在旁边，一动不动地盯着眼前的平板电脑。屏幕上播放着上周的主要新闻，宋洋侧着耳朵听，发觉全是秦远风跟诺亚集团的新闻剪辑。

"日前，诺亚集团收购了一家面临倒闭的小航空公司，市场并不看好，股价一路下跌……"

记者在商业活动上面堵住他，问他有什么看法。

镜头上，秦远风正要上车离开。听到记者这个问题，他回过头来，轻松地微笑："这个世界上，大部分人都是弱者，但每个人都幻想自己会成为强者。所以，逆袭的故事永远最好看。"

主播又说："正当市场都在观望秦远风的下一步动作时，他却给自己放了个假，突然跑去欧洲驾驶热气球。"

编导接了个电话走开，化妆师正在翻袋子里的东西，宋洋转过脸，去看助理手上的平板。屏幕上，新闻主播念着："诺亚集团CEO秦远风此前在意大利附近驾驶热气球失踪接近48小时，现已找到，在回国途中。"新闻画面中，他正登机，看上去精神很好，还冲镜头挥手。

镜头里，有华人记者问秦远风："回国后有什么打算？"

"洗澡，吃饭，睡觉。"对方一副乐天知命的模样。

另一边仍在追问："市场并不看好诺亚踏足民航业。你回国后，会不会找哪位女伴吃饭聊天，抒发心里郁闷？"

秦远风笑："你是做娱乐新闻的？"他用手把头发拢到耳朵后，目光直勾勾看向镜头，"我听说，诺亚出行有位小客人在飞机上发病，有好心人出手相救。回国后，我会邀请那位好心人跟我一起吃饭。"

宋洋就是那位好心人。化妆师翻出眼影盘，又将她的脸扳过来，朝向自己。她边化妆边说："我也看过那个新闻，小孩真幸运，在机上发病遇上医生。"

"我不是医生，只是刚好学过医。"顿了顿，她补充，"小孩也不是我救的，是机组及时备降把他送到医院。我只是公关工具。"

电梯口那边突然人声涌动。在他们周围坐着立着的工作人员，接二连三全赶了过去。宋洋远远听到有人喊秦远风的英文名，但更多人喊他秦先生。化妆师也停下手，扭过身子。宋洋抬起头，从化妆师的半边肩膀上望过去，见到秦远风正朝自己走来。

宋洋看过每一篇秦远风的采访报道，看过每一个他的活动视频。她熟悉旁人对他的评价，他们说他很接地气，从不西装革履，有时候在路上逮到个人就跟人聊天。他们说他是个狂人，赴欧洲参加热气球比赛，在大漠里驱车夜行，甚至上综艺节目跟着其他艺人到野外冒险。

他收获的也不完全是好评，更多人说他狂妄、冲动、执着、敏感、矛盾，偶尔热情奔放，偶尔阴郁寡言。他会在镜头前放肆大笑，也会冲着镜头爆粗口。每一面都是他，每一面都不完全是他。

现在，这个经常在媒体上露面的男子，终于站在宋洋跟前了。

他真人跟镜头里的差不多，穿灰色T恤，深色长裤，个子很高，冲其他人友好地挥手笑,但宋洋总觉得他的眼神掩不住鹰狼之态。或者因为行程排得太满,他稍有倦意,可是他笑得有感染力,让人忽略了他的疲惫。

宋洋听到有工作人员笑着说:"秦先生刚下飞机吧。"

秦远风毫无架子,转过头冲对方说:"飞机倒是没延误,在地面延误了。"

其他人都在笑。宋洋并不觉得好笑,但非常配合,也翘起唇角。

秦远风朝宋洋走过来,微笑着向她伸出手:"宋小姐你好。非常感谢你在飞机上救下我们诺亚客人的生命。"他的手非常有力,给人感觉他整个人都是真的。

宋洋白着一张脸,眼妆只化了一半,站起身来,握住他的手:"秦先生你好,你叫我宋洋就好。救命谈不上,只是尽我的力。感谢你提供共进晚餐的机会。"

"喔,我只是来吃饭。你要谢的是厨师。"

宋洋注意到他手上的腕表,半旧的西铁城。他留意到她的目光,举起手腕微笑:"这表用了十年,没坏就一直用。"

宋洋知道自己不该,但此刻也忍不住想,假如秦远风不是那个人的儿子,只是个陌生人,她会欣赏他,喜欢他。

8点整,直播准时开始。

秦远风对着镜头,简单介绍饭局背景。之前在北京飞上海的航班上,有一个诺亚旅游团友的小孩发病,空乘广播找医生未果,此时这个叫宋洋的姑娘站了出来,凭借她的医学知识判断可能是低血糖加热射病,建议空乘给小孩准备糖水并准备备降,接受地面治疗。

"我们的人去医院探望过,小孩子恢复得很好。真谢谢你。"他看着镜头,又转过来,看着宋洋的双眼讲话,看起来非常真挚。

宋洋微微一笑,心里想,这人真厉害,说话滴水不漏,只不提这是沧海的航班。沧海航空在这件事后,只是例行发了篇"好人好事"式的通稿,没想到秦远风突然提出要请好心人吃饭,还要直播饭局,将沧海航空的风头全部抢去。

接着，秦远风向她介绍自己挑选的这家餐厅，原本站在工作人员中间的主厨站出来，走到镜头前。看上去是个混血儿，拥有经常上健身房的体格，跟宋洋打招呼时，充满自信。他说中文的时候，有点咬牙切齿，但笑容是真挚的。

"希望你享受这顿晚餐。"

宋洋心想：我会的。

餐厅被包场，三个着黑白制服的服务生，在桌子附近镜头看不到的地方站着。

秦远风问她喝不喝酒，宋洋说可以喝一点儿。服务生为她上了葡萄酒，秦远风要了一杯纯净水，让服务生在里面滴入新鲜柠檬的汁。跟宋洋碰杯时，他解释说晚餐后他还有工作。他让宋洋放心，他们会安排专人专车把她送回家。

然后，他开始问她那趟航班上发生的事情。他问得很详细，不光针对病童，还有航班服务、餐饮和娱乐。他这番话倒是没针对沧海航空，只是问她，作为一个乘客，她怎样选择一家公司，希望得到什么样的服务。

宋洋实话实说："我是个学生，刚毕业，只能哪家便宜坐哪家。"

秦远风微笑："压缩成本，也是一种服务。"

他看起来非常健谈，什么都说，唯独没有问宋洋的个人情况。只有在谈到机上救人的情况时，他问宋洋是不是学过医。宋洋告诉他，自己的确考上了医学院，念了一年，因为身体原因转学，后来改念市场营销。秦远风只是点头微笑，夸了句，了不起。

他很聪明，一直在引导话题。

宋洋看过所有秦远风的采访视频。电视上，他总是凝神听对方说话，表情冷静。偶尔说到痛点，摊开手，笑着抱怨，主持人也随着笑起来，被控制了节奏。

此时，他察觉宋洋有意识迎合，多次提及她用诺亚线上预订酒店时的感受有多好。秦远风笑了笑："你再这样强调，观众就该以为我们给你塞了钱了。"

宋洋也笑，装傻道："对吃货来说，一顿美食比钱重要多了。我这不是吃人嘴软吗？"

这时，服务生过来上了一碟南瓜意大利饺子。秦远风说："该让你吃点儿东西了。"他开始谈起自己。说当年在国外念书时，也经常下厨，但味道总不对，后来放弃了。

宋洋才不会天真地以为，他在跟自己拉家常。她能够感觉到，秦远风隔着自己的肩膀，在给镜头那边看不见的观众发送信号。他，从来不是个满身铜臭的商人，而是有血有肉的人。

龙虾浓汤跟浸煮三文鱼相继上来。镜头当前，秦远风非常放松，边吃边说自己打工时候的事。他说他给人送过餐，有次到了指定地点，发现是个废弃货仓。他被人打晕过去。醒来后，头上还流着血，身上的东西连同外卖都没了。

最后，软心巧克力梳乎厘上来时，秦远风终于微微一笑，将话题引到宋洋身上："宋小姐喜欢吃甜食吗？"他一直没喊她宋洋。

"一般般。"

"嗯，我总认为，女性比男性更能够干大事，因为她们的自律是男人比不上的。"秦远风笑容诚恳，语气热情，毫无疏离感。

宋洋在猜测，这到底是秦远风的内心真实想法，还是在讨好屏幕那头女性的公关辞令。这个人怎么可能不了解，尊重女性是商人的政治正确。

这时候，一个着套装的黑发女子走过来，朝宋洋说道："作为对宋小姐的感谢，诺亚集团准备了一点儿小礼物。"她手上拿着一个粉红色小信封。展开信封，露出银灰色卡片一角。她说："诺亚集团旗下酒店钻卡的一年会籍。"她笑得非常热切而职业。

秦远风边喝着杯子里的水，边从杯子上方看她们。

宋洋接过，说出谢谢。

女人转过身，款款走开了。

宋洋看着她的背影，转过头来，下意识地冲秦远风微微一笑。

就是这个时候了。她一整个晚上，都在等现在这个时刻。

宋洋用手将头发撩起一点儿到耳后，喝了一口水，才慢慢将身子往前倾一点儿。如果屏幕前有那种懂得看行为语言的人，会知道宋洋有点儿紧张。

她说："感谢秦先生。不过其实……"她刻意停顿，恰到好处地展示一个心思单纯、紧张不安的女大学生形象，才缓缓说出早已打好的腹稿，"我更希望秦先生能够给我一个机会。"

她抬头，看着秦远风那双映着自己身影的眼睛："给我一个诺亚集团的面试机会。"

很久以后，秦远风跟人约在这家餐厅吃饭。用餐结束后，侍应生端走盘子和咖啡杯，整张餐桌显得空而孤寂。只有坐在他对面那人谈兴仍浓，说出的话像一个用叉子不娴熟的人卷起的意面，又长又绕。秦远风拿起玻璃杯喝水，突然地想起了第一次见到宋洋。

那次饭局上，他牢牢把控着谈话节奏和方向。跟宋洋的所谓饭局，不过是一场秀。他自以为做得很好，而那个年轻的女学生，跟初次面对他的其他人一样，一晚上表现得有些拘谨，有些不安，微微地投其所好。

直到饭局即将结束时，她突然抛出那个问题。

她没有在摄像机关闭后私底下说。她也没有对着镜头说，给我一个职位。

她小心谨慎，问他，能不能给一个面试机会。

这整个晚上，宋洋在秦远风眼里，始终是个面目模糊、可以被轻易替代的小角色。直到那一刻，她的脸在秦远风眼中清晰起来，他第一次打量她——脸被涂得很白，眼睛跟嘴唇都被抹了亮晶晶的东西，身形有点儿单薄，像一株被过分装饰打扮的小树。

把果实般的饱满小心机，藏掖在叶与叶间的小树。

秦远风笑了笑："当然可以。"

2

宋洋抬头看了一眼这栋建筑，又低头核对了一遍地址。

是这里了。

跟对面占据了大半条马路的沧海航空集团比，诺亚航空总部像被人打了一拳，压扁再折叠，硬塞到这栋旧宾馆改建成的破写字楼里。

诺亚航空占据了写字楼的四、五、六层。宋洋进去时，看到前台一个小姑娘还在指挥工人搬东西。她看一眼诺亚航空的牌子，显然是刚挂上去的，还有点儿刺鼻。

不光这牌子，整个办公区域都还有股装修味道。前台那儿放了香薰机，拼命喷出廉价精油，试图掩盖这股味道。她跟前台报了名字，根据指示牌走向人力资源部办公区。穿过走廊时，刚好见到对面走过来两个女人，边走边交头接耳。

跟她们擦肩而过时，宋洋的耳朵捕捉到只言片语。

"另外两个跟莫经理打过招呼了……肯定去好部门……"其中一人瞥见宋洋，认得是今天的面试者，立即噤了声。

宋洋找到人力资源部的办公区，估计坐在总经理办公室外的小姑娘是经理助理，于是跟她报了自己名字。小姑娘说："哦，你是今天第一个。但莫经理现在在忙，你先等一下。"她指了指旁边的位子。

宋洋确定周围没人在看，从包里掏出一盒事先准备好的巧克力，递给小姑娘。小姑娘有点儿受宠若惊，又左右看了一眼。宋洋无害一笑："大家都是同事，你拿给其他人，一起分着吃吧。"

小姑娘笑了笑，不再推辞，收下。

跟她曾经参观过的诺亚集团总部比，甚至只跟她实习过的公司比，这里的办公区域都显得逼仄简洁。倒是采光相当好，办公区域一溜儿长落地玻璃窗外，对面气派的沧海航空总部大楼清晰可见。

人力资源经理莫宏声的办公室关着门，宋洋坐在外面等，透过下降了一半帘子的玻璃墙，见到他正跟人打电话。莫宏声身子陷入老板椅上，另一只手握着笔，在便笺纸上写写画画，偶尔跟电话那头的人激烈争执，看不到脸。

过了好一会儿，他终于砰地把电话挂上。从身体语言看来，他怒气未遏，双手叉腰，在办公室里来回走动。她眼看莫宏声又拿起电话，重新拨出去，估计一时半会儿见不到面。

在这种情况下跟莫宏声碰面，不会太妙。宋洋折回去问小姑娘，今天还有谁跟莫宏声面试。小姑娘说总共三个人，另外两个似乎认识，两分钟前打电话来说正在找停车位，估计马上就到了。

宋洋知道，另外两个就是打过招呼的那两人了。于是她态度恳切，一副欲言又止的模样："说起来真不太好意思……我这人吧，一紧张就肚子不舒服，能不能把我的顺序跟他们调一下？"

小姑娘面露犹豫，片刻后说："好吧。"

宋洋谢过对方，提着包进了洗手间。反锁格子间的门后，将马桶盖盖上，坐在上面，从包里掏出小本子。小本子摊开在膝盖上，上面写着两个名字——

秦邦

曹栋然

她注视曹栋然的名字，从那里连出来一条线，线条上方写着"中学同学/好友"，线条另一端，箭头指向莫宏声的名字。

她凝视这名字半响，合上本子，掏出手机，又浏览了一遍沧海航空的组织架构图，这才走出去。

通过玻璃窗可见，莫宏声正在跟一个男人面谈。外面另一个男的正在等待，同样西装革履，正低头看手机。宋洋仔细看着办公区的照片墙，见到有一张照片是部门团建，莫宏声站在中间，搂着一个小女孩,身旁是个跟他年纪相仿的女人。她猜测是他的家人。

转过身,宋洋又去跟莫宏声的助理搭话,从夸她的围巾有设计感开始,一路谈下去。她很快打听到,莫宏声的妻子也是诺亚的人,两人有个女儿。助理不肯说太多,但宋洋听得出来,莫宏声跟妻子感情一般,唯独非常疼女儿。

前面两个人都分别出来后,宋洋进了莫宏声办公室,嘴角带笑,人畜无害。

莫宏声打量她一眼:"宋洋是吧?进来吧。"显然,他认出来这个跟老板吃过饭、上过直播的女孩了。

莫宏声说:"上次你在诺亚总部那边面试,我没在。这次算是第一次正式见面。"见宋洋站着,他指了指跟前的椅子,让她坐下,"安排部门前,按照程序我们要正式谈谈。"

瞟一眼简历,他问:"你是985应届毕业生,投过简历给诺亚,被拒了。后来见到秦远风,又当面提出给一个面试机会。"他将手指在下颚处交叉,打量着她,"我想知道,为什么你这样坚持,非要进来不可?"

宋洋早料到会有这样的问题,她说:"因为两个人,其中一个在诺亚集团。"

"秦远风?"

"是曹栋然。"

莫宏声看着她,等她继续。

她说:"我记得,当年他还是个记者,成名作是关于一个英雄机长的真相,这个作品影响深远,虽说属于揭露内幕,但看过的人都能感受到,民航是个极其严谨的行业,每条规章都用血液写成,不容许一点儿差池。后来我哥跟我姐都进入航企工作,多少是受到那篇作品的影响。"

莫宏声低头看一眼她的简历,家庭成员那里,宋洋有一个哥哥、一个姐姐,分别叫方程、方棠,是沧海航空的飞行员跟乘务。

他抬起头："你跟他们不同姓？"

"我随我妈。"

莫宏声看一眼母亲姓名，又随口问："所以你想进诺亚集团，是因为崇拜曹栋然？"

"是。后来他转型做广告公关，有非常成功的商业案例。成为诺亚营销总监后，又将诺亚推向新高度。我想向他学习。"

她表态得慷慨激昂。莫宏声只漫不经心地点头，又随口问："那另一个人呢？"

宋洋说出提前准备好的答案："因为我爸。"

莫宏声原本心不在焉，打算例行公事地聊聊。直到这会儿，才正式抬头端详起她。

这姑娘端正坐着，跟他说，她爸爸是个普通的机务人员，当初选择了一家小公司，跟公司一起成长，见证了大批量引进新飞机的过程。她说："我有很多同学进入大企业后，会产生错觉，把平台带来的光环误认为是自己的。"最后她说，她希望像爸爸一样，跟公司一同成长。

这段关于"父女情"的腹稿，是她看照片上的莫宏声搂着女儿时，匆匆打下的。现在说出来，倒也效果不错。

莫宏声"嗯嗯"了几声，这时有人敲门，他喊"请进"。一个平头的中年男人走进来，笑着说："你在忙？那我先出去了。"

"马上就好。"莫宏声笑笑，转脸朝向宋洋，"我大致了解你的情况了。之前也看过你的简历，听过集团那边面试官的意见。这样吧，你下周一过来正式上班，先到人力资源部报到。到时候会有正式的工作安排。"

尽管宋洋在简历上写了想进市场部，但莫宏声并没有就意向部门跟她交流。她多少有点儿失落，但脸上没表现出来，只是忙不迭地说着谢谢的话。莫宏声让人送她出去，便关上了门。

刚进来的男人见宋洋走了，自己拉过椅子坐下："这女生有点儿眼熟。"

"就是之前跟老板直播吃饭，要求面试的那个。"莫宏声这么一说，对方想起来了，笑了笑："大家都说，这女孩儿厉害，当着直播观众的面提这种要求，秦远风不可能不答应。"

莫宏声说："不光要答应给她面试机会，而且还要用她！否则网友关心后续，谁知道又传成什么样，不用她倒是显得诺亚小气了。"

对方问："打算安排什么岗位？"

"机组排班。"莫宏声说。

"那里？"对方笑笑，"这女孩儿看起来是个聪明人，想出风头，应该不愿意老实干活。"

莫宏声低头看着面前宋洋那份简历，证件照上，是她拘谨的脸。他说："谁都清楚，这种喜欢玩小聪明的人，我们秦老板最讨厌了。集团那边说了，不要让她有机会接触媒体，不放市场部。就把她放在秦远风看不到的地方。过个一年多，网友把她给忘了，找个借口开掉就行。"

宋洋从诺亚航空所在的写字楼出来，居然抬头就看到方程站在外面等她。没穿飞行员制服，竖条纹白衬衫，扣子敞开一点儿，露出一点儿墨绿色，蹬一双吉尔桑德白鞋，看着她笑。

"爸说你来面试，我刚好到公司办完事，就到这边接你。"

工作日上午，道路异常顺畅。清新空气从降下的车窗扑进来。两旁梧桐树渐渐多起来，最后车子驶入安福路。

下车前，还是宋洋主动开口："哥，爸妈今天没去公园吗？"

"没呢，在家做好吃的。"

"方棠今天回来？"

"她前段时间飞苏黎世，这会儿估计也回来了。"方程慢慢将车子驶入小区车库，徐徐笑着，"你喊方棠名字，怎么就管我叫哥？"说着，看似不在意地瞥她一眼。

还是他记忆中的模样。

从她小时候红着眼睛第一次来到方家，被爸妈带到他跟方棠面前时，她就差不多是这模样。晒得有点儿红的脸，眼睛非常黑亮，像只小狐狸。曾经是爱哭鬼，但跟在方程方棠后面，渐渐也忘记了那件事，开朗起来。

只是到了青春期，她又渐渐变得克己端正，而且性格越来越拘谨。

方程想，是从什么时候开始，小狐狸变得像他们家养的小狗？听主人的话，忠心耿耿，从不抵触，讨好地摇着尾巴。

此刻在车上，宋洋倒是没料到方程对自己短短一瞥，会触动这样多内心戏。她只想着，憋了一路，方程倒是终于问出那个问题来。

她有备而来，接得飞快："在学校习惯了。"

方程也笑："还是叫我方程吧。"顿了顿，又小心翼翼补充，"不在家的时候。"

方程把车子停在车库，两人搭乘电梯向上。电梯门一开，刚好见到一个穿浅色空乘制服的背影，脚边放着行李，正从随身包里掏钥匙。

方程喊方棠的名字，那女孩儿转过头来，见到两人，惊喜地叫："洋洋，你回来啦！"

方棠长得美，而且是越来越美。她小时候就是个普通女孩，瞧不出半点儿美人坯子模样，但她有个好胜好强的妈。方妈资质普通，却铁了心要培育个漂亮的女儿出来，其他母亲还在抓小孩教育的时候，她早看出来方棠不是读书的料，给她报的班都是舞蹈、瑜伽、仪态。

方棠花在时尚杂志上的时间，比花在教科书上的时间多得多。其他女孩还傻傻地在户外吃着冰激凌时，她已坚决留在室内，大遮阳伞下也不行，也不吃任何高热量的食物，十三岁就戒了饮料。就这么过了好些年，当年中学时候的班花校花都长残了，她却越来越漂亮。后来进了航空公司当上空乘，在制服加持下，更是人比花娇俏。

但熟悉她的人都知道，那不过是表象。这人间富贵花一张口，说话俏皮，偶尔刻薄，嗓门也比寻常美女高个几分贝。她站在那儿，一冲宋洋打招呼，方爸方妈就闻声开门了。

方妈笑着说："哟，都回来了，都回来了，咱们方家人齐咯。"

宋洋站在方程跟方棠后面，也跟着喊了一声爸妈。她脸上挂着虚假的笑，目光像浮萍一样，飘到屋子里面去。客厅电视上，恰好播放着诺亚度假酒店的电视广告。海岛奢华酒店的泳池里，年轻夫妇跟一个小男孩、一个小女孩在玩。

宋洋仿佛看到，广告上，还有一个小小的女孩子，远远地站在泳池边，羡慕地看着这一家子。

这顿饭吃得热闹。方棠因为不在上海，错过了宋洋的奇遇。她问个不停，又啧啧啧地点评："洋洋你也真是的，好不容易跟秦远风吃个饭，就提出面试要求？要是我呀，我就——"

方程笑着问："你怎么样？"

"提出跟他约会呀！"

方爸古板严肃，听了女儿这话，"哎哟哟"起来："女孩子家，怎么一点儿不端庄的呀。"

"都什么年代了，爸！"

他们笑着说话，当事人边应付地笑，边从盘子里夹菜给方妈方爸。

方棠一心一意凑热闹，掏出手机回放视频，说如果自己在家，一定会把衣服首饰化妆品都提供给宋洋。

方棠想象中的饭局，是年轻单身的秦远风，站在法式落地长窗前，凝视奢华的纵深花园。宋洋轻踏上波斯地毯，靠近他身后，而窗玻璃早就映出她的身影，他回头，为她而惊艳。她看着宋洋的鞋子，直摇头：灰姑娘怎么可以没有一双水晶鞋？

方棠跟宋洋一起长大，方棠越长越漂亮，宋洋越来越没特色，活成了丑小鸭，直到离开方家到北京上学，才慢慢长出白色的羽毛。

但这也架不住有人阴谋论，觉得方棠喜欢放个不漂亮的女生衬托自己。方棠听了，大骂对方神经病，说讲这话的人，不尊重她每天晚上饿瘪的肚皮、在跑步机上流的汗、在大太阳下裹得严严实实直冒汗的肌肤，更加不尊重宋洋。

方棠满腔热忱，宋洋却心想，自己拿的剧本又不是灰姑娘，而是花木兰。

代父从军，上阵杀敌。

吃完饭，宋洋照例将碗筷端到厨房去洗。门只虚掩着，她拧上水龙头，能够听到他们在外面客厅大声讲话。过了一会儿，声音却压低了，方程问："爸妈，宋洋可知道，秦远风他爸就是间接害死她爸的人？"

外面一阵窸窸窣窣的讨论，接着方妈压不住的嗓门传来，宋洋听到她说："……养了她这么多年，也该搬出去住了……"

接着是方棠从阳台上走进来，大声问："你们三个，在嘀咕什么呀？"

宋洋拧开水龙头，让水声盖过外面的声音。

宋洋正式上班，接到通知，去机组排班部门。

领她到排班室的是位小姐姐，紫色头发，扎着小辫子，走路轻快，不时回头笑着跟她说话，一副热心的模样。宋洋对初次见面过分热情的人，总有几分戒备，但她很快发现，这个叫田芯的女孩，虽然只比她早入职两年，但人脉广，消息多，是个打听情报的好角色。

田芯告诉她，机组管理部，作为一个给飞行员安排飞行任务的部门，与世隔绝，纪律上要求不得接受媒体采访，也不能对外公开自己的工作，甚至不鼓励跟飞行员有私交，以防他们排"人情班"。

宋洋上班的第一天，同事们就认出她来，知道她就是那个跟秦远风直播饭局的姑娘。有些比较热情的，直接围上来，问她老板怎样。有些事不关己,但也用眼睛去瞥她,又三三两两埋着脑袋,低头说什么。田芯突然咳嗽几声,所有人都赶紧噤声,假装对着电脑忙碌。

田芯抬起头来,喊了声:"夏经理。"然后宋洋也抬起头来,第一次见到她的顶头上司,机组管理部门的头儿夏语冰。

这是个个儿高,面容白,有点儿浮肿的女人,但轮廓深,五官长得好看。她化了淡妆,恰到好处地盖住她的黑眼圈。宋洋想,估计又是一个被婚姻毁掉的过期美女。她又想,这女人有些眼熟,似乎在哪里见过。

这过期美人脸上没有太多笑容,上前跟宋洋说话,问了一下她的情况,又跟她交代这里的工作要求。

夏语冰有一说一,有二说二,废话虚话套话不多讲,最后让她有什么问题就找田芯,田芯解决不了直接找她。只是她临走时撂下一句话,让她好好干活,"不要存别的心思"。

这话可再明显不过了,连田芯也听出来这言外之意,显然,夏语冰对宋洋先入为主观感不佳。夏语冰走后,田芯靠过来,压低声音说:"别管她。她刚跟莫经理吵架了,听说还要闹离婚呢,估计心情不太好。"

"莫经理?"

"就是莫宏声。"

宋洋想起来了,她在照片上见过夏语冰。

田芯又说:"再说了,他们老觉得你是老板钦点进来的,对你有偏见。"

宋洋不愿透露内心,只说:"我干好自己的活儿就是了。"

田芯笑了笑,又看着她问:"直播结束后,你跟老板还有见过面吗?"

宋洋明白了,田芯这是在套话呢。她摇了摇头:"摄像机关掉后,就再没说过一句话了。"

田芯露出一副"没打听到什么八卦待会儿没法跟人交流"的神态。宋洋赶紧低头,开始翻那本厚厚的工作规章手册。

宋洋上洗手间时,听到外面有人说话。

"……挺有心计嘛……听说直播结束后,还尝试勾搭老板……""成了吗?""肯定没有啊。老板能让自己的女人干我们这种苦逼活儿吗?""也是喔。哈哈哈哈。"

宋洋推开厕所门,径直走到洗手台前。那两人对着镜子,看到她从后面走出来,突然静了,默默地补着妆。宋洋来的时间短,但这两个人她是认得的,因为她们英文名字都叫朱迪,好记得很。

宋洋挤洗手液,搓双手,手置入水流中,冲掉泡沫。那两人将唇膏、粉底塞回化妆袋,相互对视一眼,转身要走。

宋洋突然说了声:"不好意思。"

两人疑惑,又看了彼此一眼,回过头来。

宋洋抽出一张擦手纸,边擦拭双手,边平静地说:"以后大家都是同事了,我觉得还是有必要解释一下。刚才你们说的事,通通没有发生过。我跟秦远风,关机后就没有说过一句话。我的面试流程,跟你们的面试流程是一样的,甚至因为我主动要求面试,听说还特意加长了。"

说完这话,她才将手心的擦手纸揉成一团,往垃圾桶里一扔。

那两个人半张着嘴,一时间不知道说什么才好。

宋洋又道:"把话说清楚了,以后就没有什么误会了。往后,还请前辈多多指教。"她边说这话,边上前拉开洗手间的门,一双眼睛盯着那两位朱迪,靠墙立着,目送她们出去。

两人看了她一眼,又看了彼此一眼,一句话都没说,低头往外走。

回到席位上时,田芯问宋洋是不是不舒服,怎么去洗手间去了那么久。宋洋留意到朱迪们坐在她附近,一动不动地,似乎忙碌地盯着电脑看。

她说:"嗯,有点儿不舒服。"又说道,"但没大事了。你有空的话,继续教我?"

她进入诺亚,不是为了升迁或发财,也不是为了跟这些人交朋友或树敌人。但是周围这些人对她的恶意,她已经感受到了。

方程方棠这两天都不用飞。为了庆祝宋洋第一天上班,方棠嚷嚷着让他们到她家吃晚饭。

宋洋下班赶来,方程正在阳台上准备,方棠在房间里。宋洋进了房间,就看见方棠坐在沙发上涂指甲油,墨绿色如小小一片片叶,整齐匀称地覆在她每一只洁白的脚趾上。在严苛的乘务员着装管理规定下,那是她的小小放飞,就像每个航空公司大楼的客舱部女洗手间,锁上的门后飘出来的香烟气味,或是涂抹在门板上的"某某是贱人!""某某睡了某某某!"的黑色大字。

"你来啦?"方棠抬头,"咦,衣服怎么脏了?"

宋洋心想,下班时,矮个子朱迪驾车故意从她跟前经过,溅得她满身污水渍的事,还是别跟方棠说了。她只说:"不小心弄的。"

方棠随手从床上拿过一件衣服,扔给她:"换上我的。"她继续低头涂指甲,随口问,"第一天上班,怎么样呀?有没有大战绿茶婊的精彩事迹?"

这时方程在外面敲门,方棠头也不抬,没想起宋洋正在脱衣服,随口喊"进来"。

宋洋上身只着胸罩,立即套上方棠那件外套,背对门口披在身上,一只手迅速提上拉链,同时听到方程走进来。方程显然滞了一滞,半响,才问她:"宋洋,今晚你还回爸妈那里吗?"

宋洋整理一下衣服,转过身:"我吃完饭就回去。"

方棠用嘴吹吹脚趾,这才抬起头:"我说,要不你也搬过来?虽然只有两间房,但我不在时,你可以睡我房。我在嘛,你就睡客厅好了。"

方程笑妹妹："你怎么让宋洋睡客厅？"他看着裹在不合身肥大外套里的宋洋，跟她说，"我跟方棠经常不在，你想睡哪儿都行。爸妈那儿到机场上班不方便。"

宋洋说："我正在找房子。"

方棠跳下床来，扯过椅子坐下："咋的？住哪儿？"她心大，问的问题虽是方程也想要问的，但两人的心思全然不同。她发问，只是出于好奇。方程把这话题端到舌尖上，又自己吞了下去，只抿成嘴角一抹牵强的笑，附和着妹妹的话："对，打算住哪儿？"末了加一句，"这么大的事，怎么也不跟我们说，让我们帮你参考一下啊。"

没等到宋洋"不想麻烦大家"的社交辞令，方棠已笑着说："切，这算啥大事？洋洋连跟老板吃饭吃得咋样都没跟我说呢，哼哼，不把我当姊妹了呀。"

宋洋心想，幸亏方妈不在，不然这话，总是要引起猜测的。她马上说："谁说的？我现在还有秘密吗？你们不都在网上看到了吗？"宋洋笑着，佯装赔罪似的，替方棠捶背。方棠笑着把她的手拨下来，开始挠她痒痒。宋洋被她挠得没处躲，半个身子倒在床上，倒置的视野中，她见到方程正在看自己。

晚饭是方程从新疆带回来的烤羊腿。架好烤架后，方程掏出打火机，把点燃的餐巾纸扔进去。炭烧得渐渐变白，他们撒上椒盐，边来回翻动着羊腿边聊着天。方棠边喝着小酒，边对宋洋问东问西。最后她感叹说："没想到，连你都进入民航界了呢。"说着，她咬了一口羊肉，又开始苦着脸说要减肥。

年轻的小空乘其实也就是些普通姑娘，她们不像艺人那样高度自律，往往也管不住嘴。方棠吃了好几口烤羊肉，又摸着肚皮喊后悔。她贴着墙壁站了半小时，又在靠椅上躺下了。因为喝了酒，很快睡着。

方程看了看方棠："也不怕风大，着凉。"说着，弯下身将她抱到房里去。

出来时，宋洋已经起身，在翻随身包里的东西了。见方程看着自己，她赶紧装傻："太晚了，我再不回家，妈该唠叨了。"

方程将宋洋送回去时，她一路上都在车上睡觉。车子到楼下，她恰好睁开眼睛："到了？"她看窗外，然后回头跟方程说"再见"，转身要开车门。

车门被锁上。方程笑笑："你这一路装睡，就是不想跟我说话吧。"

宋洋厚着脸皮笑："你说什么呢？我跟方棠一样，也喝了点儿酒，困了。"

方程说："这次你毕业，回上海长住，我也没机会跟你谈谈。"

车厢空气有点儿闷热。方程又问："从两年前开始，你就躲着我。怎么回事？"

宋洋扭过头去看方程。她眼睛亮亮的，真想提醒他，两年前，是你突然对我产生兴趣的啊。但她是条最好的变色龙，最擅长伪装了，于是假装没听懂："什么？"又说，"没有啊。"

方程说："你从来都直接喊我们名字，只有在外人面前才喊哥姐。但两年前开始，你坚持喊我哥。"

宋洋仍是笑笑地看他，不说话。

反正她知道，一张纸，只要没被捅破，就还是隔着一张纸。朦朦胧胧的影子映在上面，谁也猜不透谁，这边跟那边也还是隔着一张纸。

但方程突然伸出手，轻轻碰了碰她。宋洋一怔，没回过神来，下一秒，方程握住了她的手。

宋洋感觉到方程在向自己靠近，他身上的热气传过来。宋洋要躲开，但方程手机比这更快地响起。他低头，看到是老妈来电，下意识松开握住宋洋的手，正了正身子，接起电话。

宋洋听到方妈在电话那头说："方程，我看到你的车在楼下，怎么不上来呀？"

方程看了一眼宋洋，对电话那头说："我送宋洋回来，明天一早还要培训呢，就不上来了。"

方妈"哦"了一声，继续追问："那宋洋在你车上？怎么还不上来？"

沉默了漫长的一秒，方程不自然地笑："她刚把钥匙掉车上，马上上来。"

宋洋一直在看窗外夜景，天际线高高低低，是奇形怪状的五线谱，灯光在其中跳跃点缀，无形的手，弹出这城市的音乐。这音乐热闹，但从来不属于她。她看着车窗映出方程的影子，转过头，方程正在看着自己。

她说："我要回去了，谢谢你送我。"她把手搭在门上，等待方程解锁车门。

方程没动，只是看着她，低声说："宋洋，你还要假装不知道我喜欢你？"

"噗"一声，这纸破了。

宋洋看一眼方程，仍是笑了笑，但那种讨好的神态消失了。她的脸，突然又冷又硬，像块陌生的石头，离方程近近的。

这块石头说："不然呢？像我十五岁那年一样？暗恋你，把心事写在日记里，让你妈看到，然后把我送去寄宿学校？临走时，我听到她在房间里，跟你爸说，说我有那样一个生父，说我是杀人犯、色鬼的女儿，说我配不上你。"

方程第一次听说这事，怔了怔。

宋洋的嘴角仍弯弯笑着，像是石头上裂开一道痕，出现不自然的纹路。她声音也沉，像石头沉入了湖底。

她说："从小到大，你基本都没怎么看我。即使你知道我对你有少女心事。直到两年前，你飞北京时偶尔想起到学校看我。那天我去打工，在商场站了一天，大冷天里还穿着短裙，没来得及换下，直接就到你约定的那家餐厅。你的朋友也在那里,对我们起哄。应该是从那天起,你开始关心我。我至今也不知道,你的朋友当时跟你说了些什么话。"

他无法告诉宋洋,那天,朋友们说他这妹妹长得又乖又甜,还说"你要是不反对的话,我就下手追啦"。方程赶紧拍他们后脑勺,笑骂他们别打妹妹主意。

宋洋当然没听到他们的话,却洞察到他那份男人的虚荣。一个男人,就算不喜欢一个女人,但只要她在其他男人当中受好评,立即就会登上猎物榜。

宋洋说:"我感谢你们在我爸死后,给我提供了一个庇护所。我所能做的,是好好听方爸方妈的话,当好一个旁观者,不打扰你们的生活。"

3

上海这地方,每天都有人来,每天都有人离开。跟田芯一起合租房子的女生,这个夏天收拾包袱回老家。田芯急着要找人跟她合租,而宋洋又不想跟方棠一块儿住,两人一拍即合。

这个小区跟方程方棠住的小区离得不远,但价位差远了。方程是飞行员,工作没多久就买了房。方爸是个别人口中"修飞机的",方程两兄妹念书成绩又一般般,方妈渐渐地连同学同事聚会也参加得少了。

直到方程考上飞行员,方妈才感到给自己长了脸,后来儿子飞出来,工作不久就买房,她开始隔三岔五约朋友见面,每次都给她们带点儿小礼品。"这是儿子飞首尔带的。""这是女儿在多伦多买的,你们也尝尝。"

方妈本来想让方棠也买个小的房子,但方棠的钱都花在护肤品衣服包包上，没什么剩的。方程提出给妹妹垫着，方爸提出帮女儿出钱，方妈都不乐意，背着方棠劝阻父子俩，后来就不了了之了。

女儿买不买房，在她看来，没那么重要。反正方棠长得美。她已经听过不少小空乘嫁给富豪的事了，方棠也是迟早。她现在那个男友一直没带回家，让方妈稍微有点儿担心。方妈倒不是怕这事不成，走了一条大鱼，而是怕万一对方不合适，耽误了方棠的青春，连累她在相亲市场上的价值走低。

她暗暗跟方棠交代这个意思。方棠倒是潇洒，不屑地说："你以为你女儿是什么痴情种吗？为了男人耽误个三五年青春，最后被人甩了那种？我中学时就以情感导师著称了好吗？"

方妈还想说什么，方棠倒是反客为主，开始劝起了老妈："我才不会栽在男人身上。一年内还没有谈婚论嫁，我肯定跑路。其他女人被耽误了青春，只能找个程序员接盘，但我可以嫁给飞行员啊，上百万年薪，小日子也是能过得舒坦的。"

方妈听她这么一说，也不再为这个女儿发愁了。每次跟老同学碰面，反倒内涵起那些曾经笑话她儿女的同龄人。"你囡囡在哪儿上班啊？赚多少钱？找了个什么人？"是她最爱挂在嘴边的。

要是对方小孩已经在国外定居，方妈脸上表情会僵一僵，心里默默把对方移出下次饭局名单。无论如何，她铁了心要当同龄人中最闪亮的那个。

在方妈打点下，方棠租了方程那个小区的房子，说是好互相照应。方妈经常过来看看他们俩，但一次都没看过宋洋。

宋洋跟田芯合租的这个小区，远没有方程他们的好，已经有点儿楼龄，房子密度也高。宋洋在客厅时，经常听到邻居在浴室里大喊："手纸又没了！老婆给我递点儿纸过来！"

宋洋住进去才发现，田芯不上班的时候，经常在房间里把音乐开得很大声，有时候她会在公共区域走来走去接电话，声音响亮。宋洋从小就特别能忍，向来不将真正的喜怒形于色，只要不伤害到自己的核心利益，绝不吭声。她不愿意跟田芯起冲突，于是宁愿塞住耳朵，或索性出门。

她工作上手快，而身边同事分为两种，一种是跟她同批的，当面笑嘻嘻，背地说坏话；另一种觉得她有社交价值，下班后也会叫上她。

对于前者，她一概不理会；至于后者，她基本都推掉了。毕竟她认为，无论是给前者一个眼神，还是跟后者推心置腹，都属于浪费时间。

这天下班前，跟她同组的人相约下班后一块儿吃饭。她边看着电脑屏幕上自己的脸，边在手机上飞快回复："有事去不了。"

但他们很快换了个话题，在群里聊起了秦远风，说他似乎对诺亚航空非常重视，还亲自担任CEO。听说诺亚集团那边业绩下滑，他压力很大，憋着一口气，想把航空这块搞好。"还有个坏消息，说是秦远风想精简机构，裁掉冗余。""我天，要裁员了？"

宋洋将已经输入的五个字飞快删掉，手指滑动，敲下"我也去"。

他们约好晚上到公司附近的餐吧，但夏语冰临时开了个小会，大部分老员工都走不开，宋洋资历最浅，先去占位。

这家餐吧叫天空之城。老板曾经是沧海在广汉航校的委培飞行学员，但最后没飞出来。这些人大多都转到地面去当签派员，但他不想过这种日子，辞职后就在附近开了家餐吧。宋洋第一次去那儿时，听到人们喊他教员，还以为他是个飞行教员。后来才知道，那是他外号，但是又有人说，他真名就叫焦源。

有一次，宋洋听到旁人问起老板他是不是叫焦源这件事，他愣了半晌，突然大笑起来。然后掏出钱包，把身份证翻出来给对方看："这才是我名字。"

宋洋瞥了一眼，身份证上的照片居然平头正脸，跟现在胡子拉碴很不一样。还有个很诗意的名字,叫白鹭飞。

由于有民航工作证可以打折,加上白鹭飞把这里做成了一个小型飞行博物馆,各种飞机模型、已绝版的机上杂志、飞行员空乘手办、各航司纪念品等。来这里的顾客,基本上都是各航空公司、空管、机场的人。

过了下班时间,天空之城里人很多。宋洋走进去,看了一圈,没有大桌子。她转过身,正要往回走,突然看到莫宏声跟一个男人坐在角落喝酒。跟他一起的男人,尽管只留下一个背部,但宋洋早从无数杂志硬照、视频上,反复看过他。

此刻见到他真人,她仿佛浑身触电般,只死死盯住他的背影。那男人啜了一口酒,微微侧过头来,露出了宋洋早从杂志上看过无数次的脸。

曹栋然的脸。

她想了想,看到他们俩旁边的小桌上坐了个男人,便走过去。也没问那人是否介意,径直坐下。

对方见突然有人来,抬起头。宋洋为了不让莫宏声发现,一直背对着,正面朝着那陌生男人。对方虽然觉得奇怪,但并没问什么,又低头喝着咖啡。

宋洋侧耳听着,莫宏声跟曹栋然只在闲谈。餐吧内太吵,她只依稀听到莫宏声说差点儿被老婆发现他跟小三聊天,又说起找小三,最好找那些刚来上海、还没被大城市污染过的。

"否则,她们拿了你的钱砸在医美上,样子变了,就去找下一个了。"曹栋然不说话,只摸着酒杯,发出阵阵笑声。

宋洋感觉这话题恶心,但仍竖起耳朵听着。然而他们很快就站起身,说有事要走。莫宏声跟宋洋擦肩而过,她立即假装自己在专注看着对面的男人。莫宏声经过时,她听到他说:"下周我去韩国出差,可以顺便带上她……"

他们走后,宋洋才直起身子来。她正要转身走开,对面的年轻男人突然开口："你好像对那两个中年男人很感兴趣？"

宋洋抬起头，这才正儿八经看了这男人一眼。男人长了一张清秀白净的脸，白衬衣胸前别了个小小的沧海航空徽章，原来是同行。

"不是。"宋洋随口应着，正要离开，突然见到莫宏声又往这边走回来，似乎落了什么东西。她赶紧掏出手机，放在桌面上，低头假装看手机。

这时，沧海航空那男人手机响起，他对电话那头说："对，我是。我是性能的唐越光。"

他边接电话边从包里掏出笔跟本子，飞快在上面写下什么："……现在是一边的翼尖小翼被刮掉……确定大翼没问题吗？……好，你把材料发过来我看看……"

宋洋心想，原来他是沧海航空的飞机性能工程师。

他挂掉电话，又从包里取出笔记本电脑。他好像忘记了旁边还有个人，屏幕的光映得他的脸白白的。他坐得笔直，瘦削，俊朗，眼神非常严肃。

莫宏声把忘在那儿的平板电脑拿走，又走出去了。

这时，隔壁的大圆桌空出来，宋洋坐了过去。她在旁边，看着这个年轻男人一直在笔记本电脑上忙活着，计算完最大起飞重量，又打电话给波音公司，确认数据。她见他咖啡没喝完，就跑到外面接了个电话，回来后把手机往桌面一放，匆匆收拾好东西，转身离开。接着宋洋见他前脚走出去，后脚又回来，伸手把忘拿的手机往口袋一塞。

唐越光出门时，宋洋的同事正好进来。一群人嘻嘻哈哈着，宋洋起身跟他们打招呼。他们走了过来。

话不多的宋洋，在他们眼中就是个热心张罗、为他们端茶倒水的乖巧新人。她用一顿晚饭的时间，听到了一些关于秦远风的信息。他们在那儿聊得起劲，大声讲小声笑，她在旁默默听，也不知道这些信息日后有啥用途。直到他们说起秦远风正在带领公司进行改革，花了很多时间开会，参与讨论，每个部门每个部门地走访。

"也许会到我们这儿来吧。"丽姐用勺子搅动杯里的奶茶。

有人说:"不会啦。"

周哥是这里年纪最大的,他却说:"难说,真的难说。现在我们机型太多,太复杂。听说老板有心学习廉价航空那种做法,只采用单一机型,提升运行效能。他如果真要做这个决定,不得先考察一下?"

丽姐听得意外:"哇,那这么多飞机都要卖掉咯?那不同机队的飞行员,都要转机型训练?"

"只是小道消息啦。"

丽姐"哦"了一下,又开始搅动奶茶,手肘却差点儿撞翻了宋洋的杯子,她伸手给稳住。对方连个道歉都没有。

宋洋包里的电话此时振个不停。她将手往里面探了半天,终于翻出来,但是来电界面跟她的不一样。

来电显示上,对方名字是:秦远风。

喧哗闹腾的餐吧,周遭人的笑声,好像糊成黑色一片。只有手机屏幕上,秦远风的名字成为一个光点。她盯着这个点,很快意识到发生了什么。

她跟唐越光用同款手机,彼此拿错了对方的。

来电的人,刚好跟秦远风同名。

这电话一直在响,她猜测,也许这个也叫秦远风的人,有什么急事要找唐越光。

她走到餐吧外,站在蓝蓝绿绿的店名下,接听了这个电话。对方还没开口,她先报出现状:"手机不在机主本人手上。不小心跟我的调换了。"

电话那边静了一下,然后她听到了熟悉的声音:"是吗?那你让他有空回我电话。"

简单的一句话,但她非常确定,是那个秦远风。

是跟她吃过一顿饭的秦远风。他当然没认出宋洋的声音,于是她对电话那边说"好",然后听着秦远风说"谢谢",将电话挂掉。

宋洋低头看着眼前这手机,心里长出了一根小小的东西。后来她明白,那根东西,人们管它叫毒刺。

4

唐越光是个理想主义者。

他最讨厌的一句话便是,资本为王。毕竟,资本是没有是非观的。

偏偏他浑身上下长满是非观,美其名曰正义,但他的顶头上司兼好朋友区路通则评价他不懂变通。

他所在的飞机性能部只有十二个人。这十二人,负责了整个沧海航空所有飞机性能数据计算,每天打交道的都是飞机重心、起飞限重、巡航数据这些东西。工程师们大多个性沉默,但最近两三年来入职的年轻人大多也个性活泼,因为父母普遍有钱,有的家里好几套房子,年轻人上班就是为了社交,升职加薪并不重要,哪天不高兴了就走。走了以后也不是换工作,而是继续念书,当个没有压力的职业学生。因此近三年,沧海航空中层管理人员培训时,培训师反复强调如今的管理者,不能再采取传统的高压政策。

唐越光不是新人,但他刚入职时人们就传言,说他家里有钱有关系。有钱到什么地步,关系是哪种?不知道。传言怎么出来的?说是有人看到沧海航空董事长笑着拍他肩膀,像长辈一样跟他说话。

于是就有了很多打量他的眼睛。

但他本人异常低调,在公司附近租房,开一辆凯美瑞,打开衣柜全是无印良品性冷淡风,甚少参加聚会,不喜交际。大家又说:"传言真不可信呀,他怎么也不像认识老板的人啊。"

这天晚上,他接到工作电话,因为要重新计算飞机性能,天空之城环境太吵闹,他索性往公司赶。下了车,回到办公室,手机在口袋里响起。

来电的是一个陌生的女孩子,她说,他们俩的手机拿错了。

唐越光抬头看了看墙上的钟,晚上八点半。他又看了看电脑屏幕。不,他一刻都不能浪费。他对电话那头说:"我正忙,要不……"

话还没说完,对方说:"我现在来找你。"

"你进不了我们公司,我现在没时间……"他的话没说完,对方便轻轻打断,"没关系,我在外面等你。"

唐越光不习惯让人等。从小到大,无论公事私事,他总是提前到场的那个。这次,他终于忙完工作,打电话跟波音公司确认好数据后,抓起公文包,便急匆匆往外奔去。

他依稀觉得,跟他交换了手机的女孩子,就是刚才跟他一桌的那个。他当时并没怎么留意她,才想起忘了问她什么特征。

刚走出公司大楼,他就见到一个年轻女人,独自站在路边,正在路灯下低头看一本书。她的侧影很好看,只是穿着单薄,在深秋的夜只着一件单薄衬衣,领口微敞,露出洁白如郁金香花茎般的脖子。

大楼外没有别的人,就是她了。但唐越光不敢确定,小心翼翼地喊她名字:"宋、洋?"

宋洋从灯影下面抬起头,的确是刚才那个女孩子。

她将书本合起来,他这才发现这是一本介绍飞机性能的书。她冲他微笑:"你好。又见面了。"

也许因为这本书,又也许因为这个笑容,他突然对这个陌生人生起了些微好感。

宋洋抢在前面说:"刚才可能太匆忙了,我们的手机拿错了。"她低头,开始翻自己的随身包,夜风吹过来,她轻轻打了个喷嚏。唐越光有点儿犹豫,想将自己身上的西装外套脱下来,披在她身上,但最后觉得造次,终于没说话,只等着她将自己手机拿出来,又把她的手机交回给她。

"谢谢。"她笑。

唐越光说:"不好意思。让你等这么久,我本来以为会很快。"

宋洋边将书塞回包包里,边笑着应:"不,难得没有电话骚扰,我在这里安静看了一会儿书。"她又指了指他手上的电话,"你有好几个电话。"

唐越光没翻他的手机,因为他看到宋洋又打了个喷嚏。他终于脱下外套,但没直接替她披上,只是递给她。她微笑,摇摇头:"不用,我回家洗个热水澡就行。"

他没坚持,只是问:"你住哪里?"

宋洋说出小区名字,唐越光眼中有些微惊讶,而后说:"我也住那里。我送你回去。"

上了车,两人没什么话。唐越光向来是个话少的,宋洋可以话多,可以话少。今晚,她选择当话少的。路程虽短,但心理距离长,唐越光于是用音乐来掩盖。他发觉宋洋轻声跟着,有点儿意外:"你也喜欢这首歌?"

"嗯,这歌手的所有单曲,都曾经循环播放来着。"

唐越光没说话,点点头,只顾专注驾车。小区马上就要到了,宋洋决心在剩下的时间里,打听出她想知道的问题。她看似不经意地提起:"哦对了,我刚才不小心接了你的电话——我也是看到来电的人叫秦远风,吓我一跳,才发现这不是我的手机。那个秦远风跟我老板同名,他说叫你回他电话。"

唐越光静了静,却换了个话题:"你是诺亚航空的?"

"嗯。"眼看话题换了方向,宋洋赶紧又转回去,"他好像找你找得挺急的,电话响了很久。你要不要立刻回电话?"

"不急。"唐越光说。

宋洋不再继续这个话题。此时车子驶入小区,道路两旁路灯呈出一团团暖黄，掩在夜色中的树影里。唐越光问她住哪栋，她给他指路，他将车子往那边开，专注地看着前面，随口说："倒是没在小区里见过你。"

"我刚搬来不久。"她又问，看似信口，"你呢？住哪里？"

他说了自己住哪一栋。她想了想道："哦，不远。"

她下了车，跟唐越光说了再见。唐越光看她进了楼，便把车子驶走，驶进地下车库时，他手机又响起，低头一看，是秦远风。

他想了想，将手机按掉，停好车子后，才回拨了一个电话。

秦远风很快接起电话。唐越光问："找我有事？"

"拿回手机了？"一句客套后，秦远风立即转入正题，"你考虑得怎么样？"

唐越光早料到这通电话的来意，没有半分犹豫，直截了当地说："我不打算去诺亚。我在沧海做得挺好的。"

"我需要一个信得过的人帮我。"

"我未必是你需要的那个人，帮不到你，很抱歉。"他跟秦远风说话客气而疏离。

秦远风却微微笑了："你这样说，是因为真的帮不了我，还是这样想会让你好过一点儿？"

跟习惯出现在媒体面前侃侃而谈的秦远风不同，唐越光不擅长绕着圈讲话。他只重复说，不好意思。

秦远风说："好。如果你不来，那么我希望你推荐合适的、靠得住的人给我。"

这话显然就是要挖沧海航墙脚的意思了，唐越光觉得这样做不妥，但是再拒绝他，未免显得无情。他说："我帮你留意一下。"又转了个话题，问他，"她下个月回上海，你要一块儿吃饭吗？"

"再说。"秦远风的语气不再热切。

他挂掉跟秦远风的电话，准备下车时，才发觉副驾驶位上有一本笔记，是宋洋刚才落下的。他信手翻开，发觉里面密密麻麻，都是宋洋写下的，关于飞机性能的笔记。

宋洋下了车，转身看唐越光将车子驶走，才打电话给方棠。方棠很快接了电话，听到宋洋在另一头问："你在家吗？我在你家楼下。"

对于宋洋突然出现，方棠非常意外。但她才没空问这个，因为她有更重要的事。

比如说，刚才宋洋打给她，问她能不能查到他们公司一个叫作唐越光的人的资料。

当时方棠正在家看电视，一把撕下面膜："什么人？你问来干吗？追求者？"宋洋没空跟她说太多，只说后面再解释，挂电话前又加了一句："最好是社交网络资料。"

宋洋打完这个电话，立即赶回公司，脱下外套，又跑到性能室，跟留在那儿加班的性能工程师借了本飞行性能书，拿到一本实习生考完试不要的学习笔记，在夜风中匆匆赶往沧海大楼。

在大楼外，她打了个电话给唐越光。他带着歉意说，自己正忙。

很好。宋洋正需要时间。

在外面等待的时间里，她借着路灯，翻开飞机性能书，将工程师画过线的重点草草抄写一遍，又在本子上画图。风吹过来，上海街头的夜还是冷的，她直跺脚，心想自己这苦肉计还是以前方棠教的。当时她巴拉巴拉，说"要跟男生拉近距离，最好假装柔弱，比如衣服没穿够打喷嚏啦，比如力气不够开瓶盖啦"。宋洋从没使过，谁知道今天会派上用场。

其间，她接到方棠电话，小妮子在电话那头得意地说："唐越光现在没有女朋友，无不良嗜好……"宋洋打断她的话，问她是否查到唐的社交平台账号，方棠心领神会地笑笑，"这么急呀。我当然查到啦，怎么谢我？"

"怎么谢都行。先告诉我。"

方棠神通广大，不仅拿到他微博，连豆瓣都有，天知道后者是怎么泄露出去的。宋洋匆匆挂掉电话，翻出平板电脑。

唐越光的微博跟豆瓣都没有内容。宋洋浏览了一遍他的微博关注账号，大致猜出了他的毕业院校。她见他很久前点赞过一条某小区的爱心活动，那正是方棠方程住的小区。她又看他的豆瓣，对他喜欢的品位有了概念。只是她依然猜不出来，他跟秦远风是什么关系。

但无所谓。她不会放过任何线索。某程度上讲，她是个赌徒。

这次，她似乎赌对了。

汲汲营营一夜，现在宋洋累极了，从方棠睡房里抱着被子出来，往沙发上一扔，倒头就要睡。但方棠没打算放过她，从她进门开始，一直在问："你今晚怎么突然过来睡了？刚才那个唐越光，你怎么认识的？"

宋洋没打算说实话，敷衍了两句就说困了。方棠一直在摇她追问着，宋洋假装入睡。

这个星期以来，宋洋一直在等唐越光的电话。

因为两人交换手机时，通过相互联系，彼此留下了电话。宋洋有意落了一本笔记本在他车上。她认为，像唐越光这种个性拘谨的人，应该会将这件事放在心上。

但自从上次见面过了五天，她始终没接到唐越光的电话，连短消息也没有。

宋洋多少有点儿失望，那种感觉有点儿像一个人推开了一扇门，以为后面是新的世界。但当她走进去，才发现原来不过是又一间密室。她有点儿后悔，当初下车前不该将他的外套脱下，这样起码留一次见面机会。

公司那边，关于秦远风要改革，甚至裁员的消息，又开始甚嚣尘上。宋洋不敢大意，将唐越光抛在脑后，几乎每天晚上都留在办公室加班。因为排班是交接班工作，她在公司待久一点儿，接她班的同事就可以晚点儿来。即使同事来了，她往往也不走，不是在旁边看他们怎样操作系统调整人员，就是在旁边看培训资料。

她的计划再宏大，也得一步一步踏过去，慢慢来。

机组投诉率居高不下，夏语冰非常头痛，甚至情绪有点儿不太好。她接连几天召集开会，很晚才走。

宋洋从夏语冰的助理那儿看到她的行程安排：夏语冰下周一直在上海。

宋洋从进来的第一天，就跟夏语冰助理搞好了关系，她借故问："夏经理最近这么忙，应该没空带女儿了吧。莫经理岂不是很忙？"

"听说他们小孩最近送到外婆那儿了。莫经理不是到韩国出差了嘛。"

宋洋已经得到了想要的答案。

这天下午，夏语冰继续召集会议，助理的图表没准备齐全。夏语冰是个急性子，直接用手机投屏，给大家看近期机组数据。

然而这会开到一半，就散了。宋洋从她的位置上抬头，看到大家脸上带着诡异的微笑，从会议室里出来，没有人交头接耳，出来后便直奔座位坐下。而夏语冰最后走出来，沉着一张脸。大家问参会者发生什么事，没有人肯说，似乎任何交谈都是对夏语冰的背叛。

宋洋大约猜出了什么。

到了傍晚，田芯打听出来了：刚才开会时，夏语冰手机突然弹出一条匿名信息。虽然她的助理立即关掉投影，但大家还是看到了只言片语——"我跟你老公正在韩国……"

这么劲爆！

整个部门都沸腾了。但没人敢公开讨论，整个办公区静得像深海，然而每个人手机上的八卦群却响个不停。

过了一会儿，夏语冰助理走到宋洋身旁，跟她说，夏语冰想见她。大家同情地目送宋洋离开，心想，一个人需要发泄的时候，总得有个工具。

宋洋在门外，用手拢了拢头发，才慢慢走进去。跟大家设想的疾风骤雨不同，夏语冰看起来非常平静，她让宋洋坐下，劈头便问："是你发的吗？"

宋洋意外，但一切又在意料之中。但她还没看清楚夏语冰的态度，于是笑笑，装傻道："什么？"

在方家长大，她养成了看人脸色的习惯，洞察力比一般人要强。在学校里，她跟同学讲话，察觉到对方情绪有变化，她会很快转移话题，或者顺着对方的话往下说。因此她在中学阶段的人缘一直很好。

她的秘诀是，只要不投入真情实感，一切都好办。

进入职场，她丝毫没有其他大学毕业生的不适应。因为她没有学生气。

但夏语冰不吃这套。她脸上没有任何表情，径直把自己手机推过来："这个写错的字，还有这个标点的使用，都是你的习惯。"她紧紧盯住宋洋双眼，"你很聪明，不会犯这种低级错误。所以我只能理解为，这是你故意埋下的信号，你想让我对你感恩。"

宋洋假装第一次看到这消息，低头看了一会儿，才又抬头："夏经理，我不太明白。这消息不是说得很清楚了吗？这是个自称是莫经理小三的女人……"她又天真地微笑，"至于你说的使用习惯，我认为是巧合，可能……"

夏语冰打断她的话："别编了，不可能是她。"她盯牢宋洋，像要从她脸上瞧出破绽，"莫宏声以为我不知道，但那个女人早就给我打过电话了。"

宋洋没料到这一点。夏语冰将手机收回："我不动声色，只是因为我还没想好要怎样反应。当然，这不妨碍我在暗中搜集他出轨、甚至转移婚内财产的证据。"她将脸凑近一点儿，"我好奇的是，为什么你会知道，为什么你会掺一脚？"

宋洋已经明确了夏语冰的态度。于是她反问："女人不是应该帮女人吗？丈夫会背叛你，转移你们婚后的一切。即使不背叛，但几乎没男人能够忍受妻子比自己更厉害。但女人跟女人，可以是盟友。"

"你想得到什么?"

"我不为什么。只是偶然在天空之城听到莫经理的话,心里愤愤不平,所以才多管闲事。"

"你不是多管闲事的人。做任何事,你都有自己的目的。"夏语冰说,"等你学会坦诚待人,想告诉我时,再来找我吧。"说着,她低头抓起桌上一份报告,扬了扬手,"你先出去吧。"

宋洋站在那儿,一动不动。夏语冰抬起头,看着她。

宋洋开口:"我想去市场部。"

"只是这样?"夏语冰将身子往椅背上一靠,看着她。

"自始至终,外界口中心机深重的宋洋,也只是想进入诺亚集团的公关部。如果去不了,那就在诺亚市场部也好。"

夏语冰笑了:"我为什么要帮你?就因为你告诉我,我老公外面有小三?你可知道,刚才的会议上,所有人都看到那句话,我有多难堪?"

"难堪的不是你,是莫宏声。"宋洋说,"至于你帮我的原因,很简单。当我爬到更高的地方去,你在高处就有一个自己人了。"她目光清澈,看上去就是个与世无争的小姑娘,然而她说着非常老成的话,"你跟莫宏声这对利益搭档,万一哪天散伙,难道你就不希望多几个自己人?"

夏语冰托着下巴,静静打量这女孩儿。莫宏声没说错,这是个心思很深的姑娘。但又如何?她自己何尝不是这样?如果没有被婚姻连累,如果不是要照顾小孩,她自认会比现在的宋洋更有冲劲。

良久,夏语冰说:"你说话动听,但这样的人,我见多了。你得首先向我证明你的能力,再跟我谈合作。"

"我会的。"宋洋微笑,又是一副乖巧学生的模样了。

方棠最近刚交了男友,还没告诉家里。男友叫姜书河,高大有钱，但从来不让她上他家，说是他爸妈最近到上海来了，在他家不方便。

怎么就不方便了？姜书河这么说久了，她开始怀疑对方已婚，于是也编了个故事，说妹妹毕业找工作，要到她家里住。

没想到瞬间就被他识破。姜书河微笑着吻她手指，说："怎么在你这里住？你家没地方吗？"

方棠还想说什么。对方已经开始吻她耳垂："是怀疑我家里藏着女人，所以要把我从你家赶走？然后可以光明正大上我家看看？"呼吸间的热气，快让她醉过去，在对方含笑说"那我就带你到我家看看"时，方棠马上就要醉倒，但她一捏大腿，不失时机地说："那就这个周六吧！我不用飞！"

姜书河暧昧的眼神突然醒了醒，嘴角还是衔着笑："我那天要开会。"

方棠甜甜一笑："没事，我周日到周三都不用飞，等你。"

其实她并不知道自己的任务安排。但套路谁不会玩？姜书河知道她铁了心，乖乖跟她敲定时间。

她跟姜书河是在饭局上认识的。这在航空公司内部是秘而不宣的——手上有点儿权力的人，把空姐当成自己的资源，组局聚餐时总会叫上。那时候方棠还稚嫩，刚工作，也参加了那么一两次。第一次还是正儿八经的，第二次坐她身旁的人就喝醉了，不干不净地开着玩笑，想趁机捉住她的手。

姜书河坐在那人身旁，跟她隔了一个位置，这时"不小心"把酒泼到对方身上，又不停道歉。

方棠好不容易溜出来，走了几步路，一辆奔驰慢慢从身后驶上来，姜书河从里面探出头来，问要不要送她。

她向来不随便上男人的车，但那次是例外。

两人很快到了一起。

姜书河从事金融业，具体干什么，方棠也不懂，只觉得他很忙，又有花不完的钱。他是常春藤名校毕业的，回国后跟朋友一起做事情。他那些朋友，方棠也见过，也都是名校生，嘴上说着她听不懂的话，她只能握着酒杯，站在夜风里微笑，当个体面的花瓶。

方妈听说有这么一个人，便不停催促方棠把毛脚女婿带回家，但方棠傲气，觉得不该她主动提，应该男人来提。这事就这么搁下了。倒是方程听说后，给方棠提了个醒，一是让她不要再参加这种饭局，谁找她去，"让他直接来找我"，二是要弄清楚这男的有没有结婚。

方棠问："但是我都见过他朋友了呀？"

方程"呵呵"了一声："你是太不懂男人了。"

不懂男人？我，方棠，小学一年级就有男生说要娶我，三年级就收到漫画里夹着的情书，初中时闺蜜在我指导下成功追到喜欢男生的人，不懂男人？

方棠内心也"呵呵"了几声，把老哥这番话当肥皂泡一样放了。

但肥皂泡破了以后，肥皂水是会留下一点点儿痕迹的。现在这痕迹在方棠心上，让她痒痒的，而她从来没上过男友家这事，也成了她心头的痒，隔三岔五发作。

有次她在公司旁的天空之城餐吧喝酒，听到老板跟她旁边的外航空乘聊天，居然聊的也是差不多的内容。空乘有个条件超好的男友，男友也见过她的家长，但她一直没接触过对方的家人。当时老板就暗戳戳提醒她小心。过了一个多星期，方棠又在天空之城见到那名空乘，对方苦笑着跟老板说："被你猜中了。"

方棠觉得心里被扎了一下。

现在这事定了，她的心也不再痒了，也不再扎了。

姜书河住虹口，地段马马虎虎，小区倒是不错。方棠不虚荣，但还是保持适度现实。她又不是小女孩，谁知道他的学历有没有造假，他那些朋友是不是都是高知骗子，谁知道平时流水一样的消费，是不是走公司的账。

他爸妈在家，看起来就是成功人士家庭该有的样子。父亲非常儒雅，母亲很贤惠，头发打理得整整齐齐。但他们没问方棠任何问题，也没跟她怎么交谈，打过招呼不久，就说有事要走，离开前再三让方棠吃好喝好。

方棠虽感到奇怪，但又想也许他家就是这种风格。

爸妈一走，姜书河就用手臂圈住方棠，低头在她唇上吻了吻："怎么样？通过考验了没？"

方棠只是微笑。当然——还没有。

她趁着男人上洗手间，在他屋子里突击检查，打开衣柜，里面果然只有他的衣服。另一个房间也看了，只有他爸妈生活过的痕迹。洗手间也是三个人的洗漱用品，除了他外，其他东西显然是他爸妈的。

姜书河第二天要上班，她刚好不用飞，打了车到这小区，提着一盒蛋糕，敲了敲门口保安室的玻璃窗。对方走出来，迎面碰上方棠甜甜的笑颜，还有她手里那比笑容还要甜的蛋糕。她跟保安打听，姜书河那房子的业主是谁，他平时住在这里，还有没有其他女人进出。

保安一脸正义，连连摆手："不行，不行的，我们不能泄露住户信息。"

方棠掏出几张购物卡，在手心里洗牌一样把玩着："没泄露啊。我又没问他在家里干吗，这小区大门是公共场所，进进出出的，谁都能看到。你不说，我就自己在这儿蹲个几天，你知道，我要是真的天天在这儿蹲，也给你添麻烦嘛……"

保安看着她手里那几张大面额购物卡，不知怎的，嘴巴就自动打开了。不过根据他所说，姜书河的确是这里的业主，而且也没带别的女人进出。"他不是每天都回来，好像他爸妈在这里待的时间更长。"

答案让方棠非常满意，几乎想伸手抱抱这保安。她将购物卡塞回口袋，转身甜甜地挥手，冲他说谢谢。保安张着嘴巴，半天合不上。

但姜书河也就只让她上过他家一次，就那么一次。每次约会，还是到方棠那个出租小窝里。两人至今还没谈过结婚的事。

方棠知道，有些男人，还没到五十岁出现繁殖恐慌心理前，都不愿意结婚。在此之前出现的女人，全都是陪跑。她才不要这样，但她也不愿开口。她琢磨着，最好的办法是，让姜书河适应她在他家里的存在，进而发现"原来相爱的两人生活在一起也不错啊"。

这天宋洋值夜班，晚上她到公司楼下拿外卖，看见虹桥这边的灯早已亮起来，是一条流动的光河。上班前她很少来这边，印象中的几次也都没什么特殊印象。但眼见金融中心建起来后，这边变化不少。

宋洋抬头看一眼附近的沧海航空大楼，见到一个个窗格子里的光，突然想，不知道唐越光办公室在哪里呢。她背转身子，走进诺亚办公楼里。

刚走进电梯，手机就响起来，她信手按了层数，一只手提着外卖袋子，另一只手在包里翻手机。

电梯到了，这层没开灯，暗暗的，只有走廊尽头有光。她终于翻到了手机，是唐越光的电话。

这个电话，她等了一个多星期，终于来了。

她对自己微笑，心里默念三下，才接起电话。

唐越光不确定她是否存了自己号码，开口便礼貌地自我介绍，说是上次跟她交换手机那人。宋洋不愿让他知道自己在等这个电话，故意静了片刻，假装在想他是谁，才微笑着说"你好"。

她慢慢地从电梯里走出来，站在走廊上，听这个电话。

他说："上次你落了一本性能笔记在我车上。"

宋洋"咦"了一下："原来在你那里？我还到处找呢。"说着又笑起来。

她是变色龙，哭与笑都并非来自情绪，而是出于判断。她揣摩着，像他这样严肃的男人，天然地会被爱笑的人吸引。

电话那头，唐越光向她道歉，说他本想早点儿联系上她的："但我出了一趟差。发消息说清楚也不是不行，但总觉得电话亲口讲会更好。"

宋洋觉得他是个老派的人物,就像过去的人,结婚生子脱离关系都要登报启事,非常郑重。他对待那本笔记本,或是对待她这个新认识的人,也郑重无比。于是她笑笑,说没关系的,又说谢谢他:"不然我还要找老半天呢。"

"那我们约在小区见面,我把本子还给你?"唐越光问。

约在小区,意味着他们没有太多交流的时间,而且还有露馅的可能。宋洋说:"还是天空之城怎么样?我请你吃饭,谢谢你替我找到本子。"

"只是小事。"他这么说,但并没拒绝。

宋洋觉得这是好开头,于是趁着热,敲下这块铁:"那就这么定了。"

挂掉电话后,她抬起头,才发现自己走错地方了。她置身这条幽暗的走廊里,而对面沧海航空大楼灯火通明,公司logo在顶部发出幽蓝的光,尾部还有个星空联盟的标识图案。

她第一次从这个角度看到对面大楼,只觉非常漂亮,而从走廊尽头办公室传来的说话声很快将她思绪拉回。

"……真的,我不相信低成本航空能做起来。我们国家跟外面情况不一样,机场资源少,刚性成本又高……燃油多贵啊……"

宋洋想起这层是管理层跟会议室所在,她转身要乘电梯下去,突然听到秦远风的声音。他的声音很沉,是有点儿烈的醇酒,很好辨认。声音、声调跟语气,都跟那天唐越光电话里的一模一样。他说:"这些问题,我不是没考虑过。"

对方似乎轻轻拍了拍桌子,接着说:"那市场份额你考虑到没有?国内四大航,占了差不多九成,我们要跟其他公司争夺剩下的一成,更别提那一成份额的对手里,还有沧海。"

秦远风笑了笑,笑声丢在夜风里:"我喜欢挑战。"

"那也不能走低成本路线，加大难度啊！这不找死吗？"对方越说越冲，也不怕冲撞了秦远风。

宋洋站在那儿，静静听了好一会儿，才转身离开。

回到家，田芯的酒肉朋友还没走，满屋子都是麻辣锅底的味儿。在淡淡的白烟中，几个人露出半截脑袋。宋洋一推门，田芯的脑袋就冒出来，冲她挥手："你回来啦。"用筷子在半空晃了晃，"你吃过了吗？一起？"

"不了，刚吃饱。"宋洋跟其他人逐一打过招呼，直接钻进房间里。外面在大声谈笑，她戴上耳机，把音量调到最大，开始在网上查资料。

她查了几个关键词，一个是美国西北航空，一个是低成本航空，最后一个是秦远风的名字。

当年美国西北航空转亏为盈，采取了很多经典措施。至于低成本航空，近年来民航局表示鼓励做强做优民营航空公司，大力支持其健康发展，但国内至今仍没有一家真正意义上的低成本航空。

她搜索了秦远风近期的大量采访，没看到他透露过任何这方面的想法，可见内部还没形成统一意见。刚才听到的内容，也印证了她的猜测。

网上关于他进入民航业的分析倒是不少。由于民航局对干线航空公司牌照发放控制得严，很多持币待入民航业的资方，都在寻求经营状况不理想的干线航司作为壳资源，曲线取得游戏入场券。

秦远风收购诺亚航空时，诺亚航空的前身正处在主动申请停航的地步，内部经营一团糟。秦远风此时出手，成为业内玩家。

游戏能不能玩下去？大部分专家都不看好。也有少部分认为，诺亚航空成立较早，机队已成规模，作为壳资源相当不错。

这些都只是财经人士的看法。

一张专辑播放完，耳机里的声音止息。外面的乱响又清晰地传进来，像有什么东西被打碎了，又有人笑。田芯哈哈直笑，喊了一声

"滚",其他人又笑。又突然有人敲她门,砰地重重敲,她想开门,听到一阵笑声,才意识到是他们在打闹时撞到门上了。

宋洋没有理会,继续看屏幕。她把所有能找到的相关资料保存下来,做好分类,备份在云端。一切妥当后,她才察觉手机上悄然多了条消息,竟来自唐越光。

他说:"如果你对飞机性能感兴趣,有任何问题都可以问我。"

宋洋对着手机屏幕,短短一句话,她反复看了十几二十秒,然后微微笑了。

天气预报说,台风近了。

根据预测,这次很有可能在上海附近登陆。

一连几天天气都不好,方棠一查,她飞的航班取消了。她有点儿气馁——化妆水跟面膜都快用完了,该补仓了呀。而且好不容易排了个好班,谁知道什么时候又让她飞一堆一小时航程的烂班。

阴雨连绵,心情好不起来。

但方棠很快想起,今天姜书河不上班。她想来想去,打算到他家给他个惊喜。她撑了把小伞,来到他家小区对面的蛋糕店,买了杯果汁饮料跟一小片芝士蛋糕,找个靠窗的位置坐下,开始给姜书河打电话。

对白也已经想好。一开始假装自己在东京,问他在哪里,最后再告诉他自己落了东西在蛋糕店,让他过来帮她拿。

直接冲到他家,敲他门?不不不,这种剧情,方棠是不会配合演出的。

拨通电话,那边却一直没有人接。估计是走开了。

她看着在蛋糕店里进进出出的男女,吃完那片芝士蛋糕,半杯果汁饮料下肚,正要再拨一次,电话响了。来电显示正是姜书河。

方棠笑了笑,忘却了矜持,拿起电话就说:"我在东京——"

"对不起,书河今天忘了拿这部手机。"对面传来的不是姜书河的声音,而是年轻女人温和有礼的回应。

方棠的心下意识沉了沉,但根据对方语气判断,她似乎更像是工作伙伴,或者秘书一类角色。她刚想开口,对方比她更早发问:"你是方棠吗?"

"嗯。"

"我是书河的太太。"

突然有人推开蛋糕店的门,重重的,方棠失魂落魄地抬头看,见到一个扬扬自得的小男孩。而电话那头,同样传来小孩子奶声奶气喊妈咪的声音,姜书河妻子用英文对孩子温柔地说:"放下,不可以拿。"又说,"等一下,妈妈在说话。"

妈妈,谁的妈妈?姜书河孩子的妈妈吗?

他的妻子又回来了,温柔地问:"方棠?方棠?"过了好一会儿,她问方棠,"你在哪里?我们见个面吧。"

方棠也是好奇,想知道他的妻子是什么样的女人。光是听电话,她觉得自己已经处在了下风。她强忍自己声音中的颤抖,装作平静地说:"在他家对面的蛋糕店。"

"我们家对面没有蛋糕店。"对方说。

方棠报了地址。

对方说:"那是他爸妈家。不过他爸妈这几个月在老家,不在这儿。"

原来如此。方棠在心里笑话自己。原来不光单身的身份是伪装的,连父母都是伪装的。

她在店里枯坐了好一会儿,外面的雨下个不停。窗外每经过一个撑伞的年轻女人,她都在想:是她吗?哦,不是。

最后进来了一个女人,跟她一样,短头发,平头整脸,有点儿像邓文迪跟默多克结婚时候的容貌,只是气质完全相反。"邓文迪"很快认出方棠,在她跟前坐下。

方棠不太记得她们聊了些啥。聊这个男人吗?多可笑。但这个男人，是她们之间仅有的共同点了。她依稀记得"邓文迪"说，她一个星期前发现这事，当时姜书河说给他点儿时间，他会处理好的。

处理？怎么处理？处理谁？

"邓文迪"不说话。方棠瞬间明白，当然是处理掉她这个外人啊。

方棠是好胜的，不服输的，她不甘心被男人抛弃，不得不说点儿气话。"其实一个男人这样子，两边欺骗，你不觉得很靠不住吗？"

"邓文迪"笑了笑："是啊，我早就觉得他靠不住。"

方棠怔了怔，像是个跃跃欲战的人，连战场都没上，就被夺走了盔甲跟长矛。

她从"邓文迪"口中知道，姜书河原名姜福强，算是个凤凰男。念的也并非美国那所哥大，而是加拿大的英属哥伦比亚大学，就职于国企下属的投资公司。至于他能进那家公司，并且坐到中高层，"邓文迪"说，跟她的家族有关。但她不便透露更多。

方棠全都明白了。只是从"邓文迪"的话里，她能够感受到对方对姜书河并没有多少感情，她忍不住问："为什么你会跟他一起？"

"邓文迪"笑了笑，并不太想说的样子。方棠就算了。外面雨大了，一时间路上没几个行人，店里也没人进出。白色小桌旁只有她们俩。店员在柜台后远远看着，还以为是两个喝下午茶的闺蜜，谁知道会是原配跟小三呢。

小三无聊地望着窗外，原配突然触动了，谁知道是不是下雨天让人多愁善感，她突然主动开口说起以前的事。她说当时她失恋了，就是在这时候认识了姜福强。他那时候刚从加拿大回来，经人介绍认识了她，在知道她背景后，开始疯狂追求。"邓文迪"因为寂寞，所以跟他一起，但即便如此，那时候她也没想过要跟他结婚。

方棠问："那为什么……"

"邓文迪"反问："你知不知道，条件没那么好的底层男性之间流传着一种说法？"

她避免用凤凰男这种说辞。

她说，这些男人认为，假如岳父不同意的话，只要把他女儿的肚子搞大就行了。

说这番话时，她用了戏谑的口吻，但方棠着实被恶心到了。"邓文迪"笑笑，说这只是流传的说法，姜书河本人未必有这种想法。不过，他们当年的确是先有了小孩才结婚。儿子还没出生，她爸就帮女婿搞到现在的工作。孩子生下来，也没有姓姜，而是跟女方姓。

"邓文迪"讲到一半，低头看表，说："我要回去了，儿子看不到我会闹的。"

方棠终于明白，姜书河的妻子为何完全没有上演"原配怒打小三"的戏码，甚至好像对姜书河不太上心。

"邓文迪"离开前，方棠问了她最后一个问题，不是关于姜书河，而是关于他的父母。她没明白，既然姜书河只是跟她玩玩，为什么还要让她"见家长"，尽管那是假的。

"邓文迪"笑笑，问她见到的那两个人长什么样。方棠描述了一番。"邓文迪"笑了："跟我当年见到的一样。当时他就是找这两个人过来，演他的爸妈，直到我怀孕，确定要跟他结婚，才见到他那从老家赶过来的父母。普通话不灵光，交流困难，人倒是老实人，说话都不敢直视你眼睛那种。"她没嫌弃公婆，倒是姜书河有点儿不好意思。

方棠明白了。一个刚挣脱原有阶层的人，第一个想抹去的不是口音或出生地，而是上不得台面的家人。

方棠在店里枯坐，看着外面的风风雨雨。点的抹茶饮料端上来，她啜饮一口，放下来。

真苦。

她想，"邓文迪"真是聪明，看出来自己是个好胜心极强的。跟人撕破脸、抢男人的事，她方棠是绝对不会干的。

当然，也许只因对这个男人不够爱。

就在"邓文迪"说出自己身份的那一刻,方棠已下定决心,离开姜书河。

她把姜书河拉黑,抬头看外面。店里进来一个大叔,门被推开的瞬间,他手机里正在外放气象预报——

"……加强为强热带风暴级,浙江东部、上海等地部分地区有暴雨或大暴雨……"

哪用得着气象台消息,上海市民早就在摩天高楼、便利店、餐厅跟购物广场之间感受到风雨来临。魔都向来有结界,1949年至今就没有过几次台风登陆,所以没有人相信台风会正面吹袭。但该来的暴雨还是来了,对航班影响不小。

尤其是沧海航空这种驻地上海,在华东区域有大量运力和航线的公司。

唐越光原本约了宋洋,但台风天一来,航企全都忙起来。宋洋给他发了消息,说他们这几天双岗值班,只能延后。

他回复:"工作要紧,没关系。再约。"

唐越光继续工作,不时看看电脑上的微信客户端,工作群里非常热闹,宋洋却一直没回复。

上司区路通跟他关系不错,经过他办公桌旁,瞥一眼他电脑,立即瞧出破绽:"这个航线报告,好像是去年的吧……"

唐越光关掉文件,从容回应:"我在做整理。"

区路通笑笑,转身走开。

在第二杯美式跟第三杯拿铁之间,唐越光终于意识到,自己正在等待宋洋的回复。他对这个发现感到意外。

他并非如外界传闻般,连约会对象都没有,取向成谜。他只是小心翼翼地守护着个人隐私,不让私人生活暴露在同事跟前而已。这是他从小学开始养成的习惯。区路通说他是典型的技术人,只是衣品要好得多而已。

在他察觉自己一直在刷微信后，他决定到楼下吸烟区抽根烟。

到楼下吸烟区要穿过沧海大楼的运作区域。他刷了门禁卡，推门进去，忙碌嘈杂扑面而来。台风来临之际，那里电话声不断，大屏幕上实时显示机场数据跟天气实况。空气里是加湿器跟地毯清洁剂混杂的味道，穿着沧海制服的人们，在一个个岗位之间穿梭往返。

他往吸烟区走去，不期然听到值班经理位置上，有人在争吵。他抬起头，见到一个身段颀长、头发微鬈的中年男子，背对着他，正跟另一个人争执着。唐越光看不到他的脸，只知道另外跟他争执的人，是分管运行的公司高层。现在高层的脸色非常不好看，只听着对面那人据理力争："现在就应该尽量让飞机在台风登陆前飞出去……"

唐越光没继续听，走到外面去抽烟。推开门，吸烟区里已经有好几个人，都是认识的，彼此微微扬了扬下巴，算是打过招呼。他找了个角落，用一只旧打火机点着香烟，耳边听到那几个人笑着聊天，似乎正是在讨论刚才那个人。

"魏行之这人就是直。否则以他的能力，也不至于一直平行调动，没法往上走。"

"他也是有圆滑的一面。不过一工作起来，说话就顾不上对象。"

"之前他一直在规划发展部当老总，干得好好的，现在突然调到安全监察部，吃力不讨好啊。"

唐越光慢慢抽着烟，这才想起来刚才背对自己的人叫作魏行之。他之前也曾接触过，非常聪明的一个人，能够爬到现在这位置，当然也不是什么憨直之辈。只是近年来，沧海航空机构越来越臃肿，官僚主义严重，像魏行之这种能干又还有点儿理想的良币，已经被无能无底线的劣币驱逐得差不多了。

唐越光抽完一支烟，再次经过运作区时，见到魏行之还在那儿忙活。高层已经不知去向。魏行之看起来比实际年龄年轻，只着衬衫的身体显露经常运动的痕迹。唐越光经过时，听见他正不停跟人打电话:"台风登陆前飞……尽可能多地飞……"

挂掉电话后,又是一个电话进来。魏行之用手拢了拢头发:"……边缘时段的,削减一半航班量……"不时抬起眼睛,目光追逐着大屏幕上的数据。

他习惯性地拿一支笔在手指间,说话时转动着。唐越光很少见到中年人会转笔,忍不住多看了他一眼。魏行之恰好抬起头来,也不知道是不是认出了唐越光,冲他点了点头。

这天晚上,宋洋从办公室往外看,见到对面沧海航空大楼几乎每个窗户都灯火通明。她抬起手,对牢窗外拍了张照,发了条朋友圈。配文是"台风天,估计对面友司也是一个不眠夜"。

分组后发送出去,分组里只有唐越光一个人。

他没点赞,只是半小时后,给她发过来一条消息。没有文字,只有沧海航空大楼内部人员忙碌工作的照片。

一个人使用社交平台的习惯,会暴露自己的个性。宋洋心里揣摩着唐越光是个怎样的人,将一片片碎片拼贴起来:懂礼貌,重隐私,不多话。

这样的人,将护城河筑得高,估计要从他嘴里问出跟秦远风的关系,会是件难事。

宋洋将手机放回口袋,没有回复。她不愿意自己在他眼里,热情得可疑。

外面乌云压城,方家的微信群里,方程跟方棠说他们今晚都要飞。宋洋想起唐越光发来的那张照片,她可以想象,沧海航空现在有多忙多乱——

销售部需要逐一通知受影响旅客。机务跟货运部门要固定系留飞机。飞行计划大幅调整,飞行、客舱等部门紧急发布通告,通知人员计划变更。机场值班人手额外增加,很多人冒雨赶到机场上班。

方棠下午要飞巴黎,临时接到通知,要求她提前进场准备,绝对不能延误。她给方程打了个电话,说要是他今晚也飞的话,载她到机场。

方程说:"我那个航班取消了,哈哈。我现在在外面。"

方棠被他那声"哈哈"气得挂掉电话,急匆匆打了个车赶到机场。她在车上看着外面凄风苦雨,心里想着,如果姜书河不是有老婆的话,他还在当自己的司机吧。想着想着,她突然感伤起来。

外面风大雨大,抵达时小腿都湿了。但她还不是最晚到的,她师父林玲住闵行那边的别墅,早已成了水人。整个停机坪空荡荡,只有寥寥几架飞机屹立在风雨中,雨雾朦胧了机身上沧海航空的标识。

虽然入场前擦干了头发身子,但方棠总觉得状态不太对,感觉自己好像着凉了。推着餐车开始送餐时,好几次忍不住要打喷嚏。

也是时候感冒了。

她听一些朋友说,身体能够感知一个人的情绪。所以人失恋的时候,就容易生病。

真的吗?她天真地发问。

朋友反问:你没试过吗?

方棠情商高,自然不会说自己没失恋过,这话也太像炫耀了。但过去那几段恋爱,都是她甩别人。别人甩她,倒一直没试过。即使这次发现姜书河已婚,她也没有自己想象中的难过。心情会低落,但也只是怪自己笨,并非出于对这男人求而不得。

人们说,一忙起来,人就没空矫情。好像的确是这样。自上了飞机后,她就一刻不停地检查客舱设备与卫生,清点机上用品数量,看看餐食、枕头、耳机等有没有问题。航班起飞,她要给餐食加温、送饮料、送餐。服务铃一响,就要赶过去询问乘客需求。有乘客休息,她要为他们关掉屏幕,有人看书,她为他们打开头顶的阅读灯。还要不时在客舱里巡逻。她那边通道上有个"终白"[①],不时按铃,她忙

[①] 终白:终身白金卡的简称。

个没完。

但旅途漫漫,当她进入休息间一躺下,情绪就会浮上来。

抵达巴黎时是当地的白天,她一下飞机就不停打喷嚏。坐在去酒店的车上摇摇晃晃,两边太阳穴都涨涨的。身边人嘻嘻哈哈聊着待会儿去哪里玩的话题。她直接用围巾裹着脑袋,歪头就睡。

身后伸过来一只手,轻轻拍了拍她肩膀,她睁眼,见到一盒薄荷糖。

坐在她后面的是叫徐风来的副驾驶,人聪明,嘴巴甜,方棠虽然跟他没搭过几次任务,但早已听师父夸过这家伙。

徐风来笑着眨眨眼睛:"吃粒薄荷糖,没那么容易困。"

方棠说了谢谢,接过,把糖含在嘴里,微微的甜。

方棠不是第一次飞巴黎,也没有东西要买。毕竟老哥飞欧洲的次数比她还多,她有什么都可以找他带。所以跟其他商量着要出门的空勤不同,她一到协议酒店,随便冲洗了一下,吃了片感冒药,蒙头就睡。

中间醒过来两次,第一次脑壳疼,又睡过去,第二次却因为肚子饿,无论如何再睡不着。她起来看表,自己睡过去一个白天的时间,现在刚好是晚上。

她是个爱热闹的,向来不喜欢一个人进食,给同组人发消息,却得到回复说她们约着一起到奥特莱斯去了,现在正在那边吃晚餐,吃完再回来。还贴心地问:"你好点儿没?要给你带药吗?"

方棠扔下手机,穿好衣服,到楼下酒吧去用餐。

她在那里见到徐风来。他独自一人坐在那儿,看着平板,喝着一杯热饮。

方棠走到那小圆桌的椅子旁:"有人吗?"

徐风来抬起头来,微笑着,摇了摇头。方棠发现他眼神深深的,眉眼弯弯。

她坐下,信手翻着服务生刚递上来的餐牌,看了两眼,又从餐牌上抬起眼睛:"你怎么也一个人在酒店?没出去?"

"待会儿再去。"他说。

方棠心里明镜似的,知道他只是不想说,于是也不问,点点头。她扬手喊服务生,要了一个三明治跟一杯热牛奶。

跟徐风来不熟,她跟他有一句没一句地搭着话。她实在是饿,三明治一上来,抓起来就吃。徐风来坐一旁,看着她吃,而他跟前那杯热巧克力,早已凉掉。

她被他看得不好意思,匆匆吃完。他拿起她搭在椅背上的外套,递给她,问她去哪里。

"回去继续睡。"她说,指了指太阳穴,"吃了感冒药,整个人软软的。"

两人一起回酒店。机组成员都在同一层,他在这头,她在另外一头。但他陪她上了离她房间更近的电梯。电梯里只有他们,尽管有种男女间特有的安静,但方棠累得没心思想别的,只低头看自己的脚。

电梯门开了,他们听到一阵吵闹声,是一群年轻女孩在说着中文。

方棠说:"估计是她们回来了。"

徐风来只是微笑,没接话。

方棠觉得挺奇怪的。印象中,这家伙是个话多嘴甜的人,怎么她跟他接触下来,感觉完全不是这样子。

徐风来送她回到房间。那几个女孩子穿着长长短短的裙子,从他们身旁飘过去,消失在走廊拐角处。方棠在房门前站定,回头看着她们的背影,说了句:"原来不是她们……"

眼前突然一片影子划过,徐风来低头吻了下来。

方棠没回过神,而徐风来只是轻触她的唇,似乎是最后的一丝试探。

这种事情,在外过夜的机组里并不少见。本来异性一起出差,就容易发生这种事,加上飞行员收入高,是包括空乘在内的很多女生的目标对象。

但不是她方棠的目标。

她要推开徐风来，他比她更快松开手，低声跟她说对不起。饱含歉意，不像是演的。

方棠二话不说，黑着脸就往房间走。徐风来没有追上来，也没有走开。

方棠走到自己房前，低头按密码。电梯方向传来同组人回来的声音，有人跟徐风来打招呼："你怎么在这里？"

房门开了。她推门进去，转身关上。其间，一直没听到徐风来的声音。

她脱下外套，给自己倒了杯水。水凉凉的，落下咽喉时，她慢慢在床边坐下，想着刚才的事。

她当空乘时间不长，但这种事情见多了。大家都见怪不怪。还有已婚的，到了外地也约，这种情况下，同组人都心照不宣，什么都不说。她好奇方程有没有试过，直接问老哥。方程老实交代："试过两次。"

方棠摆出鄙视的表情。

方程说："那段时间没有女朋友，对方又没结婚，我不认为有什么问题。再说了，你以为光机组这样吗？地面部门男女一起出差，这种事也没少发生。"

见方棠若有所思，方程赶紧打住："我是男人。你可不许这样！"

方棠翻了个白眼："都哪个年代了？"

"无论哪个年代，女人都比男人更重感情，更容易受伤害。"

此刻方棠想起老哥这些话，手里握着那只玻璃杯，在掌心里转过来，转过去。这些讨论，当时她认为与自己无关。她从来不愿意被人归入到"容易"那类，也不会轻易展开艳遇。虽然她自己不愿意承认，但方妈那套"抬高身段"的理论，对她多少潜移默化。

她放下杯子,到洗手间洗漱完,从行李箱里翻出带过来的面膜,打算敷完就去睡。面膜贴在脸上,她点开手机,见到师父林玲发过来的消息:"今天你跟徐风来出去,没发现他有什么异常吧?"

这家伙这么声名狼藉吗?连师父都来叫我小心!

方棠像诉苦一样,飞快输入:"您不知道,他今天留在酒店,看上去彬彬有礼的,但是上了楼后,他居然没问过我,就……"

那边,林玲的消息更快发至:"飞行部那边说,把他一手养大的奶奶刚去世了,他心情应该很差。我提醒大家注意一下,如果他有什么情绪问题的话,都是同事,关心一下他。"

方棠删掉刚才那行字。重新再敲,发过去时,林玲看到的已经是:"好的,我会注意。他今晚没什么特别的,就是话不多。"过了一会儿,又问,"会影响飞行吗?要不要换人?"

林玲回复:"他们自己决定吧。"

方棠回了一个"哦",就把手机扔到一边。她扯下面膜,仔细擦干净脸,就躺倒在床上。

转过来,睡不着。翻过去,还是睡不着。

她睁开眼去瞧,手机搁在床头。

从床上坐起来,她伸出手去拿,翻到徐风来的对话框,犹豫着输入了一句:"我听说了你家的事,请节哀……"

想了想,又删掉。

不合适,真的不合适。

她信手点进他的朋友圈,都是些飞行、训练、打球的照片,没有任何信息显示他有女朋友。

直男的朋友圈,其实没什么可窥视的。她跟姜书河这个大活人在一起,还不是没察觉他有老婆孩子?哪可能凭借几张照片几段话,就知道别人过着怎样的生活。

这家伙属330机队,跟老哥不同。但圈子那么小,估计应该认识,起码也听说过吧。方棠想到这儿,拿起手机,手指滑到方程名字上,点开对话框,输入了几个字:"你知道徐风来吗……"
想了想,又删掉。
也不合适。
她把手机往床头一扔,继续睡觉。

台风擦过奉贤中心,在附近沿海登陆。

台风刚过,候机楼的航班动态显示屏,几乎被沧海跟另一家上海主基地的航司霸屏。方程冒着大雨赶到机场,一路上刷着朋友圈,有朋友执飞台风后首个落地虹桥机场的航班,刚落地就晒照片。登机口有旅客自拍,也不能怪他们大惊小怪,毕竟没几个台风能突破魔都结界。

方爸方妈都是普通人,尤其方爸,老实巴交,年轻时一直闷头在机库修飞机,后来腰受了伤,加上儿子又学飞出来,家里经济条件好了,他也就提前退下来。方妈是国营商场里的售货员,那双眼睛非常犀利,一看人进来,还没说话,就能把对方分出个三六九等。她工作压力小,家长里短时间多,动嘴皮子也快。不知道是不是因为遗传了她这点,方程方棠两兄妹都嘴甜,会做人。

作为副驾驶,方程每次航前都给搭档的机长发消息介绍自己,态度极好,技术级别、飞行时间、执行航班、签到时间交代得清清楚楚,最后是"很荣幸有机会与您一起飞行,得到您指导"。机长们还没见到本人,就对这小年轻留了好印象。

民航过去属于部队管,军转民也就是改革开放后的事,所以无论是飞行还是空乘内部,都还存留着过去"下级服从上级"那一套。几年前,航校里空乘专业学姐对学妹的"霸凌"曾经上过热搜,全民惊诧,但业内人士觉得未免大惊小怪。

不过现在,年轻人越来越有个性,而国内民航业发展迅猛,飞行员紧俏,升机长的速度比国外快多了。过去那套的影响力也没那么强,大多也就表面做做样子。像方程这么上道的人少,他更显突出。

所以，当其他人犯了错，比如绕机检查时没有穿反光背心，被机长骂死，他却只会得到一句"安全无小事，下次一定记住"。

下了机，大伙儿到机组酒店放下行李，就各自活动。机长约了老同学聚，几个空乘也都各自有约。只有方程跟乘务长和两个空乘落单。其中一个小乘务想跟方程一块儿出去吃夜宵，但方程知道那乘务长话多，传回去不知道成什么样了，于是借口自己约了人，单独溜出去。

他在当地无事可干，随便找了家小酒吧，喝了点儿酒，干坐了会儿，便离开。

襄阳天气好，夜风吹来非常舒服。他沿着热闹的大街走了一小段路，灯光从两旁树梢枝叶间投下来，落在他脚边，他忽然想起刚开始飞时，每次在外飞过夜都兴奋，后来习惯了，经常索性留在酒店健身或者打游戏、睡觉。

他站在街头，看着年轻的男男女女擦身而过，把手伸到裤兜里打算打车，这才发现手机没了。

他身上没带钱包，一点儿现金都没有。暗暗骂了声，也只好回头去找。仔细想想，怀疑是喝酒时掏手机，把手机落在那儿了。

他凭借模糊的记忆走了一段路，抬头看，刚才去过的那家酒吧就在前面。正准备抬脚进门，突然有人问："是丢了手机吗？"

他转头，见到一个穿着黑色短袖上衣、浅蓝色短裤的少年，眼睛定定看向自己。他下意识点头，停下脚步。

两人站在酒吧门口，少年有意识往旁边走了一步，方程这才意识到自己挡路了，也跟着他走。两人站在灯光下，方程看清楚对方的脸，才发现这是个女孩，一个长相英气的女孩。女孩长得非常好看，他不禁多看两眼。

女孩问他丢了哪款手机，又问他手机密码，然后掏出手机来，解了锁，便将手机递还给他。

"下次小心点儿。"这么说着，她抬腿便走。

方程低头拨拉手机,弹出好几条信息,此刻在他看来,都是无关痛痒的。上海突然离他很远,而眼前这个女孩,很近。

他追上前,喂了两声。

女孩转过头:"还有事吗?"声音有点儿拘谨。

他笑了笑:"没有,就是想谢谢你。"

"不用。"她接着走路,走路时低着头。

上海滩美人多,像方棠就是个皮肤糯白的美女。但也许看多了软糯的女孩,他越发喜欢大气硬朗的,有点儿女生男相更好,像林青霞、内田有纪这种。

他眼看这个女生,感觉她跟柔肌尖脸的网红脸都不一样。短头发,高鼻深目,手长腿长骨架不小,稍显硬朗,没有半点儿讨好男人的媚态,像古早日剧里球场上驰骋的美少年,最后现出女儿身。只是这"少年"眉眼露怯,并不十分爽朗。

夜深,她走的方向离开了刚才的商业区。他紧几步慢几步,在身旁跟着。双手插兜,偶尔走快几步,回过身跟她说话:"你去哪里?夜深了,不安全。"

"我回家。安全的。"她言简意赅,低着头走路,不去看他。

"我送你。"方程非常坚持。

两人隔着一点儿距离,一前一后走,看起来像在闹情绪的情侣。女孩觉得他奇怪,看他一眼,放慢了脚步,但心里终于认定了他没恶意,不是坏人,于是又快步走。方程不时在旁搭话:"你是本地人吗?你怎么找到我手机的?你叫什么名字?做什么的?你觉着我会回来找,所以一直站在那儿等?"

女孩抬头看他一眼,似乎觉得这人怎么话这样多。

方程跟着这女孩走过几个街区,发现周围的建筑都渐渐破落起来。楼层不高,像20世纪80年代建的房子,墙体贴着一块块小广告。路边停泊着几辆私家车,他扫了一眼,没什么好车。女孩像惯走迷宫的高手,在几栋楼间腾挪,最后在最深处最破的那栋前停下。

她低头在包里翻钥匙，正要开门，像突然想起身旁还有个人。她把钥匙圈在手指间，转头跟方程说："我到了。"

这女生语气硬，听上去像是逐客令，只是更礼貌些。不过在男人听来，这句话没有下文，像是开放式，怎样接上去都行。

如果是在上海的夜，他会自然而然说想上去喝杯东西。

可是在这小破楼前，旁边立着一杆路灯，黄澄澄的光圈下细细密密绕飞着小蚊虫。他觉得脚踝处的皮肤很痒，不知道什么时候被虫子咬了一口。走太久的路，他这才发现自己都出汗了，身上有一股味道。

他又抬头，看一眼这小破楼，他联想到，在里面生活的人，跟他是不一样的。

他突然打了退堂鼓，礼貌地对女孩说："那么，再见。"

转身走开的时候，他听到女孩转动钥匙开门，踢踏上楼梯的声音。他有一点点儿遗憾，但又想，这女孩未必自己一个人住。即使一个人住，那屋内也必定残旧幽暗，旧家具散发着霉味儿，那床躺上去发出吱呀吱呀的声响，枕头被套都有怪味儿，洗手间墙壁黄得像尿渍。

这么一想，他再没了欲望。走远几步，回到热闹些的大街上，他叫了辆车回酒店，把女孩抛在脑后。

方妈跟他千叮万嘱过，穷人家的女孩，连碰都不要碰。怕她们像蜜蜂沾到糖一样，甩不掉。

当时方程还在心底讥笑老妈：除了在静安区有套老公房外，方家不还是底层小市民？自从他飞出来后，老妈就主动把自己划分到有钱人那一栏去了。方程好几次想跟她说，他们家充其量也就是个中产而已，别装富人了。但一想到老妈憋屈大半辈子，仅余爱好就是炫耀儿女，也就由得她了。

"穷人家"女孩踢踏踢踏上了楼，楼道阴暗弯曲，墙壁隔音不好，传来邻居打骂孩子的声音。

她推门，外婆正坐在客厅沙发上，歪着半边身子在打电话。屋子里暗暗的，只开了一盏小小的门廊灯。女孩走进来，啪地将一屋子的灯都点亮了。

外婆抬头瞥她一眼，是那种不耐烦的、隐隐不悦的眼神，但她又很快转过头去，跟电话那头说话："……那我们家栋栋啥时候回家？……在上海大公司啊，可真是出息……"

女孩一听就知道，外婆在跟舅舅打电话。她将鞋子脱下，换上拖鞋，走到冰箱前，发现自己那瓶柠檬水只剩一小点儿了。她抬头看一眼外婆，又看到跟前的桌面上搁了一杯水，水里起落着柠檬丝。

女孩把剩下那瓶水直接拿过来，边喝边走到窗前。她仰头喝了一口，抬起手臂拭着嘴角，眼里看着窗外一个男人的背影。那个叫方程的男人。

旧楼与旧楼之间，他的影子在昏暗的路灯下拉得老长，他像拖着一条黑色的尾巴，慢悠悠消失在这片区域。

房门打开了，一个扎马尾的小女孩走出来，看起来还是个中学生。她喊道："姐，你回来啦。"

当姐姐的"嗯"了一声，问妹妹："小雯，做完作业了？"

小雯点点头，往姐姐身边凑，也学她去看窗外，边看边好奇地问："你在看什么？"这才发现外面只有方程一个人。虽然只有背影，但光凭这走路的姿态，就知道是那种一脸自信的人。

客厅那头，外婆的声音突然低下去。当姐的转过头，见到外婆也正好转过身子，背对着姊妹俩。小雯机敏，看姐姐一眼，立马偷偷凑过去，耳朵竖起来，听到外婆说："……房产证不在我手上……管得死死的………"

当姐的一怔，倒是小雯犀利，直接就从外婆手上将手机夺过来，冷声冷气地对那边说："姓姚的你听着，这房子是我妈留给我们姊妹俩的。你要敢打它的主意，我就敢找人在网络上散布消息，说这是凶宅，死过人，闹过鬼，你等着它卖不出去。"

说着，她啪地挂掉电话。

外婆坐在沙发一角，看起来像个没事人似的，乖乖巧巧捧着一杯水喝。她一头花白头发，梳得整整齐齐，是那种再穷也要风度的人。小雯想，外婆过去到底是个人民教师，就算要发脾气，也不会大喊大叫。

这下，外婆一副吃了大亏、受了天大委屈的模样，坐在姐姐跟前。她低头看着自己指甲，半天，才叹了口气，抬起头时，都看得见眼泪在她眼眶里打着转。她轻声问："沈珏，你也不管沈雯？这是跟长辈说话的样子？你舅舅到底是你舅舅，大家都是一家人哪。"

沈珏不说话，也是自小便习惯了被外婆奚落。后来她念大学时外出打工赚钱，人一有了钱，受到的尊重便也多了几分，外婆对她说话客气不少，转而数落妹妹沈雯。但沈雯是个小辣椒，从来不吃这套，现在听着外婆指着桑骂槐的，翻了个白眼，也不理她，只跟姐姐说着话："姐，怎么才回来？"

"嗯。你还不去睡？"沈珏问。

"还没做完卷子呢。明年就要高考了。我可不像姓姚的，不用读书就能继承，哦不对，白占别人一套房子。"

外婆听出了她话里有话，又开始嘀咕开来："国栋可争气啦，现在人家在上海的大公司上班……"

外婆一直唠唠叨叨，沈珏也不想跟她说话，一直在收拾东西。

外婆看她一直没反应，突然往外蹦了句："一个女孩子家，这么晚才回来，也不知道跑去哪里野了。你这么不正不经的，看以后哪个男人敢要你……"

沈珏手里正拿着一瓶胃药，往行李箱里放，她听得这话，突然就火了，把东西往地上一掼。外婆没见她发过脾气，立即噤了声，侧着眼睛看她。

沈珏嘴拙，从没嘴炮过，摔完东西就不知道怎样开口了。倒是沈雯牙尖嘴利，在旁说开了："外婆，我跟您讲，不是男人要不要我姐，是我姐要不要他们。您是不知道吧，姐找到工作了，在上海的航空公司上班。"

外婆张了张嘴。窗外的路灯此时晃了晃，突然灭了。楼下有醉汉骂了句脏话，说这破灯害得老子差点儿摔跤。

沈雯看了一眼沈珏，等她补充。沈珏这才张口，虽不如沈雯流利，但到底也是把意思表达清楚了。她说："如果被我发现，你偷偷把钱存下来留给你儿子，就别指望我再给钱了。"想了想，她补充，"也没关系，反正明年沈雯就满十八了。我把钱汇给她，你要花的话，跟她要就行。"

这天晚上临睡时，沈珏交代沈雯，要她好好照顾自己，也多看着点儿外婆。沈雯扑哧一笑，老成地对沈珏说："姐，你还是看好你自己吧。像你这么畏畏缩缩的，可一点不像我们湖北人。我还真担心你到了大上海，被那些人精吃得连骨头都不剩。"

沈珏笑着推了妹妹一把，但心里却忐忑，像自己这样的个性，到了上海的职场还真不知道会怎样呢。

第二章

Chapter 2

假笑得多了,就忘记真笑是什么样的了

1

大规模改革的暗流开始涌动。

宋洋首先是从人力资源经理莫宏声的流程上嗅到的。

最近一段时间,他一个部门一个部门走访,开会,做人力资源测算,将诺亚航空的人机比和其他航司做对比。好几次宋洋经过他办公室门口,见到他在跟其他部门管理人员甚至员工谈话。

田芯跟宋洋神秘兮兮地说:"大家都说呀,我们公司可能要大规模这个了——"她手掌发力,在脖颈位置做了个切割动作,意思是要裁员。

人力资源部门那边也传出消息,说这个星期秦远风要到他们这儿听取报告。他们必须利用一个周末时间,把整个公司的飞行人力资源、地面人力资源、人机比等情况形成材料。有人说,最近入职的会危险,因为技能还没培养出来,用处不大。工作了三五年,能力又强的,在整个民航业都抢手,也不怕被诺亚裁掉。

这天下午,机组管理部门的老总、副总跟经理们都被临时召集开会。田芯打听到,说是有人来了。是谁?她也不清楚。

但很快,组长过来说,让大家赶紧把桌面收拾一下。"待会儿老板要过来。"田芯他们这才恍然大悟,原来是秦远风来了。

田芯的桌面最乱了,都是坚果奶茶之类的零食,她在荷兰皇家航空跟大韩航空交流时的照片,两盆绿植,一盆半死不活,一盆茁壮成长。桌面上摊着一个个本子,写满了航班号,线条画过来,又画过去，外行人只觉得在画符。

她一只手收拢过来，草草将本子跟零食塞到抽屉里。回头再看其他人，桌面也都已经收拾整齐，像要等待检阅。大伙儿静静坐在工位上，握着鼠标，点着排班系统，耳朵却都竖起来，听着老板的脚步声。

秦远风却一直没到。

田芯向人打听了，说今天会议气氛很紧张。秦远风问了几个问题，涉及运行效率、机组人力资源利用等问题。他没有任何表态，但结合之前他走访机务、培训等部门时透出来的风，明眼人都看得出来，他似乎要向机型过多下手了。

"你说，我们公司是不是要裁员了呀？"他们小声议论着，"毕竟要提高盈利，就要压缩成本，现在公司的问题是机型太复杂了。"

宋洋面对着电脑，一直没加入讨论。排班系统上，一个个航班号像恼人的音符，乱响一通。尽管是新人，但她也看得出来，诺亚的机型太多太杂，航班调配难度大，机组排班难度大，效率低，影响盈利。

电脑屏幕上，映出她白白的一张脸，内敛沉默。她向来不怎么化妆，所以现在看上去，也跟念大学时没有太大区别。

同事还在身旁议论着，声音细细碎碎。"哎，那不就影响到我们了吗？""不过我们这个职业，其实还挺受欢迎的。""是啊，在这儿排个四五年班，业务就很熟练了，跳去其他航空公司也不怕。""但是诺亚的薪酬还是比其他公司高，我可舍不得这里。"

这声音渐渐低下去了，但宋洋没注意到。

她只知道，她不能被裁员，她不能够离开诺亚航空，不可以。

一旦离开，她之前所做的一切都白费了。她边想，边低头在本子上随手写下一个航班号，像机器人一样，例行公事，也没留意到身边为何突然安静下来。

"啪嗒"一声，笔掉到地上。

这一小小的声响，将她拉回现实中来。她低头要捡起笔，视野中出现了男人的黑色皮鞋。这视线慢慢往上移，出现了男人的腿，最后是一只握住笔的手，在那手后面，是秦远风的脸。

其他人都在看着他们这边，仿佛秦远风拿着的不是一支笔，而是一只水晶鞋。那只鞋被捧起，轻轻搁在宋洋跟前，让所有人都屏住了呼吸。

宋洋站起来，接过笔，说了声"谢谢"。

秦远风冲她笑了笑，似乎认出了她，又似乎没有。他侧耳听着部门老总介绍着"我们会严格机组定员，按照标准执行，不会浪费机组资源……"一群人渐渐远去了。宋洋似乎听到田芯他们在旁舒了一口气，身旁又是嗡嗡嗡一片。

宋洋到隔壁调度部门时，经过茶水间，听到那两个朱迪又在低声说笑。她跟调度部的人了解完航班调整情况后，往回走时，在茶水间门口碰见刚出来的两个朱迪。

矮朱迪正跟高朱迪说："秦老板压根儿没认出她嘛……想攀高枝也……"高朱迪正在嗤笑。两人一抬眼见到宋洋，宋洋瞥了她们一眼，她们立即不吭声了。

她从工作区出来，乘电梯到一楼，穿过种了大片绿植的中庭，在大培训教室外等。电话在右边裤兜里响起来，她把右手抱着的一大摞手册资料换到左手上，才伸手掏出手机。

是同事电话，问她报销单放在哪里。她在玻璃大门前站住，边回忆边告诉对方。

"哦哦，找到了找到了。谢谢。"对方说。

"不客气。"她摁掉电话，一只手把头发撩到耳后。

玻璃门上，她的身后，有另外一道影子。在这林荫密布的花园里，在这日光下，这匆匆一瞥，眼前这认真严肃的神态，她仿佛看到了父亲。

宋洋整个儿怔住，手里一本册子悄然滑落。

玻璃门上，那道影子矮了下去，然后又立起来。因为调整了位置，他的身影映在她身上，两个人的影子在玻璃门上重叠，成为一团模糊的灰。日光映下来，又像是镶了金边的云。

"你掉了东西。"那道影子开口。

她回过神来，转过身。

站在她面前的居然是唐越光，头发比之前剪短了一些，更好看了。穿着浅蓝色的衬衣，脸上的神态也是浅的。像日光一样，玻璃门上的灰影都要被驱散。

他见到宋洋，神态有些意外，但也有些释然。当然宋洋没明白，后来才想到，他其实从踏入诺亚开始，就暗暗期待见到她。

他首先开了口："台风过后我就去开会了，刚回来。要是知道在这里能见到你，我就把那本笔记本带过来了。"

宋洋微笑："下次再给也不晚。"

他又说："真有意思，我们的公司跟住所都那么近，但想约见面却一直见不了，想把东西还给你都不行。"

宋洋直接便接过话题："那要不今晚？"又补充，"如果你不用加班的话。"

"今晚我可以。"

两人迅速定好时间地点，宋洋才问他为什么出现在这里，他说自己过来开交流会。又问宋洋会议室在哪里，宋洋替他指了路。会议快要开始，他匆匆说了再见。两人分别转身时，宋洋在心里面突然想到，其实他们俩谁都没提过，那本笔记本，用快递就能解决，何必要花一顿饭的时间。

这么一想，宋洋突然觉得唐越光露了破绽。

她跟唐越光约在天空之城见面。白鹭飞正坐在门口，跟一个白人老外抽着水烟。宋洋觉得这老外挺眼熟的，以前也在这里见过多次，似乎是哪个航空公司的外籍飞行员。

唐越光给她发了条消息，说临时有点儿事，让她等等，发了两个不好意思。她发现他跟方程相反,从来不发表情包,交流只用文字,还是最简洁的文字。

宋洋挑了门口附近的位置,她要了餐牌,耳边正好听到白鹭飞跟老外瞎聊天。老外以前是瑞安航空的,老在欧洲飞廉航,觉得没意思,想跨洋飞行,看看欧洲以外的世界。后来看到中国的航司在招飞,过来碰碰运气,从此开始了新生活。

白鹭飞问:"中文说得这么溜,中国女朋友少不了咯?"

"伐要瞎讲八讲,伊是吾老婆,吾一眼也勿花擦擦颜!(你不要胡说八道,她是我老婆,我可一点儿也不花心!)"老外翻了翻眼皮,利索地回了句上海话。

夜晚时分,走进餐吧的人越来越多,大都是附近航空公司的员工,也有些飞行爱好者,特地跑过来感受一下气氛。餐吧里的人越来越多,身旁开始陆续坐下其他人。几个年轻人,也穿着诺亚的制服,正在讨论这个月泰国航线的销售指标跟舱位管理。

"这个月还要继续走访客户,推销公务舱产品呢。累死了。"
"得了吧,有活儿干就赶紧干,小道消息说,公司可能要裁员了。"

外界普遍认为,诺亚航空前身的问题,除了本身经营品质外,也许还跟油价对冲有关。

在航空公司运营成本中,燃油成本占了大份额,是主要支出。近年来,油价持续上涨,诺亚航空此前赌了一把,买入认购期权,把燃油价格锁定在行权价上,并支付了大笔认购期权费。

同时,管理层卖空认沽期权,试图以获得的认沽期权费,把油价上涨风险对冲掉。如果油价如他们的判断,持续上涨,诺亚航空将会大赚一笔。

但事与愿违,在诺亚航空对冲后不久,燃油价格持续下跌,造成账面亏损。加上在跟业内同行的竞争中,为了保住市场份额,盲目扩大载客能力,公司在部分市场出现亏损。

所有因素加起来,这已达中等规模的小型航空帝国最终被拖垮,被秦远风的诺亚集团一口吞下。原来的豪亚航空,跟诺亚只有一字之差。现在改了名字,又换了logo,飞机重新涂装一番。

宋洋正想得入神,唐越光已经来了。也许因为他是这里常客,白鹭飞过来招待,见他要酒,笑了笑:"哟,工程师今天不用清醒地干活了?"

不知为何,说这话时,他的目光瞥了瞥宋洋。

"干完了。"

"那要庆祝一下。"白鹭飞笑着拍他肩膀。

唐越光平时话少,但不代表他心冷。只是刚进公司不久,他就因为太敬业而犯了职场大忌。有其他部门同事找他要一个数据,这原本不是他的分内事,但他认为只是举手之劳,因此把数据发给对方。没想到后来同事不知怎的在报告里引用错了,他的上级趁机把唐越光所在的性能部门拉下水,当个垫背的。

唐越光的同事发现,这么大的事,他居然没怎么受罚,于是关于他有背景有关系的传言,又重新浮出来。

反正,这事以后,唐越光的顶头上司区路通跟他说,做事要多个心眼。

渐渐地,他发现,职场上最不缺的,就是心眼。

于是在公司里,他跟同事也只限于谈谈巡航性能、过载系数这种。至于跟其他人钩心斗角,与其他部门抢资源抢会议室抢新人这种,他既插不上话,也不感兴趣。

但是在天空之城,他能够放轻松,偶尔甚至还有一两句冷笑话。

宋洋看他掏出那本笔记本,递还给自己,笑着接过,说了谢谢。唐越光顺势问:"你是同行?"

"嗯?啊,不。我是机组排班的。"宋洋微笑,缓缓说出准备好的台词,"但是我对飞机感兴趣,自己瞎学的。"

总结下来,无非两个字:迎合。

唐越光问她为什么会对这些感兴趣,她说自己从小就有蓝天梦想:"不过我工科不行,所以最后也没选择念这些,只是自己有空翻翻。"

他点了点头,修长的手指握住杯子边沿,她发觉他侧脸比正脸更好看。他再次抬起头来,却问道:"你就是跟秦远风直播饭局的那个女孩子吧?当时你好像没提过自己对民航感兴趣。没记错的话,你说自己考的是医学院。"

宋洋拿起杯子,假装抿了一口。她没想到他看过那场饭局直播,还好自己有准备。

放下杯子,她连声音也一同放低:"嗯,那时候想救死扶伤。后来受到一篇报道的影响,最后还是打算投身民航。"她在唐越光面前,把对莫宏声说过的话重复了一遍。只是将曹栋然的名字改成了秦邦。

她想知道,唐越光会不会说些诸如"我跟秦邦儿子很熟"一类的话。但没有。他很沉默地听,并没有什么反应。

谈了一会儿,宋洋自然而然地把话题转到诺亚航空改革上。唐越光说,他也有所耳闻,但到底耳闻了些什么?他说的只是些大路货,断断不肯把更多消息说出来。

宋洋啜一口酒,自然地说:"秦远风似乎是个很有想法的老板。"

唐越光说:"他一直如此。"

"怎么说得好像你认识他一样。"

唐越光突兀地转了个话题。宋洋嘴上回着他,心里却想,两次了。一提起秦远风,他就会转移话题。

只能等待时机成熟。

这天晚上,宋洋看着白鹭飞来来往往,跟客人关系熟络,想起夏语冰为机组投诉率居高不下一事头痛,于是随口问:"老板,你开酒吧,而我有个跟服务业有关的问题想请教。"

白鹭飞笑:"说吧。"

"到底怎样才会让客人满意?"她问,"我们那里有些事情,无论做得多好,服务对象都不满意。"

白鹭飞认得这个跟秦远风吃过饭的姑娘,他故意逗她:"那不是秦远风该想的事吗,跟你有关系?"

"这也是我的工作。"

白鹭飞笑笑,突然说起了别的事。"说起来,我那个小外甥女上幼儿园了。为了争取小星星,可听老师话了,在幼儿园里比在家里乖多了。说是集满六个小星星,可以奖励一个小本子。"他把杯子在光下照了照,才轻轻搁下,笑着看宋洋,"我姐说,本子我给你买不行吗?小家伙不肯,非得要自己集才有意思。"

宋洋若有所思。

那边有一桌人,笑着喊白鹭飞的名字。他应了一声,笑笑说:"我跟朋友打个招呼去。"

看白鹭飞走开的背影,宋洋说:"老板的朋友还挺多的。"

"毕竟做这一行。"唐越光接过话。

"那他也是个有故事的人了。"但在这城市里,谁没有一两个自己的故事呢?

唐越光没正面回答这个问题,只转头看周围,低声说:"一个人打理这家以飞行为主题的餐吧,就在这么多航司附近,收集了这些手办、这些资料,要说不是因为喜欢这一行,是不可能的。"

"我听说他当年是飞行学员,后来没飞出来,就转地面了。但是他不喜欢地面的工作,索性跳出来自己做餐饮,开了这家天空之城。"

关于白鹭飞的故事,来这里的人多多少少都知道。唐越光说:"他没飞出来是有原因的。"

"什么原因?"宋洋随口问。

唐越光轻轻摸着杯子:"他女朋友是空乘。就在他计划等自己飞出来就向她求婚时,传来了她在俄罗斯空难的消息。"

宋洋看白鹭飞平时笑嘻嘻的,没想到会有这种过往。餐吧里人来人往,白鹭飞伸出手臂拍人肩膀,对谁都笑面相迎,像蜻蜓一样在每个地方稍停留,又掠过空气离开。这里的人都是他的朋友。

"他真的像看上去那样开心吗?"宋洋问。

"谁知道。但是……开心总比不开心要好,对不对?"唐越光这么说。

宋洋微笑着说:"是的呀。"然而她的内心,却戴着另一副面具。

她不是一个爱笑的人。最起码,自从父亲死后,她就没有真正开怀地笑过。这世上再没什么值得开心的事。跟方家的人在一起,看着他们团团和气,自己也只会假笑。假笑得多了,就忘记真笑是什么样的了。

唐越光看她微敛起笑意,以为她还在想白鹭飞的事,便一心转移她注意力。他说:"5点钟方向。"

那里坐着个穿男式衬衣的女人,独自坐在小圆桌前,边喝酒边微笑着听手机那边的声音。唐越光说,那是个女飞。家里是飞行世家,从爷爷到老爸、叔叔都是飞行员。据说知道生了个女儿,她老爸非常失望。但她自己努力当上飞行员,争了口气。

10点钟方向的男人,原本是国家仪仗兵,退伍后到航空公司当上了安全员,因为长得帅,上过电视。

角落里的女人,本是空乘,生病后就被辞退了。空乘这个职业要懂急救,她受过培训,后来在路上救过两个晕倒路人的命,视频出来后她就成网红了,原来的公司又想请回她,被她拒了。

唐越光闭口不提自己的故事,却对这里每个人的事了如指掌。宋洋虽跟方程方棠常在一起,但从没听过如此多属于这行业的故事。

餐吧里有种独特的味道,是不同人的香水混合食物、酒水的气味。几乎所有的餐厅酒吧,都会有这种气息。但这天晚上有点儿不一样,宋洋贴着唐越光坐,能够清晰闻到这男人身上荡来的清新气味。

她跟这种气息绝缘已久。最早是父亲,她老觉得父亲的制服上有种飞机餐的味道,父亲笑她是个小好吃鬼。后来她每次吃飞机餐,都能想到父亲。然后是青春期,当时她曾经对方程有过少女心事,他打球后衣衫湿透,是少年在日光下的汗味。但方妈对她投以凌厉而警惕的眼光,像彗星一样拖着长长的尾光,而她整个青春期都笼罩在这尾光中,以至嗅觉也失灵,再也闻不到异性身上的气息。

唐越光是她的例外。

她低头,盯着吧台上的顶灯映在杯子里,随着液体一晃一晃。她的眼睛和唇倒映,也随液体微微晃动。她问:"那你呢?选择进入这个行业,当一个性能工程师,你又有什么故事?"

"说不上什么故事,只是一个小孩子在机上发病的小事情。"

"那个小孩是你?"

唐越光点头:"当时需要紧急备降武汉,但是又遇上了机械故障——当然,这个我是后来才知道的。但是武汉区域有暴雨,能见度很低,这个倒是我们普通旅客都肉眼看到了的,情况很紧张。我还记得我坐在位子上,只觉得浑身发热,看着外面的乌云,而飞机一阵一阵地颠簸颤动。我很害怕,觉得自己是不是要死了。"

"后来呢?"

"后来我在广播中,听到了机长的声音。他说,他会让大家平稳落地,请大家放心。不知道为什么,我整个人放松下来,整个人好像也没那么难受了。飞机落地后,其他旅客都走了,我在位子上等待着停机坪上的医务人员上来把我抬走。这个时候,机长走了出来。"这个机长鼓励这个生病的小孩,还掏出一个小小飞机钥匙扣送给他。

"他说,这是他买给女儿的,不过当时他感觉我更需要一份小礼物。"唐越光边说,边从包里翻出他的钥匙。上面有一个小小的飞机钥匙扣,看得出来挺旧的,但他珍惜爱护,保养得很好。

宋洋盯着这小飞机,不期然地想起了父亲。

小时候，父亲每到一个机场，都会给她买一个代表当地的小礼物。有时候是当地候机楼的小模型，更多的是基地机场航司的小飞机模型、抱枕什么的。那时候她小，也分不清机场跟航司的关系。反正在她看来，都是跟飞机有关的，跟父亲有关的。

这天晚上，宋洋自觉杀气腾腾，想要捅破唐越光跟秦远风的关系，却没想自己先被回忆击倒，让这个夜晚有了一个温馨结尾。唐越光照例送她到方棠家楼下，他说："我之后没在小区里再见过你。"

"也许因为你没留意过我？"宋洋以玩笑来反问，避过了这个问题。唐越光却突然不说话了。

晚上回到家，宋洋给方棠打了个电话，说希望她帮忙查一下唐越光这个人。面对方棠猛攻，宋洋编了套工作伙伴一类的说辞。但方棠怎么可能信。她吃准了这两人是都市男女套路。

她跟宋洋一起长大，从没听说过她喜欢过谁，似乎也不曾有什么恋爱经历。反复打听一个男人，这还是头一次，方棠郑重其事，又怕打草惊蛇，于是偷偷打听。

很快，宋洋就从方棠嘴里知道了唐越光的情况。单亲家庭，跟母亲长大，父亲不详。她心里隐隐约约猜测，他跟秦远风身世有点儿像……两人会是兄弟吗？

唐越光这条线索怎么用，她还没有具体想法。倒是一周后，宋洋加班后到天空之城吃饭，又远远见到唐越光。

唐越光在跟同事聊天，一开始没注意到宋洋。宋洋想着他在谈公事，便没主动跟他打招呼。

吧台那边，有个男人一直在喝闷酒。宋洋抬头看了他一眼，见到是个跟夏语冰差不多年纪的男人，鬈发在光影下看来呈棕黑色。她低下头看书，思路却突然被酒杯摔破的声音中断。

周围的人都抬起头来，唐越光在人群中见到宋洋，彼此交换眼神，点了点头。

然后宋洋见到唐越光站起身，推开椅子，朝吧台前那个男人走去。他喊:"魏经理——"便伸手要扶住他。唐越光的同事也走上前,搭了把手。

不知怎的,宋洋也走上前:"有需要帮忙的吗?"

那姓魏的男人没站稳,身子晃了晃,突然发足奔向厕所。唐越光也跟着进去。过了一会儿,两人出来,唐越光几乎半搀扶着他。宋洋见到那男人穿着沧海航空的制服,领带解开。白鹭飞走过来,跟唐越光一起扶他到长沙发上躺下。对方一沾沙发,几乎马上睡着。

"什么人啊?你同事?朋友?"白鹭飞问。

唐越光摇头:"其他部门的老总。"

白鹭飞"哟"了一声,说:"我还真没见过有人穿着公司制服,在这里喝醉的。"

跟唐越光一起的同事,不希望魏行之醒来后知道自己见过他的窘态,于是跟唐越光说自己有事,匆匆离开。

唐越光不太放心,打了个电话给规划发展部的人。过了一会儿,那人匆匆赶来,还带了另一个同事,把魏行之抬到车上。魏行之上了车,又在车上吐。车主的脸往下一拉,碍于魏行之是上司,又勉强支撑自己的肌肉往上提着。

另一个人从车上下来,跑回唐越光身旁,凑到耳边说了句什么,唐越光点点头,意思让他放心。

看车子驶走,宋洋看着唐越光,他解释说:"那人怕我把魏经理喝吐的事说出去,叮嘱了我一句。"

"那也不是什么丢人的事。"

唐越光说:"醉酒不丢人,为了什么事喝醉才是关键。"他跟宋洋说,这个人业务能力强,但个性直,得罪不少人。上次处置台风时直接面对媒体采访,风头出尽,这次被穿了小鞋。而且背后捅刀的,还是被他一手提携的好兄弟。

至于他在公司听说,魏行之妻子前阵子被发现出轨的事,他没跟宋洋说,只因为在人背后说这些,感觉像在嚼舌头。

他说:"对很多人来讲,工作就是抢业绩爬梯子,个人履历刷得漂亮才最重要,公司发展得怎么样与他们无关。"他顿了顿,很慢地说,"我还是第一次见到像你这样,会为了公司发展考虑的人。"

这评价有点儿高。宋洋自己心里清楚,她不过是要向夏语冰证明自己的能力而已。她一笑,也不说话。

两人站在餐吧门口,这时有人走过来,跟宋洋问路。她侧过身,朝向外面,给那人指路。唐越光突然移过去,站在她身侧。

等那人走开后,宋洋抬头看他,才发现他朝向餐吧门外的那边外套上,覆上了蒙蒙的一层水。宋洋扭过脸,才发现,原来外面突然下起了细雨。她站的地方,原本正是雨水会飘进来的位置。

父亲死后,再也没有人这样对待过她。

宋洋突然把脸扣下,闷声不语,在心里拉响了警报。

这警报声持续大作。宋洋一连数天都没主动找过唐越光。

而对于唐越光而言,饭是吃过了,似乎也不再有理由跟宋洋有什么联系。他在小区里,经过她家楼下,但从没见过她。他更频繁地去天空之城,也不曾偶遇她。他想,估计她最近在忙。

宋洋倒也并非真心要将唐越光晾在一旁,她的确有事忙。

自从上次跟白鹭飞聊完后,她有了新想法,这几天下班在家,关起房门,就在做方案。

宋洋打开文档,在上面敲下"机组排班积分计划"一行字。

这天晚上,发生了很多事。一个当红小花官宣恋爱,另一半是人缘极差的圈内人,微博服务器又开了小差。某部电影又刷新了国产电影票房纪录,粉丝连夜抽奖送周边。某地狗肉节开始,又有志愿者跑到高速公路上去堵运狗的车,交通大堵塞。

但这些都跟她没有关系。

客厅里那盏灯亮了一整夜,她喝了三杯咖啡,又吃了一碗泡面,敷了一张洋甘菊面膜,最后在第二份文档上敲下最后一个字时,门上响起钥匙转动声。

田芯推门走进来,见到屋里亮着灯,灯下桌前坐着宋洋。她"啊"了一声:"你没睡?"

宋洋下意识看了看电脑时间,也吃了一惊,立马赶紧收拾东西,嘴里说着要迟到了。

田芯凑过去看她电脑,见到上面密密麻麻,又是图表又是案例,还有图片,似乎是关于机组排班的一个什么积分方案。她一哂,笑了笑:"果然是新人。"

也只有新人,才会对工作这么积极热心。

宋洋已经跑到房间里,开始换衣服。田芯抱着手臂,踱到房间外面,隔着半扇门说:"我说你啊,想赚钱的话早说嘛,何必这么辛苦熬通宵呢。"

"什么?"宋洋对着镜子,系着上衣最后一粒扣子。镜中的人,脸色发白,眼圈发黑。

田芯笑笑:"你不知道……可以给机组排人情班吗?"她欲言又止,只是用轻笑带过,显然是要等宋洋进一步发问,她才往下说。

宋洋匆匆忙忙扎好头发,猛地拉开房门,抓起包就往大门走。她边穿鞋边回头说:"水槽里的碗我都洗好了。上班了。"

人情班什么的,她完全没问。

宋洋一大早就把报告夹在会议纪要里,放在夏语冰桌面上。这一整天,她坐在电脑前,心神不宁,偶尔抬头看到夏语冰在格子间穿梭,跟这个讲过夜流程,跟那个提机组搭班,偏偏没给她一个眼神。

她就一直这么枯坐,蛮干,直到下班,也没人找她。下班时,经过夏语冰办公室,她见桌面上那份文件,似乎还没翻开过。

正是下班高峰,电梯人多,好多人赶着走,借机就挤上了电梯。宋洋等了三趟电梯,人少了才挤上。

走出大楼时,天色早就黑透了。走几步就是便利店,她突然想吃点儿关东煮。她走进门,选了土豆、海带、萝卜、魔芋、鱼丸,端着一次性碗,到店里的长桌旁坐。

角落里,还坐了一个男人,背对着她,朝向窗外。宋洋看到他面前也放了一碗关东煮。

她跟他隔开两个位置,坐下,下意识瞥了瞥他,发现男人也刚好看向她,彼此都有些意外:"是你。"

是唐越光。

"下班了?"两人同时开口,声音叠着声音。

唐越光突然笑了笑。宋洋从没见过他笑,觉得他笑起来真好看。

便利店内,只有人们进进出出,在货架与货架之间穿行的声响。脚步声,扫码收款的声音,小情侣的轻笑,年轻男人走进来指定要哪种烟。但他们这个角落,自成一个世界,在关东煮的微妙香气中,快乐地静着。

是唐越光主动先说的话:"我在小区里留意了,但没见到你。"

宋洋没想到他还记得上次的玩笑话,只好继续瞎编:"我最近到同学那儿住了。"

"哦。"

宋洋疑心自己听错了,因为她似乎在他的声音里,听到一点点儿失望。

他又问起她最近忙不忙,她则问他平时做什么。他告诉她,飞机性能工程师的活儿很单调,无非就是协助飞机选型、新航线开辟性能测试、性能优化、性能数据监控和维护一类。他问:"你看这方面的书,自己看得懂吗?"

"瞎看。"宋洋笑笑。

上次那本笔记本虽是骗他的,但因为父亲的关系,她的确对航空深感兴趣。飞机性能什么的,她没有系统学过,但此前也翻过。只是缺乏系统学习,对她而言宛如天书。她跟唐越光这么说,唐越光一笑:"沧海航空两三万员工,干我们这行的只有十个。"

他是个热爱这份职业的人,在关东煮的小碗上,他跟她讲沧海开通浦东到奥斯陆的航线时,他到当地机场考察,写性能分析报告。他用竹签子戳起一块小萝卜,津津有味地谈制作起飞、落地限重表和业载油量表。他说:"我们要确保,任何一个飞行阶段都绝对安全。"

宋洋突然觉得,他跟父亲多么像。

唐越光说到一半,突然停下,自嘲地笑:"我又来了……一定将你无聊坏了。"

"不会。"她一口应道。

这话是真心的,尽管她向来存了点儿讨好唐越光,日后以资利用的意思。

搁在桌面上的手机突然响起,是夏语冰助理打来的电话,对方说夏语冰想见她。她匆匆从高脚椅上滑下来,匆匆说了句"我要走了"。

唐越光看宋洋飞快背好包,带子勒紧了瘦削的肩膀,几乎是奔跑着离开了便利店。他隔着落地玻璃窗看她焦急等红绿灯过马路的背影。半晌,她又忽然转过身来,朝着他这边扬了扬手,显然是想起自己刚才忘记跟他打招呼说再见。他站在窗前,也冲她挥了挥手。

红灯转绿。穿着白外套的宋洋,顺着逆着黑压压的人流,像一道白浪,涌向马路那头。

宋洋满心满眼都是工作上的事。她闷头就走,耳边突然响起一阵刺耳的刹车声,接着她身子一空,一双手臂将她往后一拉,她惊魂未定,站住,看着司机从车内探出头来骂她。

"我看你低头直奔,怕你出事。"唐越光说。

她回过头。

天色有点儿暗。夜灯与车灯的光,在夜里喷涌而出。他低头看她:"你小心点儿。"慢慢地,松开了握住她手臂的手。

宋洋居然静了半天,才慢慢"嗯"了一声。

站在上海街头潮湿的夜,她居然听到了空山躁起了一林子的鸟叫，吱吱吱地躁动。唐越光是惊醒那鸟群的猎人。

而她对自己说，不要让猎人过来。

夏语冰低头看着眼前这两份材料。

显然是时间仓促，有些地方格式还没调整好，封面也没做，部分数据也不太可信，甚至有些前后对不上。

宋洋站在桌前，看着夏语冰面无表情，一页一页翻着这份报告，边翻边说："你知不知道，马云跟任正非的观点是，员工进入公司前三年，别找老板谈战略，谁谈开除谁。"

"我同意。刚来的员工，只能看到自己眼前那点儿东西，对公司没有全盘了解，怎么可能会提出比老板更全面的战略。"

夏语冰拈起桌面那两份材料："那这两个是什么？"

"这不是战略。是我作为一线员工，结合实际工作时观察到的现象，想到的一些东西。厂长再厉害，对机器也没有厂妹熟。"

夏语冰突然笑了："你就是那个厂妹？"

"我是。"

"这就是你想向我证明，自己有足够的利用价值？"

"也许现在还没有足够的价值，但以后还会有第二次、第三次。"

夏语冰似笑非笑："简单说说你的想法。"

宋洋早有准备，很快像背书一样说起来："关于机组投诉率高的问题，我反复想过，就跟客人对餐厅满意度低一样。常规做法是改进自己的出品。但你早就试过了，没有效果。"她故意停顿一下，然后说，"这是因为，本质上，这种满意度跟客人用餐是不一样的。一家餐厅，可以让所有客户都满意，但机组排班，不可能让所有机组都满意。

"有人飞好班，就有人飞烂班。诡异的是，所有人都觉得自己老飞烂班，眼红别人经常飞好班。蛋糕就这么大，有人拿大的那份，必然有人拿小份。这是个触及利益的安排。"

夏语冰安静听着。她何尝不知道,这就是她一直无法真正降低投诉率的原因。

拿着大蛋糕的人,并不认为自己手里那份足够,永远觉得别人的更大,自己还能拿更多。

宋洋说:"上次我跟天空之城老板聊天,他说的关于小孩子的一番话启发了我。既然有没有、有多少小星星,跟小孩子的表现有关,那机组呢?他们的好班烂班,是不是也能跟机组表现挂钩呢?"

夏语冰静静听完,面无表情,只点了点头,最后说:"你出去吧。"

宋洋转身要走时,夏语冰又喊住她。她转过头,夏语冰问:"上次忘记问你,当初你在飞机上救的那小孩,是巧合,还是安排?"

向来从容淡定的宋洋,面对这问题,稍微皱了皱眉。她说:"我不是上帝。即使我能控制刚好有小孩生病,我去帮忙,也没法控制自己上新闻,还恰好被秦远风看到,更没法安排他邀请我吃饭。"

夏语冰也开始觉得自己的问题可笑,她说:"莫宏声查过你,你之前投简历给诺亚,被拒了。如果不是这次饭局……"

宋洋打断她:"假使没有这次饭局,没有这次机上事件,还会有别的。我不聪明,唯一的优点,是从不放弃。"

宋洋往外走,带上门时,见到夏语冰的目光落在桌面那两份材料上,正伸手去拿。她心里有了底。

2

最近,方棠经常在天空之城见到徐风来。

最近天气不好,雷雨特别多,航班延误也多。落地后经常又饿又累,方棠便拖着行李箱到天空之城那儿填饱肚子。白鹭飞看起来大大咧咧,但因为面向的顾客都是航空公司的人,有不少像方棠这种拖个行李箱来的,所以他这儿还有个行李寄存处。其他人都笑他,把酒店的活儿都抢了。

这天方棠一进来,白鹭飞接过她手里的行李箱,嘴上说:"找个地方坐。"

她抬头一看,吓了一跳。平时多少有几个空位的餐吧,现在则挤满了人。

"哪有什么地方啊?"

"天气不好,大家都饿着肚子延误。谁让我们这儿的东西,比机组餐啊、机场的餐厅啊什么的好吃多了。"白鹭飞脸皮相当厚,这都能找到缝儿夸自己。

方棠心里倒是懊悔,早知道跟其他机组成员一起,在机场内找个地方解决了。但此刻她实在累极,只想赶紧吃完就走。

她见中间那儿有张圆桌,只坐了一个人,穿着飞行员制服,正低头打电话。她走过去,问了句"不介意吧",对方抬起头来,她见是徐风来,不禁一怔。

他微微一笑,打量着方棠没有要走开的意思,才用手指了指,示意她坐。

然后他转过半边身子,对电话那头软声细语:"好了好了,我正在吃饭呢,完了再给你电话吧,好吗?"便挂掉了电话,又熟稔地冲方棠微笑,"刚落地?"

"嗯。"方棠低头看餐牌,看似无意地问,"你女朋友?"

"嗯?"徐风来像是没听懂。

方棠抬头看他一眼,指了指他搁在桌上的手机。

他一笑:"我妈。一个五十多了还喜欢看言情偶像剧,还要把自己代入女主角的人。"

方棠扑哧一笑。

见方棠笑,徐风来也微笑:"看到你笑就好。上次的事,我怕你生气。"

方棠不怕实话实说:"当时是生气的。"

"那现在呢?"

"我听说了你奶奶的事。"

"然后呢?"

方棠想说点儿类似节哀顺变的话,但正好有人过来冲徐风来打招呼,是个长相甜美的外航空乘。对方先含笑跟方棠点头,才跟徐风来说话。重音跟咬字听起来像是日本人,内容都是无关痛痒的。方棠无事可干,开始点餐。

日籍空乘走开后,方棠觉得已经不适合再继续刚才的话题了。显然,徐风来的心情并没有低落。不知道为什么,她为此有点儿暗暗不高兴,仿佛上次那个吻,白白被他讨了很大便宜。

徐风来转向她,突然又说:"上次的事,真的很对不起。"

"你道过歉了。"

"我当时其实并不在那种心情,只是……我也不知道怎么了。"

"我明白。"方棠煞有介事的,又问,"那种心情是哪种心情?"

侍者端上来拿铁,硬生生打断了二人的话。徐风来看他走开后,才平静地说:"我当时很乱,而你刚好在我身边。"

方棠觉得被冒犯了,起身要走。

徐风来说:"别走。"

不知怎的,她就停住了,但气冲冲地回头,盯牢他。

他已经敛起了笑意,看起来像换了一个人,非常严肃。这个时段,天空之城里人多,不知道哪个版本的 *Fly Me To The Moon* 响起来,盖过周围的高声与细语。

方棠转过头,影子落在墙壁上,像百合花的花茎,细长而美。声音却是冷的,藏在音乐下,硬邦邦地说:"如果你想说对不起,我已经听够。"

看她没真正离开，徐风来就知道，她并没有看起来那样硬朗。她的心是软的。他依旧严正，但语气跟她的心一样柔软饱满。他抬起头看她："我没表达清楚。我的意思是，我当时很乱，而喜欢的人又刚好在身边。"

能够治愈一个女人失恋的，不是闺蜜，不是美食，而是来自比前任更优秀的男人的爱。

徐风来就是这样一个男人。

跟姜书河不一样，徐风来跟方棠同家公司，有没有结婚，交过几个女友，都是什么人，一下子就摸清楚了。工作上的事更加透明，不光他飞去哪里，什么时候回来，她一清二楚，就连航班备降到哪个机场，她都能轻易查到。

方妈耳提面命，叫她找知根知底的人，应该就是如此了吧。

跟姜书河比，他更该是看得见、摸得着的。

但方棠觉得，他比姜书河难捉摸得多。就像他的名字一样，你能感受到风起了，但是你碰触不到。

第一次约会，徐风来送方棠回家，一路上两人说说笑笑着。

接近小区时，方棠的心转了又转，连语速都放慢。她心里盘算着：是请他上去？不请他上去？上次啥都没做他就亲我了，这次要是请他上去，是不是他觉得就该发生点儿啥了？

都市速食爱情，有时候就是欠缺惊喜，谁都知道，到了这一步，应该出现什么。下一步，又该指向哪里。

不知道为什么，两人脚步都放缓。进了小区，路灯将两人身影拉长。徐风来问她住哪栋楼，她指着前面那栋，徐风来笑笑说："跟我小时候住的地方挺像的。"

他说这话，是在暗示想要上去吗？方棠心里又盘算开了，这么心思一乱，又不知不觉多走了几步。抬头时，发现已经到楼下了。她心里更乱，不知道该说什么好。

谢谢，再见，好好休息？还是，要不要上去喝杯咖啡？

没想到徐风来比她更早开口："我的护送任务完成了，那么，晚安了。"

12点钟声还没敲响，王子比灰姑娘更早离开。

方棠失了主动权，但马上反应过来，绝对不肯落了下风，施施然微笑："晚安。"

这次约会后，方棠觉得，徐风来这几天总会有消息，但他一直没联系自己。这期间，两人同过组一起飞天津，但落地后，全机组一起聚餐，两人坐在众人间，彼此笑笑，都只是普通同事的模样。席间方棠还觉得，徐风来似乎对其他空乘也一样，对她没有什么特别的地方。那天晚上，他们也没单独见面。

一切顺序都乱了套。他说喜欢她，但仅那次。他吻过她，但那是在巴黎。他们约会，但更像朋友见面。没牵手，没拥抱，没接吻，没上床。

他们是什么关系？连炮友都不算。

这段时间，还有另外一个在机上认识的乘客追求她，她应酬过一次，也是出于想放下徐风来的心思。从小到大，她都是被男人追，甚至求而不得的那种女生，这样被人不咸不淡地摆在那儿，倒是第一次。

这第一次，就让她乱了起来。

方棠忍不住跟旧同学说，她们问："对方怕不是PUA吧？"看了徐风来的照片，又摇头，"长这么好看还PUA，下手的对象就不是你，而是白富美了。"

又有人说："而且PUA不是为了骗人上床吗？你这没被骗财骗色的，他图个什么？"又笑作一团。

方棠无论如何笑不出来，焦虑地咬指甲。她擅长玩恋爱游戏，但棋逢对手将遇良才，这还是第一次。

后来，她还陆陆续续在健身房、网球场、天空之城、机组休息区见过徐风来，对方只是跟她点点头，笑笑。明明彼此都是独自一人，但徐风来没有要跟她进一步交谈的意思。方棠自幼在方妈指点下，认为女生要矜贵，不能主动追求人家，于是也只是冲他点头，笑笑，而且那笑容要克制。他的热情与笑意值八分，那方棠只能展现五分。

  那天方家聚餐，宋洋来晚了。方妈一个人在厨房里忙前忙后，端着一盘菜出来时，刚好碰见宋洋回家，提着一大袋水果。方妈用眼睛瞥了她一下，不冷不热地说："洋洋现在是个大忙人了，比方程方棠这种要飞来飞去的还忙，看来公司很重视呀。"
  宋洋习惯了她这样，也不计较，只把手里水果虚提了一下，问："我买了些水果，放到哪里？"
  方妈把菜搁餐桌上，用围裙擦了擦手指："洋洋呀，你忙归忙，也别忘了我们这个家啊。才没回来多久，怎么像个陌生人似的，连东西放哪儿都不知道了？"
  宋洋不再说话，还是方棠跑过去，笑着接过她手里的袋子，搁在客厅茶几上："我看看！哇！有我最爱吃的火龙果！"她抓起一个，方妈仰着脖子："还没洗哪！"
  方程旁观着，觉得老妈未免太咄咄逼人。但他也知道，方爸跟他搭腔都不合适，老妈性格越来越怪，随着宋洋年纪渐长，老妈对她的态度越来越差。方程前阵子问过老爸，老爸支支吾吾半天，最后才告诉他，因为自己年轻时喜欢过宋洋妈妈。
  方程会意地笑笑："哦，那是老情人咯？"
  "别瞎说！"说这话时，方爸左瞅瞅，右瞧瞧，生怕被正在阳台上晾衣服的方妈听到。
  "那是追求者？"
  "也谈不上。"方爸叹了口气，"她跟我们一样，都是民航子弟，大家一起长大的，包括洋洋爸爸也是。但她越长越漂亮，后来当上了乘务员，跟洋洋爸爸两个站在一起，是一对金童玉女啊。我也就是跟其他男生一样，远远看着。"

方程秒懂。

难怪方妈不喜欢宋洋。更何况，宋洋念书时暗恋过方程，方妈越发觉得，这小妮子是来她家抢男人的，对她严防死守。

宋洋长得不难看，丢到人群里算亮眼，打扮一下也动人。只是跟生母相比，少了一些惊艳，跟方棠对比，少了几分明媚。在整个成长过程中，方妈也得意于女儿比养女好看，平时言谈里更处处有意比较。

"你看，你穿这裙子比方棠难看多了！""你这头发毛毛躁躁的，你看方棠的头发多柔顺！"

宋洋本来就寄人篱下，看人眼色行事。她知道方妈不喜欢她打扮，于是也就索性不打扮。中学六年，她一直留短头发。那正是女生爱美的青春期，新衬衣一拿到手就洗个十次八次，拼命洗薄，穿到身上时，里面的深色胸罩才能若隐若现。校裙改短，改到膝盖以上最迷人，但有被抓风险，改到膝盖以下最安全，但又不情不愿。分寸必争。有段时间，校务处主任带着卷尺在校园里走，看到女生裙子太短，女生争辩说是自己腿长，她就直接上手量。方棠也被量过好几次。

男生也有自己的臭美，偷偷藏在头发跟球鞋里。那时候方程每天上学前，都在洗手间里搞头发，球鞋一学期换两三双，衬衣扣子故意扣错几粒，裤腿往上挽起一点儿，校服外套故意要大一个码，宽宽地披在身上。双肩包只背一边，到篮球场时，背包往球场边台阶上一扔，外套一甩，人往场上一站，所有女生都忍不住侧目。

在这种环境中，宋洋是个异类。

她的头发是在小理发店剪的，十块钱剪一次。校裙从来不穿，只穿校裤，上衣下裤都合身，也没做任何改动，像她一样一丝不苟。最令人发指的是，周末同学们约出来玩，其他人都穿好看的衣服，就她一个背着书包穿着校服，其他同学像看怪物一样看着她。

宋洋不是没有好看的衣服。方棠不穿的那些衣服，都还新着呢，也特别漂亮，都藏在宋洋的小衣柜里。但她不愿意穿。

她不嫌衣服旧，只是不愿意跟方棠穿同一件衣服。

这艰苦朴素的作风，获得了班主任的表扬，后来更传到校务处，这表扬飘出了班级，传遍了学校。大家都知道，三年二班有个一直穿校服跟胶底鞋的女生。这表扬，让她成为全校的笑柄。

她开始意识到，什么是世态。那就是你比其他人好，他们会妒忌你；你比其他人差，他们会笑话你。

世事洞明皆学问，人情练达即文章。这门学问，她修得比谁都早。这篇文章，她写得比谁都好。

3

晚上追完一部剧的大结局，谁想到居然BE[①]了，方棠哭得稀里哗啦，把一盒纸巾都用光了。

大晚上睡不着，她习惯用手机查自己的航班计划。网络不知怎的不太好，好一会儿，才终于弹出"备份"二字。

为避免执行航班的机组临时有什么事来不了，航空公司都会安排备份机组。像方棠这种情况，查到自己明天备份的，当天就要一直处于备份状态。

想当初，她刚入职还是新乘时，因为试过几次备份，最后都没备出，于是存了侥幸心理。有一次备份时，她在公司那儿待着无聊，于是到天空之城去坐坐。前一天晚上下过大雨，路面有积水。她一出公司门，就被一辆飞驰而过的车溅上一裤腿的污水。方棠气呼呼地回新乘宿舍洗澡，心里又想着：要不顺便把头也洗了吧？

---

① BE：Bad ending，坏结局。

刚把头发沾湿，抹洗发水，揉出泡泡，电话就来了，要求她半小时内签到。方棠哭都来不及。

方棠边暗暗希望明天不会那么早备出，又希望备出。没备出的话，她在那儿待着就不算上班，还能玩玩手机聊聊天什么的。但是不备出吧，在那儿干坐着，浪费了本来可以出去的一天，最后连小时费都不算。

她翻来覆去，还是睡不着，最后决定再看一眼微信就睡。

刚点开微信，她就看到徐风来的名字在对话列表的上方，头像旁有个小小的数字"1"，也不知道什么时候给她发了一条消息。

她再看，却发现显示着：徐风来撤回了一条消息。

也许是刚才那部偶像剧太上头，又也许是夜深了她终于破功。向来忽略这些消息的她，想都没想，立马回了他一条：有事？

然后把手机扔下。

十秒后，又赶紧把手机拿起来，生怕误了时机，赶紧将消息撤回。

她将手机搁在床头，迷迷糊糊睡着了。半夜起来上洗手间，又拿起手机瞄一眼，看到徐风来在两小时前给她发过一条消息，也是撤回。她这次知道是他的小把戏，心领神会，随手乱发了个表情包，又马上撤回，带着笑意回到被窝。

下半夜，她睡得很甜。

第二天一早，她就被电话吵醒。那边说，她"备出"了。

方棠一下子清醒，马上跳下床，十五分钟内完成洗漱、穿衣、化妆。前阵子她嫌麻烦，加上找了个发型师咨询，认为她短发更好看，所以她剪了个短发。否则，光是盘头又要再费好一会儿工夫。

行李箱是提前收拾好的，她拉上就出门。

小区距离公司极近，但她不愿走路，还是打了个车。因为到得早，还被表扬了。

作为备份机组，在接到电话前，他们都不知道自己要飞哪里，什么时候飞，跟谁搭。她在电话里知道自己今天飞深圳，看机组名单，发现这次的副驾驶是徐风来。

她的小心脏扑通一下。

那天非常忙碌，但方棠显得有点儿魂不守舍。乘务长林玲飞了十四年，飞行了一万一千多个小时，光是重要航班就飞过近百趟。每天接触不同的人，早练就了一双特会看人的眼睛。是人是妖，都躲不过她。

将餐车送回去时，她看着方棠，笑笑问："最近有情况？"

"啊？"方棠正弯身拿东西，假装没听清。

林玲只是笑笑。

方棠知道师父会看透人心，赶紧说："嗨，又卡36①，累得够呛。"

林玲还是笑笑。

方棠知道被她识破了。

到深圳后，他们坐车到协议酒店。一路上，方棠故意没跟任何人说话，只低头看手机。但实则她什么都看不进去，竖着耳朵听徐风来一路跟别人说说笑笑，却始终没跟她讲话。

除了机长说要回酒店休息外，其他人都有去处。方棠其实没事，但她不想让人看低，尤其在徐风来跟前。

其他几个小乘约了一起逛街，问她去哪儿，她笑笑："约了人。"

"男的吗？怎么你在哪儿都有熟人啊？"有人这么说。

方棠心想，真是个捧场王。她笑着："刚好这里有朋友。"说这话时，故意没去看徐风来。

昨晚那个给她发消息又反复撤回的男人，现在跟她像陌生人一样，彼此不说话。他正在打电话，一脸笑意，谁知道电话那头是谁，

---

① 卡36：指休息三十六个小时。

但无论是谁，显然他都没听到方棠这边的对话。

方棠恨恨的。

方棠在深圳没有熟人，只有几个大学同学，基本都在深圳这边当空乘。她的圈子本来就窄，不太想跟同行见面。后来想起来，有个结了婚转行的，于是问她有没有空。对方非常爽快，说带上老公。

方棠打车到两人约好的地方，是家新开的艺术购物中心，她看到很多穿着漂亮的年轻男女在那里拍照。她提前到了那家餐馆，找了个位置，要了一杯莫吉托，边玩手机边等。

日暮迟迟，购物中心前的广场空地上，正有人搭舞台，接电线，开话筒，试效果。

同学到了，挽着老公的手臂，大老远就跟方棠打招呼。

老同学人没到中年就胖了些，可见生活美满。跟她身旁那个看上去胖胖、鼻子上泛着油光、一脸憨笑的老公站在一起，倒是挺般配的。

只是方棠莫名地想起来，当年这个同学可是以颜控出名。找的每个男友，全是帅哥小鲜肉。

可见人会变哪。

同学老公话还挺多，一坐下来，还没寒暄几句，就问她是不是还在当空乘，以后有什么事业规划。方棠礼貌地说自己比较随性，先干干再说。

"这样不行，等你人到中年就知道，没有方向的路是走不长的。"他边说边翻开餐牌，扫了一眼，又似自言自语，"这家出品不错，老板从英国回来，我跟他是哥们儿。"

方棠瞥了一眼坐在对面的同学，居然见到她一脸崇拜地看向自己老公。她的心一沉，失算了，又要浪费一个晚上。她飞快打开餐单，随便点了一个，打算吃完就溜。

在吃饭时，她试图跟老同学交谈，问她的近况。

同学笑笑，说："我在帮我老公做点儿事。"

"做什么?"这话一出口,方棠就后悔了。

果然,油光鼻男又开口了:"我在做新媒体电商,具体来讲,就是先用内容聚人,再转化成电商的初始销量,用这初始和独立的想法来运作我的店,从店里吸更多的用户,然后从大市场了解用户需求,再选更新的产品进行引爆和维护客群……"

方棠一个字都没听懂。

油光鼻男笑笑:"你可能不太清楚,毕竟做你们这行的,就是空中端盘子的服务员。"

方棠抬头看了看对面那个泛着油光的鼻头,把手中的叉子慢慢放下,把脸转向同学,笑了笑:"你平时整天说,结婚多好多好。这次终于见识了一次。如果要我跟这种男人结婚,那我还是继续我的单身生活吧。"她从钱包里摸出两张人民币,扔到桌面上,转身就走。

如果在电影里,这该是爽爽爽的时刻吧。这么一想,方棠挺直了腰杆,就像女演员在电影里扮演空姐,总要拖着行李箱,边走边夸张地扭。她就以这样的姿态,扭摆着腰肢走出了餐厅。

餐厅出口不远处,就是购物中心其中一个门。透过玻璃门可见,外面天色已经暗下来。

她穿过广场,打算走到路边打车。手在包里摸了摸,没摸着香烟盒,才想起忘在酒店里了。

身旁有小孩跑跳,一头撞上她,后面的妈妈连声喊"对不起",又伸手要捉住小孩。小孩嘻嘻笑着,跑开,一下又撞到方棠身边一个手捧着奶茶的女孩身上。女孩手一抖,大杯奶茶撞翻在方棠身上,像被泼了淡墨。

那个妈妈适时出现,一把抱过小孩。小孩也知道自己闯了祸,睁着大眼睛看着她。

方棠想发脾气,但低头一看那小孩的眼珠子,顿时没了脾气。妈妈边揪着小孩边还在说对不起,方棠颓唐地摆了摆手。

刚才恍如电影女主的神气,早已泄掉。此刻她只想早点儿坐车,回到酒店，好好睡一觉。

　　她边走边点开手机上的打车软件，往里面输入酒店地址。这时广场上走来一个白面红发彩衣的小丑，脸上覆油彩，手里举气球，弯身拿给小孩。小孩接过，大笑。

　　小丑又转过身来，往这边走了几步。

　　方棠正低头滑着手机，察觉有人往她跟前站，一抬头，见到是个小丑，嫌弃地往左移动几步。

　　没想到小丑扭动身躯，步履浮夸，又拦在她跟前。

　　方棠心情本就不好，此刻更恼恨，抬头直视这小丑，却见对方脸上画出来的假笑又往上提了提，更显浮夸。

　　她待要发作，小丑朝她摊开两边掌心，像赌场荷官做展示，收回，在胸前摆弄如飞鸟状，再朝她伸出右边拳头，指尖一动，不知从何拈出一朵红玫瑰，递到她脸前。

　　方棠非常迟疑，但小丑十分坚持，那朵玫瑰依然在他手心与脸之间，无辜地绽着。

　　她终于伸手接过，这小丑咧开嘴笑，让开身体，手臂往后一展。

　　方棠这才见到夜风中的广场上，徐风来立在那儿，带笑看着她。

　　夜风吹动方棠的头发，几缕乱发在她前额跟脸颊旁乱动。她伸手按了按，没能按捺住。

　　手机这时候响起，方棠一只手持着玫瑰，忙乱地去接。司机在电话那头说："是不是西门那边啊？我到了啊，你在哪里？"

　　方棠又抬头看了看面前的徐风来，他正朝自己走来。她听到自己对电话那头说："不好意思，我取消订单。"

　　唐越光问起宋洋才知道，她最近忙得不可开交。

　　夏语冰跟其他人研究过后，决定开始推行积分计划。宋洋那份方案，其实很多细节并不可行，但整体思路是对的。这改革牵一发而动全身，夏语冰没打算让宋洋这个新人来做，但开放日计划不一样，她让宋洋放手去做。

说是放手，预算也就两千元。

田芯听说了这事，当面笑她："怎么那么笨呢？谁提意见谁负责，这种事你不知道吗？现在才给几千块，让你搞个活动。没准你还得自己掏腰包垫付。夏语冰也是个算盘打得噼啪响的啊，难怪她老公受不了她，在外面有女人呢。"

自从那件事后，莫宏声有小三的事，一时间都传开了。每家公司都有渣男跟小三，航企因为空乘多，这种男女关系八卦更是层出不穷，但小三挑衅信息在会议上被投屏出来这种事，还是够他们热闹一阵了。

即便如此，田芯这话到底充满了一个女人对另一个女人的恶意。宋洋忍不住替夏语冰反驳："莫宏声的确受不了。他出差时带小三出去，现在还得跟公司副总交代，难看。"

田芯向来被宋洋的假面蒙蔽，以为她就是个唯唯诺诺的。看到她居然第一次没认同自己，还替夏语冰说话，心里不悦。

宋洋当时忙于找同类型活动做参考，也没注意到田芯。那段时间她太忙，甚至连工作账号登录异常，也没注意到。

飞行部曾经在父亲节搞过一个亲子活动，让公司飞行员的太太带小孩到公司，看看爸爸们上飞机前是怎么做准备的。宋洋联系上飞行部的人，找他们要了那次活动的材料来看。

接待她的，是对方活动负责人，也很年轻，同样是个女生。说话客客气气，永远微笑，只是跟她要什么东西，脸上挂着些遗憾，噘着嘴巴摇摇头："当时也不知道以后还有用，没保存下来。"

说的话跟人心一样，真真假假。宋洋跟她接触了两三次，终于想明白了。材料也许还有，也许没有，但对方不愿意让她搞好这个活动的心思，是有的。

即使无损她的利益，但多的是不见得别人好的。

宋洋低头看对方给的一些材料，都是些没什么价值的。比如工作人员跟太太孩子们的合影啦,现场活动派发小礼品的供应商名单啦,还有小孩子现场画的画。

对方还带着遗憾的口吻:"就只剩这些了。当时的活动方案跟流程,现在都找不到了。你看看有没有用?"

宋洋有了想法,她谢过对方,将这些资料都认真扫描,当天归还。对方依旧客气,还是说着可惜帮不上忙。宋洋也皮笑肉不笑,说对方已经帮了大忙。

这段时间,宋洋除了上班,就是在家设计方案。她察觉好像有人动过她的东西,她向来不愿跟人起冲突,所以一直没开口说什么。

但渐渐地,连电脑都有被动过的痕迹。除了田芯,她想不到别人,思前想后,终于还是问起她这事。

"没有啊。"田芯一口否认,脸上表情不咸不淡,"一定是你搞错了。"她继续低头,在圆润的脚趾上涂黑色指甲油。

宋洋回到房间,给电脑设置好密码,把抽屉全都上了锁。她突然想起工作账号登录异常的事,多了个心眼,决定保留证据,同时发邮件给IT部门。

为了女儿上小学的事,夏语冰忙得一塌糊涂。莫宏声也难得放下手头工作,跟她一起研究学校的事。

民办学校是近年家长首选,他们也不例外。虽然政策限定,每个娃只能报两所民办,但家长的功课还是要做。夏语冰自小在高压下成长,她倾向于狠抓教学质量、要多鸡血有多鸡血的名校,莫宏声则认为,作业太多的学校不能去,小孩子要有个开心快乐的童年。两人在吵吵闹闹中,好不容易达成了共识。

后面陪娃上辅导班,又是一场场争吵。两人都在诺亚,都知道彼此忙,但是谁都不想放弃自己的事业。在莫宏声因为出轨被发现祈求谅解时,夏语冰就曾经找闺蜜出来喝酒。闺蜜们各有各的意见,但无非两种:离开他,或给个机会。说离开他的,都是未婚或者还没当妈的。说给机会的,都有娃在身。

为了女儿,夏语冰最终选择继续维系这个家庭。只是她狠狠地说,女人一定要有自己的事业。说这话的时候,她把拳头都握疼了。

事实上,作为一个母亲,让她为了事业牺牲女儿,她也没法做到。莫宏声这人对妻子虽然不太上心,却是个一等一的好爸爸。要考上名校,思维、英语、看图说话、面试技巧和模拟考,都要狠抓。莫宏声主动提出,两人轮流陪娃上辅导班。

娃上辅导班时,大人就留在车上看材料,打电话,处理公务。

夏语冰并不是生来就要强。她以前在沧海航空公司上班,在一次商务活动中认识了莫宏声。

沧海航空人浮于事,领导层经常有不切实际的想法。擅于钻营的人,自会投其所好。而每到跨部门合作的时候,领导层缺乏能力的弊端就体现得更明显。

因为不懂得分辨谁有能力,谁要滑头,所以那些爱刷存在感、爱表现、经常越级报告的人,往往得到赞赏。这让切实干活的人心灰意冷,也助长了虚假的风气。最后,这种部门间合作就变成了大型"互坑"现场——牵头部门所有任务列个清单,你一块我一块,无论哪块出问题都保证有人垫背。其他部门的人也不是傻的,都相互算计着。

在这种环境下,要做点儿事特别难。而夏语冰这种闷头做事,又能把事做得很惊艳的人,就成了被眼红的对象,导致她多次被坑。她跟当时同为沧海同事的男友聊,对方反倒教育她,说只要有过硬的业务能力,一个人在职场上就不用怕。她跟对方多次吵架,莫宏声便在此时介入这段感情,最后成为胜利者。

当时莫宏声刚从一家酒店跳槽到诺亚航空,当上了人力资源经理,正是意气风发时,他向夏语冰求婚,并且建议她跳到诺亚来。

诺亚航空当时还是初创企业,跟沧海比规模小得多,但也因此没有大公司的弊端。夏语冰跳到这里来,适应得非常好,很快晋升到部门经理位置。

谁知道跟她成为人母有没有关系——过去畏首畏尾的她，现在抢人抢钱抢资源，毫不手软，比以前上司还要厉害。对于她想推行的方案，如有下属反对，她会想办法将对方投闲置散，免得形成阻力。她跟下属关系良好，但也开始维系适度的权威，她深知不这样，她要做的事情就没法顺利推下去。

她终于体会到过去一些人，一些事，为什么会这样了。

夏语冰跟莫宏声说，本以为他会明白，没想到他却反过来笑她。"哪有什么大公司病。你在大学参加过学生会或者社团吗？就这种组织，已经有阶层有官僚了，更何况公司这种涉及个人利益的呢。"他笑她过去太天真，"大公司其实还是有大公司的好处。同样一个身份，在社会上的影响力会更大些，人脉更广。钱比小公司少，但可以在别的地方捞钱啊。"

她总觉得这话听起来有点儿不对劲。毕竟当时，可是莫宏声一个劲儿叫她跳槽的，说什么干得不开心就别干。她当时没想明白，直到莫宏声外面的女人直接打电话给她。

为了这次见面，夏语冰特地做了美容，节食运动了一个多星期，就是害怕自己会被年轻貌美势利的小三压过一头。但当对方一露面，她在心里无奈地笑了笑，也想明白了：莫宏声只是不能接受比自己强的女人。

作为一个小女孩的母亲，出轨事件向夏语冰抛出了一个教育难题：她是要叮嘱女儿，成为一个足够强大的人，还是要提点她，懂得在男人面前藏拙示弱？

夏语冰提出离婚，莫宏声跪在她跟前哭着挽留，再三在她面前保证，绝对会跟小三一刀两断。

前期搜集证据后，夏语冰确定莫宏声只是出轨，没有转移婚内财产。加上女儿虽然不知道发生什么事，但见到爸爸这样子，也哭得惊天动地。夏语冰虽然恨他出轨，恨他利用女儿当道具，但到底心软，决定再给他一次机会。

她并非出于对莫宏声的信任。

不,夏语冰不相信人性。

多少次了,她见到自己的下属为了每个月那点子绩效,狗咬狗,撕扯得一嘴狗毛。她怎么会相信,这种狗男女说断就断?就算莫宏声突然圣人附体,也架不住小三看中了新包包的那点子虚荣。

她要做得更彻底。

她找了个闺蜜,征用了对方那个高富帅表弟,把保时捷开到那所三流大专门口,捧着鲜花等小三下课,再带她去吃米其林三星。当然,全是夏语冰掏的钱。

还没等到莫宏声心痒痒,小三就主动拉黑了他,还换了手机号,唯恐在自己嫁富人的路上,当过小三的历史会成为污点,赶紧主动洗白。就连莫宏声送她的奢侈品,也藏在宿舍的衣柜里,约会时从不带出来。刚来上海两年的小姑娘不知道,那其实不过是托机组在国外奥特莱斯买的过季货而已,打折力度大,不值几个钱。

那位表弟也没睡人家姑娘,倒不是难看得下不了嘴,而是他行侠仗义的同时,也想保护自身——看对方那热情劲儿,表弟开始考虑万一以后不好脱身怎么办。

他表姐一哂:"那还不容易?你跟她说你家破产了,向她借钱就得了。"表弟大笑,说表姐你还真损哪。

夏语冰这一仗打得漂亮,在闺蜜中悄悄成为经典。她自己倒觉得伤神:如果不是为了女儿,她何至于将那点儿脑子,用来对付这种人,干这种事情?

她对莫宏声感情已褪尽,但女儿很黏爸爸,莫宏声也是吃准了这点。夏语冰没让女儿知道这事,在孩子跟前,两人装得像模像样。而为了让她上个好学校,两人也是日夜奔波,再加上公司酝酿改革的事,莫宏声跟夏语冰都需要跟人交流,他们之间的话题又多了起来。

诺亚要改革的事,在他们这个层级之间已经提上日程。秦远风作为一个做旅游起家的行外人,在第一次调研会议上,却直接向他们抛出了好几个触及核心的问题——

航线网络如何构成？需要哪种机型，多少飞机？需要多少机组人员？需要多少地面人员？航班时刻怎么安排？票价结构怎样？

这些问题都跟改革息息相关，而且每个决策都环环相扣，牵一发动全身。

重中之重，就是机队规划。

莫宏声跟夏语冰聊起秦远风这人，共同感觉是：这人不好糊弄。

年轻，聪明。他是外行人，但提前做足了功课。不像某些在高位的人，因为不了解实情，被下面的人随便忽悠。他还说起当年亚洲金融风暴时，有些航空公司为了应对危机，紧急调整机队扩展计划，来降低运营成本。

参会的其他人互相看了一眼，知道他说的是沧海航空。莫宏声心想，之前听说，秦远风他爸秦邦，跟沧海航空老总关系不错，不知道传言是不是真的。

把孩子送到补习班后，莫宏声突然提起附近有家土耳其冰激凌不错，想带夏语冰一起去吃。

夏语冰联想到了什么，狠狠瞥了他一眼。

莫宏声知道她脑补自己带小三来吃，赶紧解释他只带过女儿来吃。

两人在里面靠窗位置坐下，选了一份双人份无花果冰激凌。莫宏声知道夏语冰在抗糖，特意跟店员说，要不含糖的。

做错事的男人，特别殷勤。夏语冰有个闺蜜就说过，有段时间，她老公突然对她特别好，她当时就知道有猫腻，果然是出轨了。"这还算是有良心的了，出去鬼混完后，出于补偿心理也好，出于愧疚也好，再买个钻戒给你。"

见夏语冰神态冷漠，莫宏声特意跟她聊女儿的事，聊着聊着，又拐到公司的事上面去了。

"新到你们部门那个'网红'，最近有点儿不安分啊。我经常见到她又是打电话给广告公司,又是谈价钱的,看起来不像是在做排班的事啊。"莫宏声笑笑说。他嘴里含了一口冰激凌,说起话来含混不清,像极了心虚的男人在交代外遇时的语焉不详。

"哪个'网红'?"夏语冰没想起来。

"还有谁?跟老板吃过饭那位。"莫宏声对宋洋印象不佳。

也是有意思,一个曾经利用女大学生虚荣心来满足情欲的中年男子,对宋洋的不喜,同样源于他所辨认到的虚荣。在他看来,宋洋当初为什么提出要进入诺亚,无非就是想当诺亚航空的网红,想继续炒作话题。至于他对宋洋的那场面试,她的那点儿小心思,越发印证了他的想法。

夏语冰的观感恰相反。

像宋洋这样,一入职就自以为看出公司弊端,洋洋洒洒写个方案交给上级的新人,她见多了。但宋洋这份稍微有点儿不同,没有华而不实、虚而无用的毛病,仅从提高机组满意度这个口子切入。内容也不玩虚的,切实可操作。

夏语冰给宋洋一个机会,给她两千预算,看她能用这一丁点儿钱,把自己的想法实现成什么样子。

她看到宋洋自己联系其他部门,参考他们的做法。她好像从飞行部那儿借来了亲子活动时飞行员小孩画的画。以这个为设计元素,交给广告公司。

夏语冰也做过类似项目,她知道这预算远远不够。她还等着宋洋过来跟自己诉苦邀功提需求,没想到,她居然一直没来找自己。

倒是她坐不住了,主动叫宋洋过来汇报工作进度,发觉她居然干得有声有色。

夏语冰心想,宋洋自己也没发现,她对这工作充满了热忱。

莫宏声挖了一勺冰激凌,也是好奇:"她能做出什么?"

夏语冰说:"小姑娘跟广告公司砍价,砍来砍去,砍不下来多少空间。最后她只能跟对方说,以后诺亚航空还有很多大型活动,以后她会找他们,广告公司就答应了。"

莫宏声笑了起来。虽然他对这个满嘴谎话的人毫无好感,但不得不说,她这种做法虽不难想,但还算聪明。而且他能明白夏语冰为什么喜欢宋洋。像夏语冰这种要强,不愿意靠别人的,看到宋洋现在的样子,一定是想起了过去的自己。

"哦对了。"夏语冰放下了勺子,最后看了一眼跟前的冰激凌。心里暗想,今天超标了,无论如何不能吃更多了。她跟莫宏声说,她需要替宋洋找一个新人协助她。

莫宏声明白她为什么找自己要人,而不在自己部门内找。哪个资历比她深的肯协助她?到时还不是宋洋干活,其他人邀功?

莫宏声微笑:"你还挺替她着想的,是个好领导。"

"你手头有人的话,尽快给我吧。"她低头看表,拎包起身,"到点了,去接娃吧。"

他俩走出门时,窗外正好有个穿得漂亮的女孩子,在店外舔一支冰激凌。一个摄影师,一个打光的,分别围着她,打光师将光打在她抹得白皙透红的脸上。路人经过,都忍不住多看几眼。

作为母亲,前两年夏语冰还在问女儿"长大后想做什么呀",现在已经没问了。世道变化太快,女儿说她的同学大部分志向要当网红。她怕从女儿口中,听到相似的答案。

两天后,夏语冰收到莫宏声送过来的简历。是一个刚大学毕业的实习生,叫沈珏。

4

沈珏在宋洋眼里,总是怯生生的模样。

她第一次见沈珏,是在行政办公室里。沈珏一头短发,白色T恤和黑色系带阔腿裤,背着大帆布包,正低头挨训。宋洋敲门进来,其他人都抬头看看，但沈珏仍眼睛观鼻，鼻观地板，定定不动。被骂得凶，但脸上没什么表情。

教训她的是办公室里负责设备管理的姚国栋。年纪不大，架子不小，媚上欺下的事做得娴熟。宋洋刚来的时候，第一次到他这里领文件夹，因为他在干活没吭声，她以为他没听到，大声重复了一遍，被他教训了一顿："以为我是聋子呀？没看到我在忙吗？还是新人就在这里催催催，瞧不起人是吧？！"宋洋以为他有什么来头，也不敢反驳。

后来田芯告诉他，那家伙虽然是靠关系进来的，但关系不硬，也是兜兜转转，托这人再托那人才进来的。

"对着比他辈分高的，他还不是点头哈腰像条狗。"田芯说这话时，鼻孔轻轻哼了哼，显示出她的不屑。然而宋洋看到，田芯对前辈跟上级时，那种努力讨笑的劲儿也跟姚国栋没有什么不一样。

公司再小也是个小社会，阶层分明。新来的员工是最底层，而试用期新人连底层都够不着。沈珏知道，自己就是最底层。

宋洋对爬职业梯不感兴趣。她目标明确，行动单一，一生悬命，唯有把眼前事做好而已。做好了，她手里就有了一张好牌，一张护身符，护佑自己不会被裁。

偏生把一件事做好，这看似简单的，却是最难。多少人盼着她把这事搞砸。一旦做好，她又会成为别人眼红的对象。

因此夏语冰才让莫宏声拨个新人给她。

宋洋没时间在天空之城坐着吃饭闲聊，不是叫外卖，就是匆匆进出公司附近的便利店。那天下班后，她跟唐越光在便利店里遇上，他说朋友圈里看到诺亚有小飞转发他们活动的消息。宋洋告诉他，那就是自己正在忙的那个。

"那有机会的话，我也要去看看了。"唐越光说话的时候，露出洁白的牙齿。宋洋不知怎的，又想起他为她挡雨，将她在车流中拉回，突然说不出话来。半晌，她客套地笑："嗯，你一定要来。"

唐越光来不来，并不重要。重要的是，秦远风能不能来。

诺亚航空不过是集团旗下的其中一间公司，像这种级别的小活动，他压根儿不可能来。但是最近秦远风一直在一线部门走访，跟员工交谈，甚至悄然出现在某个普通的科室晨会一角。真要出现在他们这种小活动上，并非不可能。

她当然希望秦远风能出现。

宋洋不能直接去邀约，于是做了个为秦远风特制的电子邀请函，发给夏语冰。夏语冰没有回复。宋洋也不特意问。她知道，夏语冰想在秦远风跟前露脸的心思，跟她一样迫切。

现在她多了沈珏帮忙，流程设计、活动场地安排、联系广告公司、联系私厨等，都有人协助。被大量内耗消磨掉精力的她，终于可以腾出手来做事。

因为压力大，宋洋也开始抽烟，但很快发现满身烟味的女人在职场上，并不会太受欢迎。于是她一杯接一杯地喝咖啡。

那天她刚走进茶水间，就听到两个女的在叽叽喳喳说话，抬头一看，正是她刚入职时在洗手间说她坏话的高矮朱迪。见她进来，高朱迪立即绽出笑脸，冲她扬了扬手，亲切地喊宋洋名字。矮朱迪从胶囊里挑出宋洋平时喝惯的牌子，边笑着问"今天还是喝这个吗"，边拿过宋洋手里的杯子，走到胶囊咖啡机前。

宋洋客气地跟她们打了招呼，这才听高朱迪问起来："听说你最近在忙那个活动，很辛苦吧？"

矮朱迪说："好像还缺主持人？"

宋洋明白了。

她说："的确是缺主持，需要在我们部门找一个年轻好看的女孩子。"

高朱迪"哦"了一下，却将眼睛斜着瞥了一下矮朱迪。

矮朱迪正把杯子端过来，笑着递给宋洋。

宋洋谢过她，又不咸不淡地说："是的。"她看一眼眼前两人,煞有介事地说起,"其实像你们俩就正合适,不过我们只要一个人。"她低头抿一口咖啡,又抬起头,笑着对矮朱迪说,"谢谢你。"

矮朱迪笑着,没意识到高朱迪正瞥着自己。

宋洋回到办公室,打了好几个电话,才意识到沈珏消失了好一会儿。打电话给她,没人接。她问别人,有人说刚在后楼梯间见过。

宋洋在后楼梯间找到沈珏时,见到她双眼通红,一个人坐在那儿发着呆。见到宋洋过来,沈珏立即站起来,用手擦了擦眼角,不等对方开口就抢在前面:"我马上回去。"

宋洋却没说话,在台阶上坐下来,趁沈珏要走开时,她从后面拉住沈珏的手。沈珏转身,看宋洋松了手,对她说:"不急,先坐坐。"

宋洋很快从沈珏口里问出来,行政办公室那个姚国栋,竟然是她表哥。

沈珏自小跟妹妹一起,被单亲母亲拉扯大。一年前母亲车祸,因为没留下遗嘱,房子就归姊妹俩跟外婆所有。

外婆有个儿子,儿子又有个儿子,就是姚国栋。

后面,就是中国家庭最常见的故事了。

宋洋不是没见过沈珏被姚国栋骂得天崩地裂。毕竟老员工欺负新人的事没少见,活儿让别人干,功劳跟钱归自己。但原来背后,还有这样的事。

到底是别人家事,宋洋不便说什么,只跟她聊起了天。她说起自己以前念大学时打工的事:"有一次老板开会时让我送个材料,我匆匆忙忙赶过去。就是一副学生打扮,礼貌客气地跟保安说话,怎么说他都不让进,一直用鼻孔跟我说话。两天后,我又到了同一个地方。那天我穿得不学生,不邋遢,化了点儿淡妆,但也挺休闲。我没有给他说话的机会,几乎是趾高气扬地走进去。然后我看到同样一个保安,毕恭毕敬地让我进去了。"

沈珏将脑袋搁在膝盖上,细声点评:"所以他们说,人靠衣装——"

"不完全是这样。"宋洋说,"我摸爬滚打,发现无论对外面世界也好,对家里亲戚也好,都是一样的。你对他们软,他们就欺负你;对他们硬气,他们反倒让你几分。"

但她也没法跟沈珏说,唯一的例外是方妈。方家就是她的原生家庭,她只要有一点点儿硬气、一点点儿尊严,方妈就会阴阳怪气甚至歇斯底里,非得让宋洋重新变成那只低眉顺目的丑小鸭。

那天之后,宋洋带着沈珏去行政办公室,当着姚国栋的面,径直去找办公室主任欧阳青。姚国栋在旁屏息听着,听宋洋问欧阳青在不在,得知他出差后,笑笑说:"没事,我打电话给他好了。"

那次之后,姚国栋见到沈珏就规矩多了,再不敢骂她。

只有沈珏知道是怎么回事:宋洋挑了个欧阳青出差的日子,特地去找他,目的就是让姚国栋亲眼看到这一幕,让他以为宋洋跟欧阳青关系好,已经能够直接打电话了。

行政办公室是个情报交流中心,谁跟谁有关系,谁有后台,谁可能会晋升,谁面临辞退,这些话题全是社交货币,在窃窃私语间,流通来流通去。

宋洋还是个新人时,姚国栋没少给过她脸色看。后来随着人们传说夏语冰挺瞧得起宋洋,把重要的任务交给她,说她未来可期时,宋洋再次见到姚国栋,他态度就不一样了。现在她来这么一出,姚国栋知道打狗要看主人,再不敢欺负沈珏。

起码,明面上不敢。

活动前两天,宋洋很晚才下班,她提着一袋沉甸甸的面包牛奶坚果,耳朵跟肩膀夹着手机,听高朱迪跟她在电话那头巴拉巴拉。她站在小区门外掏门禁卡掏了半天,门突然开了,里面有人往外走。她退到一边,等那人出来后,才踏进去。

那人突然开口,在夜风中喊她名字。她抬头,见到唐越光站在她跟前。

他微笑:"你怎么在这里?"

"我住这儿啊。"这话刚出口,她的脑袋突然"咔嚓"一声,像挨了一棒。头脑跟身体的疲劳被驱散,清醒地迎接着一个事实——她将自己的谎话戳破了。

没想到唐越光点头:"嗯,我知道。"

也许因为在黑暗中,唐越光也没看清楚宋洋白着一张脸,只见她沉默不语。他解释说:"我有同事住在这边,最近有个项目,我经常到他这儿来。那天我在这里见到你,我还以为自己看错了。"

宋洋张了张嘴,加班过度的头脑昏沉沉,半响才说:"其实你那个小区是我……我姐住的,我也经常住在那里……但平时也跟同事住这里。"

"没听说过你有个姐姐。"他说。他们俩站在大门那儿,有年轻妈妈推着婴儿车要进去,唐越光拉过她的手臂,两人往小区里走了几步。

宋洋"嗯"了一下。刚才走了那么几步,她感觉头脑清醒了许多,她想明白了自己应该怎样继续演。于是她脸上带了些歉意的笑,故意沉默半响,才压低声音说:"她是我养父母的女儿。"

短短一句话,她交代了身世,也将两人关系拉近到可以谈论家庭的地步。

唐越光静了静,然后"嗯"了一声。半响,他问:"那你跟你姐姐关系好吗?"

"挺好的。"

"那就好。"静了静,他终于说,"我有个哥哥,不过我跟他关系很生疏。他跟父亲长大,我跟母亲长大。"

宋洋抬起眼睛看他,心里想着,这个男孩子真是单纯。也从不问为什么她会突然出现在他身边,也没怀疑她为什么骗他,现在还推心置腹地跟自己说家事。

然后,她听到唐越光说:"我哥他……你也知道的,就是秦远风。"

宋洋听到自己心里"啪嗒"一声响。

跟秦邦那根无法触及的线,终于搭上了。

5

活动在公司多功能会议厅举行。

会场被布置成产品发布会现场,投影下,会场地板如湖心倒影,映出天花板的蓝天白云。欢快的乐声,是一枝枝不害臊的花,在白云与白云之间,蓬蓬绽开着。穿制服的女孩子,笑容也轻快,引领众人到席间就座。

主持人最后由高朱迪担任。据说两位塑料姊妹花之间也有些精彩故事,反正在活动这天之前,两人已经闹掰了。

沈珏忙前忙后,偶尔忍不住对宋洋吐槽:"加班时,没人说帮忙。这种场合,一个个都冒出来了。"她问宋洋,为啥不自己当主持,要把机会给这些人。

宋洋无所谓:"想露面,就让她们露呗。"

她只想要一张好牌在手,太露锋芒,非她所愿。夏语冰是个不忌惮下属的人,但她还是不愿功劳高,震了主。

活动开始了,高朱迪春风得意,在台上介绍说:"在航空公司,跟飞行员合作最密切的部门之一,可要算我们机组排班部门了。每天上班时,跟我们打交道最多的,是一堆堆数据——飞行员的资质、数量、常驻地、航班计划。除此之外,我们也会接到电话——来自飞行员的投诉电话……"

台下的飞行员代表跟排班代表都笑了。

主持人在台上宣布积分计划,沈珏跟宋洋在台下分发广告公司印制的小册子，详细讲解这个计划是怎么回事，如何实行。发布会后，她们把飞行员代表领到排班部，现场参观排班员怎样工作。

夏语冰也出现在工作区，对飞行员的疑问，现场作答。

活动举办得很成功。

只有一个小插曲：现场话筒跟音乐设备出了状况，沈珏联系姚国栋，他却一直没接电话。打给他办公室其他人，说他今天没来。夏语冰在旁边听到电话内容，一张脸拉了下来。

还好宋洋做了准备，提前跟广告公司打了招呼，跟他们借了备用的话筒跟音乐设备。现场一有情况，姚国栋又联系不上，宋洋马上到仓库搬出借来的设备，飞快换上。在场的人都没察觉到有问题。

沈珏因为负责现场协调，从一开始就不停地走动。谁喊她，她都立马走过去，看看是不是哪里出现了问题。

角落坐了个飞行员，朝她挥挥手。

她左右看一眼，确定对方是在喊她，于是快步走过去。

对方很年轻，估计是个副驾驶，但也可能是机长，眼角眉梢都是骄傲。

飞行员这个职业自带光环。她入职不久，但见过的飞行员还是比普通人要多，她感觉每个人都带着那么股劲儿，那股劲儿是身上那套制服给的。

眼前这个年轻男人，也不例外。

沈珏走过去，声音怯生生的："找我有事吗？"

对方笑了笑，开口就说："我有些关于这个活动的问题想了解。你是工作人员吧？"

"是啊。怎么了？"

"那我加你微信，回头慢慢问。"

沈珏怔了一下："可是……"

"我现在想不清楚，"对方仍是笑，"我回头再问你。我是飞行三分部的，我叫庞飞。"

宋洋在那边喊她名字。沈珏犹豫了一下，不情不愿地掏出手机，跟庞飞交换了微信。

庞飞笑着收起了手机："以后再联系你。怎么以前没见过你啊？新人？"

沈珏说她在忙，要工作了。庞飞非常体己，笑着说："以后再聊。"

沈珏走开几步，躲开庞飞的目光，见到会场进来一个人。没穿诺亚航空的制服，只着衬衣，也不坐下，就抱着手臂，站在角落静静看着。她觉得奇怪，想过去问，看见宋洋从人群中抬起头来，对方朝她扬了扬手，微笑。宋洋也朝他扬了扬手。

沈珏见到宋洋眼睛里有笑，有光。

是因为这个男人吗？

她多看了对方几眼。

进来的是唐越光。

对唐越光这条线，宋洋原本只是在那儿维系着，也并不使劲。但那天晚上，她知道了唐越光原来是不在秦邦身边长大的儿子。就像湖里被砸进去一块大石头，她往那湖面上趴着看，看到自己扭曲的一张脸。

心思也是扭曲的。她对自己说，此人可利用，她要抓牢。

于是，那天站在小区明灭的灯光下，她昂起脸，对唐越光微笑着说："我给你申请一张公司门禁卡。活动那天，你一定要来。"

此刻唐越光抱着手臂，在会议厅角落找了个位置，站定。但他并不看台上，一双眼睛只追逐着宋洋。宋洋那天穿得低调，一身烟灰色套装，身上没有半点儿配饰，只有耳朵上那枚红葫芦状的小耳环。有人曾经说她像戴了一滴血，在风里雨里疾走着。就像她今日，心知自己不是这场活动的主角，也不愿引起别人注意，于是只在阴影处，不动声色地做着事，盯着漏。

主持人在台上讲解着积分方案时，人群中却突然起了些骚动。坐在门口几排的人，首先站了起来。夏语冰原本坐在会场中间，追逐着台上台下的一切，当门口出现声响时，她的目光像一道光，往那里追去。

然后，她整个人也像一道光，来到门口。

进来的是秦远风。

像媒体上的他一样，本人看上去热情、精力充沛，他摊开双手，对围上来的人说："我刚好过来开会，顺便看看。大家继续，不要在意我。"

围在身边的人仍不愿散去，都在热切地跟老板报告，连夏语冰也如此。倒是那些飞行员坐得住，没有理会老板，顶多看几眼。

秦远风笑着跟身边人说话，再三强调自己不愿意破坏这场活动。

宋洋注意打量唐越光，发现他在秦远风进来后，就显得不太自在。显然这两兄弟关系不会太好，也许有点儿生疏。但唐越光再怎么说，也是秦邦的儿子。既然秦远风会给弟弟打电话，可见两边仍有联系。一想到也许能够通过唐越光接触到秦邦，宋洋就有点儿走神，后来还是在高朱迪对着麦克风尖锐的笑声中，才回过神来。

人们渐渐回到原位。秦远风坐在角落的椅子上，抬头看了看台上，又掠过场下。他瞥见站在门口的唐越光，目光停留了片刻，又移开。恰好见到会场那边，宋洋一直在看向自己。像被捉到做坏事的小孩，目光跟秦远风相触的刹那，她赶紧移开了脸庞，假装看台上。

唐越光注意到了这一切。

他有点儿迷惑——宋洋向来是个克制的人，但看向秦远风的目光，却异乎寻常，充满复杂的情绪。

外界对飞行员有两种想象：一种是年轻帅气爱撩妹的副驾驶，一种是成熟稳重的老机长。

还没进入这个行业前，方棠也有过种种想象。后来才觉得自己当初天真，每个行业都有不同个性的人。从业以来，她见过内向腼腆飞去哪儿过夜都不出去玩的，见过相机不离手摄影玩得好的，也有喜欢跟当地人交谈聊天的，甚至有去到哪儿都带着乐高的乐高迷。

每个行业都由复杂的群体构成，没有人能够被一张标签所代表。

她跟徐风来说出她的感悟，徐风来笑着捏她的脸："外界对空乘只有两种想象，漂亮的和不漂亮的。"见方棠张了张嘴，他立即举起双手，连声笑说他绝对尊重女性，没有这样的想法。

方棠跟徐风来在一起后，看出了这个人的不同。跟她想象中爱撩妹的个性不同，他其实不太瞧得上大部分空乘，甚至还有种暗戳戳的优越感。

后来她才知道，他家境好，念书多，不太瞧得上那些需要这份工作来实现阶层跃升的人。

方棠也不明白，徐风来为什么会喜欢自己。徐风来半开玩笑半正式地说："有一次见到你在看书，而且不是女性鸡汤。"他总爱开玩笑，说空乘脑子空空，然后又马上改口："除了我的小棠。"

他想法多，反应快，方棠觉得他有才华，对自己也好。就是言语间不时会说些这种话，方棠怎么听都觉得怪怪的。他赞美方棠时，也是说她"跟其他女人不一样"。方棠问怎么不一样，他说，你没那么拜金，也不咋咋呼呼，不黏人，不是只懂买买买跟明星八卦。

方棠听了很高兴，跟闺蜜们说，但其他人就不乐意了："这话不就是在贬低女人吗？"她想了想，觉得似乎是有这个意思。又去问方程，男人果然护着男人，他说方棠太敏感了。

两人的感情日渐稳定，公司里也都传开来。方程自然也知道。他放心不下，特地跑到徐风来的机队去打听，听到的都是他这人如何靠谱，据说马上就要升机长了。他又找了几个人脉广的资深乘务长问，也说徐风来这小伙儿不错。只有一个人说觉得他偶尔有点儿装，但方程听完倒是踏实不少。

人哪能没缺点，要真的打听不出一点儿问题，方程就要担心这人是不是太滴水不漏了，方棠这傻姑娘在他手上，还不是飞蛾遇上火。

方程既然知道，方妈也很快知道了。她一直希望女儿能嫁个有钱人，这样她在娘家多年被瞧不起的恶气，就可狠狠出一口。但那毕竟是小概率事件，且她心知以方棠的臭脾气，哪肯对男人、对公婆低眉顺目。

飞行员收入不错，社会地位也可以，在同一家公司里，又是知根知底，是最好的选择。就怕对方家里重男轻女，虐待媳妇，还有一大堆穷亲戚要养，是个无底洞。她天天催着方程暗中打听徐风来的家世，当听说他爸妈分别是公务员跟医生，哥嫂还在慈溪有家儿童用品工厂出口欧美时，她彻底满意了。

方妈有个老同学，跟她哭诉说独生女看上了外地人，在本地没房子，没稳定工作，说是在创业。其他人当面都安慰说，创业好呀，哪天被投资者看上了，就一夜暴富咯。背地里却说，哎呀呀，可怜呀。

这么说着人家，自己也决定要盯牢点儿。一转身，让方棠早点儿带男友回家吃个饭，见个面。方妈对自己的火眼金睛相当自信。家境没问题，工作没问题，但万一是个妈宝呢，万一有什么不良嗜好呢，万一……

方棠打断了她的万一，只敷衍说，下次带，下次带。

那次方家聚餐，方妈再次提起这话题，方棠把话题转到宋洋身上："洋洋，听我在诺亚飞的同学说，你最近搞了个什么活动，出台了个什么新方案，大出风头呀。都说你们部门经理很器重你，现在连好多空勤都知道你名字了……"

宋洋在方家长大的首条戒律是，不要抢方程方棠的风头。方棠这话一出，宋洋一笑带过："你听谁说的？我出岔子太多，都快被老板骂哭了。"

骂哭是没有的事。夏语冰对这件事很满意，尤其刚好赶上秦远风过来看到，让她更加得意。

唯一的不满，也许是活动结束后，夏语冰说请宋洋吃饭，宋洋却抓起包，歉意地说自己约了人，匆匆离去。但夏语冰透过玻璃窗，见到宋洋上了一个年轻男人的车,便又轻轻笑了。

在她心目中,宋洋是个没有感情的机器人。没有感情,就没有软肋,夏语冰嘴上不说,心里跟莫宏声一样,对宋洋多少有几分戒备。当她发现,原来宋洋就跟寻常年轻人一样,也会约会,也有私生活,她的警惕像冰块一样消融掉。

宋洋约的是唐越光。活动结束后,唐越光给她发了个消息,祝贺她活动很成功。他看她始终没空看手机,边收拾场地边跟人说着话。唐越光在那儿站了一会儿,便自己离开。他进了电梯,外面突然有人急急忙忙走过来,对里面喊:"等一下。"

唐越光站在靠近电梯门的位置,伸手按下开门键。电梯门再打开,他见到宋洋匆匆奔进来,立他身侧,冲他微笑。

他没察觉,自己嘴角也有丝笑意。

电梯内人挤人,下了几个人,他们往里面靠了一点儿,又上来几个人,将他们俩挤进去了。唐越光背部贴着电梯壁,电梯壁是凉的,他的背部却暖热。宋洋就在他跟前,几乎要贴在他怀里。

他低头,看到她光洁的前额跟可爱的碎发。他问:"这么快要走?"

这时电梯门朝两边开,最外层的人往外走,最后是他们俩。唐越光走在宋洋后头,问她:"约了人?"

他们已经走到诺亚办公楼一楼了,傍晚天色暖融融罩在他们身上脸上。宋洋抬起一张脸,摇了摇头,对他说:"没有。我只是想追出来,跟你说声谢谢。"

"谢什么?"他问,没意识到自己正在微笑。

"谢谢你的鼓励。"

在男女关系上,唐越光从不曾主动。但这一次,他决定主动问她:"如果你没约人的话,一起吃饭?"

他们现在不再是陌生人。用一顿饭时间,宋洋慢慢问出她想知道的一些事。她知道了,这两兄弟自分开生活后,联系得少,人生际遇也大不相同。若非秦远风涉足民航业，一年都不会给弟弟打一个电话。他们两个，不过是有血缘关系的陌生人。

秦邦富起来前，秦远风已是少年，沿途所见皆是一路向上的风景。他在父亲身上发现，一个人越成功，他在这世上看到的笑脸就越多。也许因为父爱跟母爱同样缺席，他打小便不信奉主义，只相信利益。

唐越光是秦远风镜子里的另一面，模样相似，方向相反。家里富起来时，他年纪尚小，没尝过缺六便士的日子，倒是见多了父母因理念不同而争执后的一地鸡毛，也厌恶了利益背后的交换与龌龊，因此固执地认为月亮更重要。

宋洋看得出来，唐越光是理想主义者，她言语间有意迎合。但不知怎的，说着说着，突然就又想起父亲，于是静默下来，只低头看着杯子，给自己一个微笑。唐越光注意到她忽然安静，问她怎么了，她抬起头，给他一个微笑。

她嘴上说："我觉得你真难得。"

她心里想：父亲也曾经这样理想主义，但后来又如何呢？

这天田芯值夜班，得11点才到家。她察觉到，田芯最近对自己特别冷淡，她虽不是来此交友，但也不愿树敌，有心修补关系，打算给对方煮个夜宵。饭后时间还早，唐越光问她去哪里，她直说要去超市，给室友带点儿东西。

"我也要去，一起吧。"他说，"你们感情还挺好的。"

宋洋微笑，不解释。她没法跟唐越光说，不光是田芯，最近整个部门的气氛也有点儿古怪。当然，没有人欢迎一个新来的外来者异军突起。

她忽然想，秦远风在民航界的处境，岂不是跟她有点儿相像。

超市就在公司那边，附近不好停车，唐越光把车开回公司，两人走路过去。

超市里空调开得特别足，走进去有种特殊的味道。人们推着手推车,在散发着冷气的冷藏柜前穿梭。她挑了一块鸡胸肉、一盒荷兰豆,还有田芯喜欢吃的巧克力、水果等,放到购物车里。唐越光穿浅色长袖衬衫跟深色西装裤,薄外套拎在手上,推着车跟宋洋并肩走。宋洋意识到他们有点儿像小情侣的模样,故意分开一点儿距离。

走出超市时,外面下起了小雨。

唐越光说:"你在这里等,我把车开过来。"

宋洋说:"我跟你一块儿走。"

两人走向沧海大楼。宋洋右手提累了,换一只手拿东西,唐越光非常自然地接过她的袋子,宋洋一开始不愿松手,他笑说:"我来吧,独立女性的力气可以用在其他地方。"

他说这话时,雨突然就大了起来。宋洋抬起手臂擦脸,在这个瞬间,唐越光突然拉着她的手就往路边跑。那里有一家酒店,他们跑到酒店建筑物正门外避雨。隔着玻璃门,酒店里的印度籍门童走出来,似乎正往他们的方向过来。两人对视一眼,开始往裙楼方向跑去。

跑到了裙楼那有遮蔽的地方,唐越光停下来,回头看一眼,带着点儿笑:"又没人追我们,我们用得着跑吗?"

他扭过头,看到宋洋笑着说道:"以前我也经常这样,跟我爸一起,突然在路上跑起来,假装被坏人追。然后路人都看着我们……"说着,又笑了起来。

唐越光第一次看到她大笑,第一次听到她提起自己的家人。他有点儿意外,但没表现出来,只微微笑着:"真傻。"

"是啊,真傻。"宋洋终于停止了笑。她像在回味咀嚼般,重复说着这两个字:"真傻。但那时候真开心。"

唐越光突然觉得有点儿不对劲,他想问清楚,但宋洋的眼神像在心驰远方。他犹豫了。带着雨丝的风吹过来,将她的发丝拂过脸颊,她伸手将头发勾到耳朵后面。

她的耳朵小小的,像脸庞那么白。她戴了红色小耳环,像水滴,像葫芦。上次他就注意到了,像一滴血,慢慢地渗到他心头来。

他们站得很近,他能够听到自己的呼吸声。她应该也听到了,扭过头来。

唐越光的身子慢慢朝宋洋靠近,裙楼给他们所在的世界画出一个结界,雨水跟市声跟印度人在外面,他们俩跟呼吸声跟心跳声在里面。就在唐越光的脸触到宋洋的发丝时,她忽然一转头:"啊,雨小了。"又说,"我们走吧。"

他们往前走了一段路,都很沉默,身后有车子慢慢往前行驶。两人转头,见到车窗降下来,秦远风从车厢里看向唐越光。

"你手机一直打不通。"他说,也不等唐越光解释,直接说,"我有事找你,上车。"

他说话时,始终没看宋洋,也没考虑到唐越光上了车,只剩宋洋一个人。宋洋突然想,电视上跟饭局里那个和蔼可亲的商人,都是假的,都是他的面具。唐越光嘴里那个酷似秦邦的利己主义者,才是他真身。

"我——"唐越光仓促地看一眼宋洋。

"上车再说。"车门打开,一切都不由分说。

宋洋盯着唐越光的背脊,而她自己背脊发紧,像此刻她的眼神跟喉咙一样紧。

秦远风看着唐越光上车。他没有给宋洋任何眼神。

唐越光对宋洋说:"我有点儿事。我再找你。"

宋洋突然在后面喊他名字,他回头。车上的秦远风也看着宋洋。

宋洋说:"我的鸡在你那儿。"

唐越光没听明白。

"鸡肉,我的鸡肉。"她指了指他手里的购物袋。他突然回过神来,回过身,将袋子塞到她手里,又上了车。

车子开走了,这雨也走了。这两种东西,都莫名其妙地来,又莫名其妙地走。电话响起,是推销电话。那人滔滔不绝地介绍起银行业务,宋洋异乎寻常地,一直沉默地听下去,没有直接挂掉电话。

直到电话那头反复喊："小姐？小姐？喂喂，您还在听吗？"

按掉电话，宋洋掂了掂购物袋，有一点点儿沉，不过没关系。她提着一袋肉菜水果酸奶，从有瓦遮头的地方步出来，没走上几步，突然沧海大楼外草坪间的喷灌系统扑哧着喷出水来，溅了她一身。她快步走过，水滴打湿了头发，沿着发梢凝成饱满的珠子，滴落下来。想起刚才那一点儿想跟唐越光接吻的冲动，宋洋突然觉得自己可笑。

他很好，好得差点儿让她忘了，他是秦邦的儿子。

唐越光坐进封闭的车厢。即将发生却不曾发生的那个吻，被阻隔在车外，消失得干干净净。雨后的长街冰冷，但仍可见到不少行人在路上走过来，走过去。车子开得快，那些人就像被无形的风吸走，都卷到车子后面去了。

秦远风在封闭的车厢里开了口："有事找你。"

车子驶得快，两边的建筑物，一栋栋地落在车后面，像小小的盒子。宋洋比它们更小，早已看不见。唐越光从车窗上收回视线，接过话："我知道你找我什么事。但要让我替你挖墙脚，我觉得不太合适……"

"什么不合适？哪里不合适？是违反了君臣守则还是什么？"秦远风很轻地笑，看起来就像他在电视上讲话，牢牢把握住节奏一样。他对唐越光那套嗤之以鼻："我并不打算打听商业机密，只是希望有人牵线而已。"

"如果是民航局的人，我有几个比较熟的，可以介绍给你。但都只是普通干活的，不是什么领导。"唐越光说话谨慎。

"局方那边不需要你安排。"秦远风掸了掸外套，他抬头看唐越光，"实话跟你说，我们正在挖其他航司的人，但我都不太满意。我需要一个……"他顿了顿，仿佛正在酝酿用词，"一个跟我有共鸣的人。"

唐越光看着他。

秦远风说:"虽然进入这个行业没多久,但我发现,这个行业充满了等级观念,充满了官僚主义。在飞行员群体里,论资排辈没问题,但是地面不该是这个样子的。而在互联网行业,没有等级,一切都是扁平的。有的人会比另外一些人更重要些,那取决于他的能力,也有运气,但绝对不会是因为他的资历更深。"

唐越光非常沉默。秦远风的话,是这过于宁静的世界边沿吹过的一丝风。

对于哥哥作为外来者,闯入民航的世界,他是不解的。他从不认同父亲跟哥哥的做法,这次也充满警惕。

看他这样子,秦远风又笑起来:"早知道你是这种古板的人,所以没觉得你会真的帮我推荐。我手头有两个最终人选,其中一个是沧海的。你帮我看看,这个人怎么样。"

唐越光接过秦远风递过来的简历,看到魏行之的名字,有些惊讶。秦远风看着他的神色,问:"这个人怎么样?"

思考片刻,唐越光说:"我跟他不熟,但仅有的接触中,觉得这人可靠。"

秦远风往座椅背上靠了靠,微笑着说:"我知道了。"

他很少表态,即使在弟弟跟前也不例外。

有时候,唐越光想,是不是只有他觉得这个哥哥身上有种草莽英雄的味道。还是少年时,他就像一头豹子,灯光在他脸上明明灭灭,映出他野兽般的眼神,那是他渴望成功与征服的光。

然而大众总以为这头豹子,是一条蛇,慵懒地躺在父荫的庞大树冠下,盘在父辈积集的财宝上。业内人士都知道,开始做诺亚旅行社的是秦邦,但是借资本之力将它做起来的,是彼时还在念书的秦远风。

再把时间往前推一点儿,推到诺亚旅行社还没成立的时候。当时要不是秦远风提议他转型,秦邦还在打理他那家公关公司。

秦邦做记者出身,踩在宋洪波的尸体上赚取了盛名,后来跳出去开公关公司。凭借跟传统媒体和互联网大站的良好关系，他靠撤报道、删帖等，吃了不少好肉。连带着跟他一起从媒体跳出来创业的兄弟，都喝上了肉汤。

但还在上学的秦远风，看出纸媒已死，互联网也会转型，而他的父亲绝非真正意义上的公关人才。他提议说，不如利用秦邦之前当跑线记者时积累下来的人脉，投身中国旅游业发展大潮。

在潮起时劈浪前行，要省力得多。

这些事情，唐越光是后来从母亲那里断断续续听来的。很难讲她对那个没在身边长大的儿子，抱有什么样的心态。也许是骄傲，也许是疏离。骄傲只因那是她的儿子，疏离源于他们不是同一种人。

终其一生，母亲都在努力抵挡资本的力量。在小儿子长大成人后，她落脚云南某个小村落，过着田园牧歌式的生活。用植物研究院的熟人给她的种子，经营一小片菜园，自给自足之余，还有剩余供给。

唐越光到云南探望母亲，时常看见她捧着一杯热茶，慢慢地喝上半天。在其他人眼里，她是个神秘的女子，看不出年纪，都以为她才三十多岁。看似耕种维生，吃穿用度却都是最好的，养一只拉布拉多犬，有些看起来非富即贵的朋友上门拜访。

母亲跟唐越光说，慢下来，钱反而来得更多更快。

后来唐越光才知道，住在母亲附近的，除了当地农户，还有从全国各地城里来的富人，或为疗养或图减压，闲暇时出门跟她打招呼，聊个天，居然也促成了不少合作。母亲当年也是个敏锐能干的，父亲刚开始创业时，经营人脉张罗饭局，主要依赖她。后来生了一场病，养病时发现丈夫出轨，决然跟过去切割。姿态是决绝的，连人都变成了另一个，但骨子里的智慧仍在。

就是这样一个女人，诞下了秦远风跟唐越光。他们是父精母血的两面，各自生长，形成了截然不同的两种生态。

唐越光很少跟母亲谈起哥哥，但他发现，她会偷偷关注哥哥的新闻。在她看到秦远风收购诺亚航空后，跟唐越光说："你哥会找你的。首先想让你过去帮他，如果你不愿意，他起码也会叫你推荐一个靠得住的人。"

抿一口茶，她又说："毕竟，他跟你爸一样，信不过其他人。"

此时此刻，在车厢内，与秦远风狭路相逢。唐越光不得不说，母亲当真太了解儿子。

半晌，秦远风忽然问："刚才那个女孩子，是你女朋友？"

"不是。"唐越光应得仓促。

秦远风盯着他的脸："但你们关系应该不错，因为她对我们的关系毫不惊讶。她见到你上我的车，并不觉得奇怪。"

"她知道我俩的关系。"

秦远风静默片刻，不再说话。他跟这个弟弟其实并不熟，而且他也知道，再熟悉的人，你也无权干涉对方的私生活。父子也不行，更何况兄弟。只是他认得这个姑娘，这个在饭局上低眉顺目，最后突然当着镜头抛出问题的姑娘。今天的活动上，他再次见到她，真是个神奇人物，既出尽风头，又不显山露水。

他在心里猜想，是否因为唐越光是自己弟弟，她才去接近。

多年后，有财经作家为诺亚航空写传记，都会提到秦远风跟魏行之的初次会面。那时候，魏行之是落魄身，被沧海航空随意抛掷的弃子，在权力斗争中落败的输家。

那个作家这么写道："两人初次见面，谈了整整一个晚上。我们无从得知他们具体谈了什么，但我可以肯定，那是一场英雄之间惺惺相惜的会面。数年后，魏行之在私下场合里说过，那次吃饭，他们俩一滴酒都没碰，彼此都想保持最清醒的状态。在深夜长谈后的次日，魏行之向沧海航空递交辞职信，正式加入诺亚航空，一家前身面临破产、彼时前途未卜的小航司。"

多年后，魏行之依然记得他跟秦远风初次见面的交谈内容。秦远风跟他说,他在国外念书时,经常出去旅游,他发现德国、法国是欧洲最大的客源国和旅游目的地。但这两个国家七成以上的赴欧航线市场,都被其他国家的低成本航司瓜分。

秦远风说:"柏林航空,是德国第二大航空公司,由于经营不利宣告破产。我常常想,如果中国的航司不努力在国际市场上争得一个席位的话,难说会不会落到德国跟法国同样的境地。如果真到这一步,对中国民航人来说,未免难堪。"

已非少年的魏行之,在那一刻决定,要跟随眼前这个男人。

6

董事会宣布新人事任命,魏行之走马上任这天,夏语冰发了一场烧,正在家休息。几个工作群里的消息,她都没看。

一觉睡醒,家里阿姨出门了,煲好的粥在厨房里温着。她边喝边掏出手机,看到工作群里转发了正式新闻:董事会宣布了新的人事任命,魏行之任副总经理。

她扫了一眼,没细看。又见到莫宏声给她发了好几条消息。

都是些"乖乖,退烧了没?"的假模假式。

最后一条是诺亚航空的公告。她点进去,这次,她终于一眼看到魏行之的名字,脑袋空了一瞬。在这一瞬间后,她想,应该是同名吧。

夏语冰之前跟莫宏声聊过这个话题,他们都认同,秦远风是外来者,他要推行改革,就不能用诺亚航空原来的人。他需要一个熟悉民航业运作,又不会陷入诺亚航空内部盘根错节状况,同样是外来者的人。

外来者是柄利剑,专门用来劈开一条路。这柄剑,便是魏行之。

夏语冰低头,再次看了一眼魏行之的名字,忍不住又往下拉那篇公告，想从简历中看看是不是同一个人。

出生年月，毕业院校，工作经历……

是他。

她摸了摸额头，感觉更高温更烫了。

这天晚上，莫宏声回到家，对夏语冰大献殷勤。夏语冰却莫名地觉得他心烦，连他碰一下自己，都厌恶地甩开手。莫宏声以为她还在气自己找小三那事，加上生病情绪不佳，也不理会，到外面跟女儿玩去了。

夏语冰退了烧，次日一早便神清气爽地回到公司，看起来像是没病过一样。她走到哪里，都还听到大伙儿私下讨论着人事变动的事。都认为，秦远风亲自任总经理，暗示他会放不少精力在这里。

人人都在打听消息。助理过来给她看部门绩效情况时，首先问她退烧了没，身体怎样，最后趁机问她："冰冰姐，这个魏副总是什么人呀？"这小丫头挺能帮忙，还替她接送过女儿，两人说话随意，所以她也不怕直接问。

夏语冰笑笑，反问："我怎么知道？"

"你以前不是在沧海航空待过吗？我打听了一下魏副总的履历，比你早两三年入职，同一个部门的。"

夏语冰静了静，从桌上摸过来一支葡萄柚护手霜，挤了一点儿在手背上，左手抹右手，右手抹左手，不言语，半天才应："是吗？我没印象。我以前部门可大了，不是都互相认识。"

助理不再问，只笑笑。等她出去后，夏语冰才忽然想到，连小助理都能注意到的事，莫宏声怎可能没注意。虽然当年他不知道魏行之叫什么名字，但两人到底打过照面，没准还记得对方模样。但他昨晚回来，却矢口不提。

夏语冰想起他说过，两人此后再无秘密，坦诚相对，只觉得不过是谎言。又觉得他不知道存了什么想法，更寒了心。

魏行之空降，夏语冰只在大会上见过他，远远的。他有四分之一俄罗斯血统,但没遗传战斗民族的易衰。跟莫宏声相比,他身材保持得好,一看就经常健身。人们私下传说,他妻子出轨后,他给对方写了封信,说明自己光顾着工作,多年来疏忽她的感受。正当他妻子以为一切如常时,**魏行之**把房产留给妻子,净身出户离婚。

男员工说:他傻啊?

女员工说:真是个好男人啊。

按照惯例,他还会跟分管部门的经理逐一谈话。夏语冰归他管,自从接到他上任的消息后,就一直以复杂的心态等待这次会面。当年,两人分手分得不明不白,她只等他的电话便会回心转意,而他一直没打给她。恰好莫宏声在这时进入她的生活,一切就变得顺其自然了。

离开沧海后,他们俩除了业界会议外,便再没有见过面。兜兜转转,他成了她的上司。她坐在办公桌前想,她要说什么才显得大方得体?

还没想透,夏语冰就接到**魏行之**助理的电话,让她到**魏行之**办公室一趟。

夏语冰对着镜子,检查了一下妆容。妆面寡淡,发色偏棕,镜面裸唇,内眼线勾勒出眼部轮廓,睫毛卷翘,灰白色小香风连衣裙。她抓起会议本往外走时,想了想,觉得太过女性化,又抓起一件黄色条纹西装外套,松松地搭在身上。

到了**魏行之**办公室外,她发现里面有人,隔着窗看,似乎是空乘部门的经理。两人都站起身来,**魏行之**正跟对方有力握手,然后将对方送出门。门开了,空乘部经理看了夏语冰一眼,夏语冰冲他微笑,但他只是拘谨地点头。

魏行之在里面喊:"夏语冰吗?请进。"

夏语冰深吸一口气,迈步进去。正当她喊出"**魏副总**",又等待**魏行之**说"好久不见"时,只听他温和地笑,而后抛出一句话:"这次叫你来,有点儿突兀,是因为机组排班部门传出了丑闻。"

粉红的回忆泡泡瞬间戳破。

夏语冰花了一秒钟，在内心讥笑自己，脸上仍是看不出表情。

眼前是公事公办的上司，带着不知道几分真假的笑，对她说，有空乘被旅客投诉，值班经理例行谈话时，训得比较狠，小姑娘顶不住了，突然情绪崩溃，边用手抹脸边大喊着："我要是早知道会发生这事……还不如不飞这班呢！"

值班经理原本以为她指的是跟人换班——这很常见——没想到再听下去，从她哭哭啼啼的只言片语中，拼凑出某种异样，他立马报告上级。

夏语冰瞬间明白过来。这种事情，原本直接到自己这级就会打住。但魏行之刚来，有人想借这事做文章，于是直接捅到他这里。

魏行之说："IT部门抽调的数据显示，有几个排班工作账号异常，怀疑有人收受利益，给部分空勤排好班。"他看起来笑脸相迎，但每句话都有分量，"我刚来，这事由我在中间插手，似乎不太好。但我还是应该了解清楚情况。"

她慎重道："我刚了解这情况。但是我们一直强调排班纪律，最近推行新方案，机组满意度也有所提升。我会彻底清查，如果真的有这样的害群之马，我一定会严肃处理。"

魏行之笑了笑："不用太紧张，把事情查清楚，处理了，给机组们一个交代就好。这事说起来也不大，也谈不上安全隐患，但是到底对机组影响不好。"

她记得以前的魏行之，特别直。但多年没见，谁知道有没有变呢。她自己也变了。这话在夏语冰听来，分明是魏行之在下马威之后，再来个恩威并施。她只点头："我明白了。"

魏行之笑："这么久没见，你还是这样，给自己太大压力。"

魏行之给夏语冰留了台阶，让她自行内部清查。虽说他强调"查清楚就行"，但夏语冰依旧如临大敌。

排班跟空勤的利益息息相关，虽然部门内有大量规章制度，防止出现徇私，但是在空勤，尤其是空乘内部，还是流传着"跟谁关系好，就帮谁排好班"的传闻。还有更多的流言，说夏语冰经常晚上接到公司高层的电话，要求帮某个空乘排好点儿的班，夏语冰会指示她的心腹去照办。

传言只是传言，从来不曾被人捕到风，捉到影。

但排班员之间，心知肚明，他们之间，似乎有收受利益存在。因为他们也曾在饭局上，或是某些聚会场合，认识空勤，对方努力跟他们搞好关系，希望给自己排些好班。她们暗示说："我听说其他人也是这么干的。反正，我不会让你们吃亏的。"

大家都知道，有这样的人。但是大家不知道，这些人是哪些人。

机组排班部门，人人自危。

宋洋发现，自己是在这个时候被孤立的。

午饭时分，大家都相约下楼，聊着到附近哪里吃饭，或者买个三明治饱腹，瘦身的人只吃沙拉。

宋洋见身旁同事纷纷起身，从她椅子后面擦身经过，她像往常一样，跟其中一个同事说："你们去吃什么？还是那家生煎吗？帮我带一盒？"说着就去摸桌上的手机，打算转账给他。

那同事看了她一眼，没搭腔。几个同事陆续从他身后经过，最后那人拍拍他的肩膀，不耐烦地说："走吧，别啰唆了。"

"等我一下。"那同事也不再理宋洋，跟着跑上去。

宋洋想了想，明白了。

在这种时候，小道消息像风一样，在他们之间来来去去。他们在风声里交换着信息，猜测着谁谁谁可能有关，谁谁谁无关。这裹着信息的风，刮不到宋洋那儿。他们不想刮到宋洋那儿，怕连自己也刮跑。

这犀利的风，首先把宋洋从住处给刮跑。

那天晚上，田芯告诉宋洋，她有同乡来上海工作，要跟她一起住。她客套而疏离，请宋洋尽快搬走。宋洋面不改色，点头说好。田芯不依不饶:"我同乡明天早上就到。你今晚收拾好,明天一大早搬走。"

宋洋看了她一眼,说:"好。"

田芯,不配当她的敌人,也不配浪费她的时间。

过去两个星期来,田芯都没怎么跟宋洋说过话。宋洋已猜到几分。有天,方棠跟她一块儿吃饭时,见到她手机上弹出来的链家信息,知道她在找房子,非让她搬过来住。

方棠一直对她挺好的。两人一起成长,宋洋不确定方棠这份好,是否含有些同情,或是感恩她的长期衬托。但人越大,认识的人越多,宋洋越清楚这份友情的宝贵。她是心机深重的,方棠则快乐浅薄,青春期后,宋洋一度也瞧不起这肤浅的美人,但她现在明白了,在这世上,有人对你真心真意好,就值得感恩。

但宋洋还是说:"不用了。"

方棠当空乘久了,自然懂得察言观色,知道宋洋是因为这个高档小区的房租问题。她告诉宋洋,她的对门有空房出租,是个小户型,她去看过了,有一个房间没窗,黑咕隆咚,另一个房间窗口对着高压线,窗外是垃圾房。房东又挑剔,只肯租给女生,所以好久都没租出去。她打听过价格,没有比田芯那个贵多少。

唯一的问题是,要再找一个室友。

宋洋还在考虑,没想到沈珏听说她在找房子,主动问起她。两人一拍即合。

这天晚上,田芯给她下了最后通牒,宋洋跟房东发了消息说希望能通融一下,提前一周搬进去。对方答应了。宋洋跟人调了班,打算今天搬家。她将东西都打包,刚好塞满一箱子。刚抬起来,便掉下一个本子。她弯身,翻开本子,见到秦邦的名字下面,除了秦远风外,前阵子又被写上了唐越光。

她盯着这名字良久,才终于移开目光。她瞥了一眼曹栋然的名字,看到在他名字旁的莫宏声下面,之前被加上了夏语冰。

她合上本子，将它塞进箱子缝隙里。

拖着一大箱子下楼，没走多远，听到旁边车上有人喊她，她扭头一看，见到方棠从车上朝她扬手。

"上车！"她喊。

那是宋洋第一次见到徐风来，不过也是唯一一次。因为不久以后，方棠跟他就分手了。方棠说，受不了他这人的优越感，好像自己多了不起似的。宋洋那时才明白，为什么那天在车上，徐风来只是沉默地微笑，并没有主动跟她说话。

她还以为是因为他沉默寡言，但很久以后，她在天空之城见到他，他跟其他小飞在一起喝酒，话很多。她隔着人群看他，发现他谈笑自信，说起话来，身边一众女孩子都笑得花枝乱颤。这样的人，无论如何不会是寡言那种。

那天，方棠在车上跟她说："你这房子还要大扫除才能住呢。你先到我那儿住着。"还没等宋洋说啥，方棠就说开了，"你不用怕我妈说啥，她现在来得少，你们碰不到的。"

在宋洋心目中，方棠是没心没肺的。如果说方程还能注意到宋洋在方家的别扭，那方棠似乎是毫无知觉的。

原来方棠知道，不说只是不让她尴尬。宋洋感激她体己，但仍是不愿添麻烦，笑说："我应该没问题的。"

方棠还要说什么，一直在旁没吭声的徐风来，这时轻轻拍了拍方棠的手背："让别人决定吧。"

方棠看向徐风来，娇嗔地笑："洋洋不是什么别人。"但她也没再说话，只冲宋洋做了个表情。

机组积分计划活动结束后，沈珏就调到了办公室，居然刚好坐在姚国栋前面。姚国栋现在不敢明面上说她，但暗地里没少给她下绊子。沈珏不声张，但总不时想起宋洋让她硬气一点儿的话。那个叫庞飞的飞行员给她发过几次消息，想约她出来，她对外面世界胆怯又新鲜，总不敢答应，拒绝了好几次。这天下了班，庞飞又约她，她要赶回去搬家收拾打扫，又拒了一遍。

　　凌晨时分，她们打扫成功，算是正式入住了。宋洋不忘给房东发了个大红包。躺在新居床上，想起来，以后自己就跟方棠方程一个小区了。

　　还有唐越光。

　　夏语冰一脸肃杀，根据几个异常账号情况，找员工面谈。宋洋听到夏语冰找她时，并不意外。她提前准备好一份资料，到她办公室里。

　　办公室开了加湿器，喷出很细的柠檬草味道的水雾。夏语冰开门见山："最近我们部门的事，你应该也听说了？"

　　"你是说涉嫌收受利益排班的事吧。我听说过。"

　　"你知道有哪些人？"

　　宋洋早料到会有这样的问话，但她认为这些名字最好不要从自己嘴里出来。她摇了摇头。

　　夏语冰仔细盯着她的脸："是不知道，还是不愿意说？"她从桌面文件堆上，抽出最上面那份，搁在宋洋眼皮底下，"IT部门调取的数据显示，有几个排班账号有异常。其中一个，是你。我想听听你的解释。"

　　宋洋淡定点头："有这样的事。"

　　夏语冰露出失望神色。在她心目中，宋洋是个能干大事的人，她不愿见到这个女孩子为些蝇头小利，做这种事。

　　"大约几周前，我发现我的账号登录异常，我当时把情况报备给IT部门。他们当时评估后，认为应该只是同事登录过我的账号进行操作。这种情况不算什么，所以我没上报。"宋洋把早已准备好的文件递到夏语冰跟前，"这是当时我跟IT部门的邮件往来。"

　　夏语冰瞥一眼，明白宋洋是早有察觉，早有防备。她心下释然，点了点头，又说："你当时没想到，可能是有人登录你账号来做人情利益操作？"

　　同一排班账号，多次为同样的机组人员排好班，容易引起注意。这也就是为什么会有人登录同事账号操作的原因。夏语冰的问话，正基于此。

　　宋洋说："我有过猜测。但我也知道，没有证据的指责，会对一个人的声誉有多么大的影响。"她其实不过是为了不供出田芯，免得多生事端。但这冠冕堂皇的借口说出来，她突然想起了父亲。

　　宋洋从夏语冰办公室出来后不久，夏语冰助理根据面谈名单顺序，叫田芯进去。宋洋见到她黑着脸进去，又黑着脸出来时，并不意外。她只是在心里想，自己在田芯前面被喊进去，看来田芯又会有联想了。但宋洋无暇理会，只继续埋头工作。

　　田芯的位置跟宋洋相隔不远，在过道一边，宋洋进进出出总要经过她。田芯从夏语冰办公室出来后，始终沉着一张脸，面朝电脑，转动着手指间的一支笔，也不知道在想什么。宋洋要到打印机那边，从她身后经过，但田芯的椅子占了过道一大半，宋洋在旁边说了声："麻烦，让一让。"

　　田芯一动不动，仍旧只对牢电脑，转动她的笔。

　　宋洋提高声音，又重复一遍。

　　田芯坐在那儿，头也不回，对着电脑屏幕上映着的那张脸，冷声说："吓我一跳。"才懒懒站起，不情不愿把椅子往里推了推。

　　宋洋取了文件，装订好，往位置上走时，见田芯坐在自己位置上，黑着脸，用力敲键盘，发泄似的噼啪响。宋洋经过她身后，椅子又卡住了过道。

　　宋洋说："请让一下。"

　　田芯的身子一动不动，手指仍在键盘上敲击。

　　宋洋重复一遍："请让一下。"

　　田芯的手停下，她从屏幕上看着宋洋的脸，似笑非笑："挡你一下怎么了？总比你在别人背后放箭的好！"她声音大，周围的人都停下了手上的活儿，假装喝水，假装站起来去洗手间，假装看手机，实则都屏着呼吸竖起耳朵。

"我知道你在暗示什么。"宋洋平静地说，"但我没做过。"

田芯爱面子，不愿在这么多同事前丢了脸面，于是更理直气壮起来："不是你还能是谁？不然经理怎么会在你出来后，马上就叫我进去？"她一拍桌子，站了起来，"可真没想到你是这样的人啊！你刚来的时候，是谁手把手教你的呀？是谁把房子给你住的啊？是谁看你一个人没朋友怪可怜的，把我的朋友叫到家里来，一起热闹的啊？"

宋洋耐心等她噼里啪啦说完一通，才开口："经理那儿有一张IT部门提供的名单。我跟你都在名单上。至于顺序是怎么编排的，我猜你可以去问问IT部门，或者助理？"

围观的人里，有人没忍住，低声笑出来。田芯知道自己理亏，狠狠将笔往桌上一摔，转身就往茶水间里躲。高朱迪倒是凑了过来，跟宋洋套近乎："你别管她，我听说，有好几个被叫去问话的人，明明平时跟她关系都不错的，但是这次都把她指出来了。估计人力资源给她开解雇信，也就这一两天的事了。"

宋洋不愿显得落井下石，也不想让高朱迪以为跟她站成一队了，只淡淡回了句："是吗？"

快下班时，方棠给她打电话，让她带上室友，一块儿到天空之城来。

宋洋问："怎么了？"

"给你过二十五岁生日呀！"方棠在电话那头翻了个白眼，"顺便庆祝你乔迁之喜！"

沈珏在上海没什么朋友，宋洋把她也带上。沈珏本来还说："我也不认识你其他朋友，这样不太好吧？"没想到方棠带了一堆连宋洋都不认识的人，给她过生日。气氛倒是非常热烈，是宋洋懂事以来最热闹的一次。

方妈不太记得宋洋生日，宋洋跟方棠又都在9月出生，索性一直在方棠生日那天给两人一块儿过。

方棠也不知怎的，喝得醉醺醺的，最后扬手跟宋洋沈珏说再见时，突然在朋友车上吐起来。宋洋跟沈珏回到家时，沈珏突然问："方棠没事吧？"

"没事。她就是这样疯疯癫癫的。"宋洋掏钥匙，开了门。

沈珏跟在她身后，进了屋，摁下灯开关，才小心地说："我看得出来她不开心，而且她不是有男朋友吗？她今天说男朋友不用飞，就在上海，但是既没过来玩，也没来接她。"

宋洋发觉，沈珏跟自己一样，原来也是个懂察言观色的。但今天，餐吧内的热闹像大海，把宋洋淹没过去，她怪自己没察觉方棠的心事。于是给方棠发了条消息，说了声"谢谢"。方棠没回，估计醉死过去了。

手机上显示11点40。沈珏洗完澡出来，突然说："今天你生日，但晚上只喝了酒，都没吃蛋糕。"宋洋笑："又不是小孩子了，还吃什么生日蛋糕。"她道了晚安，就回房间里，这时手机响起，在夜里显得特别急促。她关上房门，接起电话，发觉居然是唐越光。

他在电话那头问："你搬到天悦花园了？今天生日？"

宋洋惊讶："你怎么知道？"

唐越光没解释，只说生日快乐，又匆匆道："你休息了吗？给我二十分钟？我在你楼下。"他声音急促，几乎让宋洋以为出了什么大事，也来不及问，换好衣服，便匆匆下楼。

她穿着半厚的衬衫，外套拎在手中，走出大楼。

临街栏杆上倚着一个男人，正靠在车身上低头点烟，衔着抽一口，一抬眼，见到宋洋，烟一丢，跨前一步，迈入亮处。

宋洋看到唐越光的脸。路灯映在他脸上身上，头发跟眉毛都微微蒙蒙闪光。

她微讶，没想到他在这儿，但话到嘴边脱口而出，却是："刚才下雨了?"

"刚才草坪洒水……"他看着她,眉眼深深,"上车。"他轻轻碰了碰她的手臂。

"去哪里?"

"给你过生日。"他低头看一眼手表,"快,还有二十分钟今天就过了。"

"你怎么知道我今天生日?"她又问。

"朋友圈照片。"唐越光说,"今天跟你一块儿过生日的人里,有一个我认识。我看到他发的朋友圈照片上有你,上面说是给诺亚航空的小姑娘过生日。评论里有人提到你姐,叫方棠是吧?所以我知道你生日,也知道你搬过来了。"

"社交网络真可怕。"宋洋微笑,"你还知道什么?"

"还知道你今天没吃蛋糕,因为照片上没有。"

他脚踩油门,车子出了小区,左拐一个弯,在前方一家便利店前停下。

"等我。"他说完,下车进了便利店。车子没熄火,头灯照着前方马路。冷气吹在宋洋脸上手臂上,她安静地待在车里,往车窗外看。

不一会儿,唐越光从便利店里奔出来,开了车门,捧出一块嘉顿蛋糕,边撕包装袋边说:"只剩下这种了。"他掏出给小孩过生日的那种廉价彩色细蜡烛,也是刚买的,插到略略变形的蛋糕上面,蛋糕屑簌簌掉到他手上。

"许个愿吧。"他微笑,"还剩五分钟,刚好。"

车厢内只有这蜡烛的光,映着眼前这张真挚的脸。

"快许愿,来不及了。"唐越光催她。

她闭上双眼,对着小蛋糕,心里默念:

> 我要找出真相。
>
> 我要还给父亲清白。

　　　　我要让陷害父亲的人不好过。

　　她睁开双眼，噗地吹灭蜡烛。车厢内又陷入黑暗。在黑暗来临前、光明仍在的刹那，她见到了唐越光眼里的光，那光里有她。

　　这两团光，现在越来越接近彼此。静谧的车厢内，能听见彼此的呼吸声。

　　唐越光凑近了，一只手搂过她，低头吻了下去。宋洋心里胡思乱想，想这亲吻里有蛋糕的味道，想起人造色素跟甜味剂，想到车厢内真闷热，又想到自己这样子到底算什么，是利用他，还是利用性别优势？

　　她的内心挣扎，而唐越光慢慢松开了唇，只是前额抵住她的，声音温柔："深秋到来时，我们去云南。我妈在那里过着田园牧歌的生活，你会喜欢。"

　　　　去见他的母亲……然后，去见他的父亲。

　　宋洋听到自己内心的小人，发出狰狞的笑。

　　　　当唐越光的女朋友，你会离秦邦更近。压根儿不需要
　　　　煞费苦心，在诺亚航空苦苦煎熬。你自己清楚得很，即使
　　　　在工作上接近了秦远风，那又如何？你要到老板家里，见
　　　　他老爸么？但唐越光不一样。

　　唐越光问："你在想什么？"

　　宋洋微笑："没什么。"

　　她将脑袋轻轻伏在他肩上，听到自己内心另一个小人，义正词严地叫着。

　　　　唐越光是个好人，你这样利用他，当真相大白那天，
　　　　你会将他伤得很深，很深，很深。你这样做，跟秦邦曹栋
　　　　然之流，又有什么区别？

　　她嘴唇翕动，无声地对正义小人说：有区别的。区别在于，我也许，真的喜欢上他了。

　　唐越光低声问："嗯？你在说话？"

"没有。"

他握住她的手,另一只手腾出来,轻轻抚摸她的头发。她的心扑通扑通跳动,几乎快要说服自己了。唐越光忽然微笑,抬起头来:"我都忘了,还没送生日礼物给你。"他掏出钥匙,将钥匙扣摘取下来。宋洋认出,这就是上次他跟她提过的那个钥匙扣。

"这个钥匙扣对我意义重大,算是我进入民航业的原因跟动力。"他又笑了笑,"不,应该说,送钥匙扣给我的宋洪波,才是我的动力。"

听到宋洪波的名字,宋洋的肩膀颤了颤。

"你说什么?谁?"

唐越光笑:"你忘记了?上次我跟你说过,小时候那个机长安慰我的事。那个机长就是宋洪波。"

"就是……那个人?那个,自杀的英雄机长吗?"宋洋现在觉得自己的手跟声音一样抖。

唐越光点头:"是他。但我不相信媒体说的话,即使做出那个报道的人,是我父亲……"

宋洋低头看着那个钥匙扣,看了好一会儿,唐越光问她怎么了,她却恍若未闻,刚才正义小人的话,在她耳边越来越响,响得近乎刺耳。

最后,她终于下定决心一般,将钥匙扣往他手里一塞,声音突然变得又冷又脆:"我要下车。"

"你怎么了?"

她伸手去开车门,一只脚踏出去,被唐越光从身后拉住她的手:"发生什么事了?"

宋洋转过脸,再没有了刚才那羞涩甜蜜的神态。她的脸有些苍白,然而目光坚定,看进唐越光眼睛里。

"没什么事。只是,我真的不喜欢你。"

7

宋洋向来读书成绩好，高考时她没啥想法，只觉得救死扶伤是件有意义的事，于是报考了首都医科大学，顺利被录取。

那时候方程已经开始飞行，他对这个没有血缘关系的妹妹还不错，说寒暑假的机票都由他出。

自从父亲死后，宋洋就没坐过飞机了。第一次坐飞机到北京时，她看着舷窗外的滚滚云海，想起了父亲，突然流下了眼泪。

旁边的阿姨悄悄递给她一张纸巾。

她不好意思，接过纸巾，点头致谢。

阿姨什么都没问。

倒是宋洋有点儿不好意思，没话找话地解释："第一次去北京，太激动。"

阿姨微笑："二十五年前，我第一次到北京，就跟你差不多大。长安居大不易，但也改变了我的人生。"

宋洋很怕她再问什么，只是笑笑，全程假装睡觉。

大学念了一年多，她过得重复而单调，成绩依旧名列前茅。但因为不在方家，她终于可以按照自己喜好来穿衣服。习惯了短发，她不适应长头发。女同学穿碎花荷叶边小短裙、黑色紧身衣花苞裙，以好嫁风为自己加分时，她却着意降低自己女性化的一面——着黑色飞行员夹克、浅色单宁外套、宽肩线大廓形的男士外衣，或是白T、薄外套与西装裤。

她以为中性化打扮与离群索居，更显低调，但背后却有人喊她女王蜂。她听到这个外号，觉得多么讽刺。你可曾见过韬光养晦、谨小慎微的女王蜂？

渐渐地，宋洋用学业繁重做借口，暑假也不回来。寒假经常待到大年廿七才坐上火车。回到方家,除了可能在外飞的方程外,其他人都在。

方程在家,会跟他们说自己在外飞的事。事实上,早在他还在澳大利亚学飞时,就已经向他们讲过很多飞行训练的事。只是那时候宋洋还在准备高考,没怎么听。但现在,围坐一桌时,方程跟方棠关于飞行的话题,像羽毛一样,悄悄撩拨着她。

她埋头扒着饭粒,耳边听着这些话题。

回到学校,她开始买民航业的专业书籍看,找飞行相关的视频来看。她在一部纪录片里,看到对当日父亲那件事的回顾。从小到大,她只知道父亲患抑郁症自杀,但不知道具体发生了什么事。

这件事在方家也是禁忌。在她念高中时,某次方程突然提到那件事,向来温文和气的方爸,突然吼了他一声,方程倏然醒悟,瞄了宋洋一眼,立马噤声。

宋洋假装在埋头吃饭,还给方妈夹了一块鸡胸肉。那时候她学业繁重,加上方程那句话没头没尾,她什么都听不出来,也就过去了。

但上大学后,她开始正式翻查过去那件事。

那其实不算是一件事,是一系列事。

故事的一开始,宋洪波是英雄。

当时,他驾驶的航班从葡萄牙里斯本起飞,载着291名乘客和13名机组人员,飞往上海浦东。在距离里斯本300英里处的北大西洋亚速尔群岛附近上空时,飞机引擎出现故障。

新闻上说:"在两个引擎完全瘫痪的危急情况下,机长宋洪波凭借过硬的技术和超凡勇气,将飞机成功迫降在亚速尔群岛的拉格斯机场,机上304人全部逃脱了葬身大西洋的厄运,只有5人受轻伤。"

宋洪波回国时,民航局华东管理局、航空公司的领导亲自在飞机下迎接,一出机场到达区,媒体镁光灯摄像机对牢他,希望能拿到他的采访。

网民们叫他英雄。

直到秦邦出现。

这个郁郁不得志的记者，经过连番追查，最后告诉世人——宋洪波不是英雄。

秦邦说，他找到一名在里斯本的华人脱衣舞舞女，舞女声称航班前夜，宋洪波一直跟自己在一起，没有休息。访谈全程，女方的脸上打了马赛克，而秦邦一直在引导对方说出更多细节。当秦邦最后让对方出示证据时，女方向镜头展示了宋洪波留下的一块表，还有他的一张全家福。照片上，是他跟已逝的妻子，抱着当时还是婴儿的女儿。照片上，除宋洪波外的二人也打上马赛克。

访谈最后，秦邦不动声色地指出："尽管事件真相还需查明，但这位机长在执行航班前夜，并没有得到充分的休息，已经是不争的事实。"明确暗示宋洪波疲劳驾驶。

消息一出，举世哗然。

宋洪波从英雄，变成了色鬼。

秦邦还没停止他的狙击。第二击，才是最致命的。

一名旅客家属找到秦邦，告诉他，自己的亲人在当天事故中受了伤，原本是轻伤，但出院后却因为伤口感染而死亡。

要是在宋洪波还是英雄机长的时候，这件事也许会存在争议。但自从传出脱衣舞娘的事后，网友对他观感极差，一边倒地认为这就是他的责任。

杀人凶手！杀人犯！

网友们这么喊他，还将他的照片P成了刽子手、吸血鬼。

宋洪波患上抑郁症，不敢将家里窗帘拉开，终日不见阳光，活成了网友嘴里的吸血鬼。最后他在遗书中，将女儿托付给童年好友，留下一笔钱，选择了离天空最近的方式自杀——从高楼上纵身跳下。

那是一座五星级酒店。酒店下面正在施工，那天下着雨，宋洪波的身子直接扑在土坑的泥水里，脸部朝下。据说摔成一片血泥。

曾经的英雄，在烂泥中走向结尾。

指责过他的媒体都噤了声，原本要告他的旅客家属也不了了之。一切都归于死寂。

除了秦邦。

他名声大噪，拥有了一档自己的访谈节目，成为名人，后来开了公关公司，又借着在交通业旅游业的人脉跟消息，做起旅行社，也就是现在诺亚集团的前身。诺亚集团后来把那家公关公司也收了，秦邦的高徒曹栋然，成为诺亚集团的营销总监。秦邦则早早退休，把公司留给儿子。

在学生宿舍走廊上，同学们端着饭盒，踢踢踏踏走着，说着笑着。宿舍内，电脑屏幕映出宋洋惨白的脸。她手指发力，指甲掐着大腿上的肉，掐出道道血痕。她用变了形的指甲，敲打键盘，查找秦邦的一切一切，就像她用同样的手指头，拨开网络上网友们对宋洪波的层层咒骂，找寻那件事的原始资料。

她无论如何不相信，父亲会是这样一个人。

她对成年男性的情欲世界并不了解。除了方程和方爸，她就没有其他更接近的异性了。她不知道父亲为什么会认识那个女的。但她并不天真地认为，在母亲死后，父亲就该如古代女子一样，为她守着。

她相信的，只是父亲的职业道德。它像山峰一样高耸，始终指引着父亲不迷失，如今在父亲离开后，那山巅又在宋洋的前路上，如箭矢般指引方向。

箭矢化作鼠标箭头状，指向一篇篇秦邦的相关新闻报道。

宋洋看着报道里的这一个个名字，一张张脸。

最奇怪的是，她注意到，秦邦跟曹栋然在功成名就以后，再也没提过当日这个成名作。她在一个采访视频里见到，有记者问秦邦当年的事，他的嘴角立即耷拉下去，随后才重新上扬，摆出一个社交笑容的弧度，嘴上说些逝者为大一类的话。

她想知道，当天父亲到底发生了什么事，真相是什么。

她的揭秘心思向上，她的学业成绩向下。

辅导员找她聊天，但始终问不出什么结果，最后建议她休息一段时间。

她没有回家，因为她没有家。她在学校外面租了个小房间，重新复读，准备高考，考上人大市场营销。女王蜂，飞离了蜂群。

大学毕业前，她只向一家公司投了简历——诺亚。然而诺亚把她拒了。就在她想其他办法时，秦远风突然安排了一个饭局的机会。

她捉住这机会的小尾巴，把自己送进了诺亚航空。

这样的宋洋，是心机深重的，是不惧利用唐越光的。但这样的宋洋，也是有道德感的，有公义所在的。

第二天，公司内部出了调查结果，认定机组排班部门有小团体收受利益，私自排班，影响恶劣。文件已经下发，只是没有点名犯错员工。而田芯被立即解雇的文件，人力资源部刚发出来，OA上还停留在办公室那儿。

因此田芯这天还在照常上班。但这天下午，集团高层到诺亚航空走访，召开座谈会，各部门抽调员工参会，名单上自然没有田芯。

会议由办公室筹备。宋洋提前从沈珏那儿看到了集团来人的名单，除了秦远风外，还有曹栋然。

她心下一动，于是找夏语冰助理，主动问她自己能不能参会。

都是夏语冰的手下红人，小助理心里对宋洋充满警惕与不喜，但脸上仍是笑嘻嘻："当然可以啦，亲爱的。"她飞快在电脑上操作了两下，"好啦，下午你也来吧。"

宋洋也笑："谢谢你，亲爱的。"

"都是自己人，客气什么呀，么么哒。"小助理咯咯咯笑着，做了个飞吻。宋洋一转身，她的笑容立即收起，又是一副对着电脑埋头苦干的表情。

会场在六层，正是之前宋洋误闯偷听到秦远风说话那一层。宋洋提前到那儿，找到机组排班部的区域，随便坐下。沈珏这个小可怜，因为资历最浅,午饭都没来得及吃,正边啃鸡肉三明治边布置会场,摆放台签跟鲜花。宋洋给她塞了一根能量棒:"怕你下午饿。"

"我没事。"

"你还在长身体呢。"宋洋说。

沈珏奇怪地"咦"了一下:"我还是第一次听到你开玩笑。"她心目中的宋洋,多少有点儿女侠气,英武是英武的,但也孤僻。

宋洋心想,也许因为自己把沈珏当朋友。

沈珏突然想起什么:"对了,我今天看到田芯跟IT部门的人一起,在角落里说着什么。看到我走近,马上就不说话了。我觉得你还是小心点儿她比较好。"

宋洋说,知道了,别担心我。

会场布置好后,沈珏被姚国栋叫了出去,让她回办公室待着。沈珏清楚得很,活儿干完了,需要刷脸的时候,就轮不到她来晃悠了。她觉得可笑,但也并不介意,便回去坐着。过了一会儿,她想起自己有个本子落在会场那儿了,转身上去拿。

推开会场后门,她远远地看到秦远风坐在长桌上首,人看上去比电视上要好看,笑起来很谦和,正跟坐在身旁的魏行之说话。另一边坐着一个男人,看起来有点儿倨傲,微微发福,不言不动。沈珏扫一眼他面前的台签,见上面印着曹栋然。

她猫着身子,走到靠门的位置,要拿回落下的本子。这时听到办公室主任欧阳青让人播放视频,负责操纵的IT小哥面无表情地点了一下鼠标。

视频首先是黑屏,然后打出一行白色的字。欧阳青"咦"了一下,说:"奇怪,好像不是这样……"

黑屏上的白字仍陆续打出来,沈珏看清楚了,那上面是:"机组排班部宋洋爱慕秦远风,想当灰姑娘。让我们一齐走进她的内心世界……"

视频中,拍摄者对牢一台电脑,随着鼠标指针移动,文件夹一个个被打开,直到那个被命名为"秦远风"的文件夹,在镜头前呈现出来。

视频制作者打出字幕,说明这是几个月前,跟秦远风直播饭局上的那个女生宋洋。

镜头移动,代替观众窥视的双眼,一只手拉开抽屉,取出里面的文件袋,抖出大量秦远风的杂志剪报。

全场都低低哗了出来。欧阳青吓得脸色跟名字一样绿,让IT小哥赶紧将视频停了。小哥边抖着手点鼠标,边嘀嘀咕咕:"这视频什么时候被换过了啊,之前拷贝时完全不是这样啊。"

沈珏脸色煞白,在人群中寻找宋洋的脸,生怕她受到影响。

当她终于找到宋洋时,却见她面无表情。良久,她终于抬起眼睛来,却是直直地瞪着那个叫曹栋然的男人。

沈珏有点儿担心,决定坐下来,继续看后续发展。

欧阳青拿着麦克风,用颤动的厚嘴唇微笑着说:"因为技术原因,这个视频播错了。现在才是正确的……"后续视频继续播放,但下面的员工早就没心思看这个了,低下脑袋,开始在手机上悄悄发出消息。

秦远风没吭声,没任何示意,会议继续。

手机在口袋里振了一下,宋洋低头看手机,见到夏语冰问她:"怎么回事?你待会儿还可以吗?要不要换人?"

各部门都派员工发言,按照集团要求,不能光是老员工,新人声音也要听。夏语冰按照之前承诺,给宋洋制造机会,选中了她。

宋洋回复:"没事。再解释。不用换。"

她抬头,默默听着各部轮流发言,面上波澜不惊。轮到她时,她站起来,面向众人,鞠了一个躬,才说:"大家好,我是机组排班部的宋洋。"顿了顿,郑重道,"就是刚才视频里提到的那个人。"

曹栋然在刚才众人发言时,一直低头看手机,这时才抬起头来,远远打量她。

宋洋说:"我要向大家道歉。并非为了搜集秦总信息而道歉,而是因为我个人不慎,没有保管好密码,导致浪费了各位时间。

"因为文件已在流传中,我也索性公开说了。在座的都知道,前阵子,我们部门出了一件事。当我的部门经理问我是否知情时,当时我想,这事并不直接影响航班安全,于是没有把情况告诉她。最后的结果,大家都看到了,机组人员非常不满。

"在中国社会,我们总是抱着多一事不如少一事的心态,宁愿自保。但是在民航业中,任何一件偏离规章的事,都有可能成为蝴蝶扇动的翅膀,导致灾难的发生。在公司,我没有保管好工作账号,在家里,我没有保管好私人物品,给秦总跟公司造成麻烦,在此深表歉意。"

说着,她再次鞠了一躬,才缓缓坐下。

秦远风微笑,带头轻轻鼓掌,于是大家又都鼓起掌来。然后秦远风说了些场面话,诸如大家应该遵守规章什么的,然后点头示意下一个人发言。宋洋目不斜视,然而她眼角余光注意到,曹栋然投在自己身上的目光,停留得比谁都长。

田芯在诺亚待的时间长,零零碎碎东西特别多,临走时准备了个大箱子。抱牢了,往外走,挡住眉心以下的脸。站在电梯口等,手都腾不出来,察觉旁边有个人,于是喊:"帮我按一下往下。"对方替她按了。

田芯没说谢谢。她对这公司,还满肚子怨气。

电梯到了,门开了,那人替她按住电梯门,方便她走进去。她终于不情不愿地说了一声谢,走进去,把箱子放到脚边,才发现宋洋站在电梯门外。

外面只有她一个人。

宋洋微笑,神情意味深长:"慢走。"

田芯气极,伸出脚,卡在电梯门上,挡住了闭合。她大声质问:

"是不是你告诉夏语冰的?"

"事到如今,我也没必要骗你。"宋洋说,"真不是我。"

田芯依旧气鼓鼓,但终究是她对不起宋洋,而不是宋洋对不起她。她缩回脚,没再吭声,等着电梯门合上,但宋洋突然伸出两手,往两边按住电梯门,稍微将脑袋往她这边探过来,吓了她一跳。

宋洋微笑说:"说起来,我倒是要谢谢你。"

"什么?"

"因为我家过去的经历,我一直对是否保持正直这事心存疑惑。你让我明白,这是有意义的。"宋洋缩回两手,对她说,"祝一切顺利。"电梯门合上,田芯跟她的箱子落到地下一层。

宋洋转过身,刚好碰上沈珏。她抱着两个鼓鼓囊囊的文件袋,正在等电梯。宋洋跟她打招呼,她说了一句:"真没想到。"

"什么?"

沈珏说:"你不是我想象中的小白兔,但也不是大灰狼。"

宋洋笑:"你童话看多了。"

沈珏说:"上次开会,真的把我惊出一身汗,还好没出什么事,老板没怪下来。"

宋洋微笑,心想,沈珏还是只小白兔,她也没有必要跟对方解释背后的一切——

在田芯第一次向她借电脑时,她就将秦邦、曹栋然跟父亲新闻的相关资料隐藏起来,只留下秦远风的文件夹。里面并没有什么见不得人的,点开看,全是各类财经访谈。

并非如沈珏所说"还好没出什么事",而是她早有准备。

倒是后面的发展,出乎宋洋意料。

高朱迪跟矮朱迪虽然闹掰了,但都不约而同跑来跟宋洋说:"不知道是谁将视频传到网上,还艾特诺亚航空官博!""一定是田芯吧!一定是她!""没准是当天开会的好事者吧,一定有人偷偷拷下来了。"

宋洋查了一下，这事在网上也掀不起什么浪花，都是茶杯里的风波而已。她一笑："由他去呗。"

但这次一查，她发现了新世界。

当初她跟秦远风那场饭局，网上居然有不少他们俩的CP粉。只是后续没有发糖，这些CP粉几乎都淡得差不多了。但这视频一出，CP粉又热起来。他俩有专门的贴吧，甚至还有一些同人文跟漫画。

宋洋翻了一下，觉得这是女孩子借由她这个平凡人，代入自身，做着霸道总裁和玛丽苏的梦。她依稀觉得眼熟，在自己手机上，翻了翻存在云盘里的曹栋然的资料。

她没记错，当年曹栋然还在公关公司时，曾经有过一个经典案例。一个男孩捡到女孩遗忘在餐厅里的书，他发现两人都看过这书，甚至连批注中的观点都跟他很像。男孩在社交平台上寻找这个女孩，并且每天下班后在餐厅里等。

一时间，媒体跟网友都去看那个男孩，陪他一起等。而后来女孩在微博上隔空回应，两人约定时间，让男孩带上同一本书，更是将活动推到高潮。书跟餐厅，都成为一时网红。多年后，曹栋然得意地在采访中承认，这是他的策划。

宋洋重温这个案例，联想起会议那天曹栋然的眼神，于是联络了一个号称手头有八万水军的大学同学。对方建议她只用二三十个即可："这种级别这种范围的事，太多就很可疑了。"如果有用，二三十个就管用。如果不管用，两三百个都没用。

这二十几个账号，唯一要做的，只是在微博等平台发言，然后艾特诺亚航空官方，让他们注意到秦宋CP粉的存在。

剩下的，便听天由命。

莫宏声接了个电话，转头跟夏语冰说："我约了人吃饭，叫英姐不用做我的饭了。"夏语冰还没吭声，他生怕她多心，立即笑着补充，"约了曹栋然。"又将手机屏幕递给她，让她看刚才的通话对象。

夏语冰原本正伏在长桌上,教女儿画画,头都没转过来。听他这样么一说,突然便站起身来,重复了一遍:"曹栋然?"

"是啊。他说是有些事情想问我,所以约了个饭。"他见夏语冰关注,有心多透露一点儿,博取妻子认同,"听他语气,好像是想了解你那个宋洋。"

夏语冰想起当日宋洋那番话,"当我爬到更高的地方去,你在高处就有一个自己人了。"

莫宏声抱起女儿,在她小脸上亲了一口,"那我出去了。"

"等等。"夏语冰喊住他。

"嗯?"莫宏声边穿外套边回头。

"如果可以的话,替宋洋说些好话,把她送走。"

莫宏声非常意外:"我还以为你跟她关系不错。你怎么会想到,在这个时候把她放出去?她不是挺能干的吗?不继续压榨压榨再放人?"

她看了莫宏声一眼:"也许还是你看人看得准。这个姑娘不简单,的确对老板有想法。"

"你说的是那个视频?说她搜集老板信息那个?"莫宏声一哂,觉得那不算什么,"她是心思深重那种人。她第一次见我前,先摸了个底,面试时有意迎合。一个年轻好看的女孩子,觉得自己也许有机会接近老板,所以事先搜集他的素材,打算投其所好。这也很正常。"莫宏声作为管人的,向来觉得,利用好员工的欲望,让那些欲望像火与风一样,送自己上青云,才是正路。

夏语冰摇了摇头:"我说的不是这个。"她摸出手机,在相册里翻到一张照片,翻转过来递给莫宏声。

莫宏声低头,耳边嗡了一下。

夏语冰说:"她不光对老板有想法,还有行动。"

照片上,宋洋站在酒店外,正走向一辆黑色的别克君越。秦远风坐在后座，正看向她的方向。莫宏声第一反应居然是，这么多年了，秦远风居然还是坐这辆别克君越，他下属的座驾都比他好。

夏语冰说："闺蜜在媒体，她发给我的。他们杂志社把照片发给集团公关了，价钱谈不拢的话，就周一见了。"

莫宏声明白了。

照片一旦公布，夏语冰就不好再行动了。现在把宋洋送走，对她而言，是少惹麻烦，送走一尊大神，也是不动声色做个顺水人情。

夏语冰说："作为诺亚营销总监，曹栋然肯定也收到这照片了。估计就是问你这事。你说点儿她的好话，把她送走，这样对你对我都有好处。她到底从我这里出去，以后要有点儿什么，也会顾着我们一点儿。"

莫宏声说好，然后在夏语冰脸颊上轻吻一下。夏语冰低声软语，温柔地让他路上注意安全，倚在门边目送他出门，看他进了电梯，才把门关上。她一转身，脸上那股柔情就收敛起来，眼神肃杀。

夏语冰当年也是个热血沸腾的理想青年，只是在职场中浸泡数年，也学会了后宫争斗那一套。就像臣子争先将女儿送进后宫，培植势力，夏语冰也希望在公司各部门更多一些自己人。往大处说，哪天她出了什么事，可以拉她一把。往小处说，各部门有什么风吹草动，消息到她耳边也更快一些。

过去，她有莫宏声一个就够了。丈夫作为人力部门老大，什么事情不会事先知道呢。尽管他是个有职业道德的人，对工作上的事绝口不提。但光是关注他的神情、他的工作状态，她就能大概猜到公司有什么新动向。

但自从某天，她经过公司楼下小花园时，见到莫宏声跟一个女下属讲话。女下属倚着门，边一只手拢着头发，边笑着跟他讲话。他抱着手臂，也笑着跟她说话。夏语冰远远地看着两人，心里突然被敲打了一下。

再后来，莫宏声外面有了女人，一个除了年龄，样样都不如自己的女人。

夏语冰存了心机。

她决定,此后她在公司内部建立的政治体系,在行业内外建立的人脉关系,都不能再以夫妻俩为核心。

她得为自己考虑更多。

第三章

Chapter 3

她们更像常春藤,给一堵墙,就能往上爬

1

宋洋正式接到调令，转到市场营销部。小道消息说，是集团营销总监亲自向市场部经理陆文光推荐的人。人们考虑到这位营销总监跟莫宏声夫妇的关系，这才明白为什么宋洋跟夏语冰走得那样近。

不同公司对市场部门的职能划分不同。在诺亚航空，市场营销部的主要工作包括品牌推广、广告投放、销售支持、产品培训跟文宣制订。

宋洋之前听说，市场部经理陆文光是秦远风亲自请来的。在他还没上任前，品牌推广跟文宣制订这块，由诺亚集团公关部负责。

陆文光上任后，曹栋然却一直不愿放手这两块资源，于是两边有不少业务重叠。

宋洋知道，自己即将踏入的江湖，比机组排班那个小庙要凶险得多。

这天她正式去报到，刚进门，一个白色塑料充气球冲她脸上砸来。她手快，脑袋一歪，伸手接过。

一个年轻男人走过来，笑笑，立定在她跟前："不好意思。"

宋洋正低头看球，见到上面写满了字，密密麻麻，字体稚气而庄重。上面写着"非航业务要加油！""沧海航空太烦了""天津麻花航线推广会""App要抓紧了"等奇奇怪怪的字样。宋洋心想，这都什么乱七八糟的。

她把球递到他手上，男人接过，又笑着说了声谢谢，待看清她的脸时,突然一怔,脱口而出:"你不是……那谁吗?"名字在嘴边,就是想不起来。

市场营销部的大办公区,几乎占据了半边楼层,所有人都在忙碌。有人匆匆走过来,有人匆匆走过去,手上拿着文件的,低头谈着电话的,眯眼盯着电脑的。空调开得很低,女士们都披着针织外套,或把披肩披在身上。

唯独没有人抬起头来,朝这边看一眼。

男人嘴张了半天,叫不出来。

身旁有人经过,喊男人名字:"蒋丰!竞品数据整理好没?"说着顺势瞥一眼宋洋,也怔住了,脱口而出就是宋洋的名字。

这次,所有人都抬起头看她。

宋洋从这目光中看出了情况。

有人向这边走过来,戴着三种花色的发带,驼色外套下是小碎花裙子,走起路来非常好看,像漾起阵阵花花白白的浪。她向宋洋说:"陆经理出差去了,你跟我过来就好。"她介绍说,自己是市场营销部的经理助理,有什么问题可以联系她。"大家都叫我安琪。"她微笑着伸出手。

她简单介绍一下情况,然后把宋洋带到一个空空的工位上,热情地说电脑跟电话申请她待会儿去办理。

宋洋微笑说谢谢,心里觉得她过分热情了。这种事情,一般都是由新人自己做的。她没开口问,想知道她打什么主意。

安琪走开后,她对着空荡荡的桌子,开始收拾东西。桌面有点儿脏,她回过头,朝旁边工位的同事笑了笑,刚要开口问哪里有抹布,对方已飞快递过来一条干净抹布,脸上还挂着僵硬微笑。

太诡异了。

宋洋接过,说声"谢谢"。

她边擦桌子边留意周围。身边的人看似忙碌,但似乎都竖着耳朵,听着这边动静。不时有人从电脑屏幕与手机屏幕上抬起头,将目光投向她。

她相当肯定，他们都在关注她，否则怎么会知道她在做什么。

宋洋在那儿等了半天，没看到有人安排她工作。她从不坐以待毙，直接站起来，打算去找安琪，这时她右前方工位上的人边接手机边匆忙走开，电脑屏幕上留着微信网页端的对话框，来不及关闭。

宋洋在那儿立着，刚好能看到对话框里内容——

"我们这儿来了个了不得的人啊。听说是曹栋然亲自推荐她来的，而且她在机组部时，可出风头了。"

"你没看安琪都巴巴地贴上去了吗，人精啊人精。"

"别提了，你不是也给她递抹布了吗？"

"我那是人在江湖啊！"

"各位！我有一个大胆的想法——"

"说！"

"我怀疑她是——秦老板的女人……"

"神经病啊！老板会让自己的女人到机组排班这种苦逼部门吗？而且老板怎么会看上她啊？之前的绯闻女友都是些知性女主播什么的。"

"老板很聪明的好伐啦。先让她在基层干出成绩，再往上走就顺理成章了。"

"她不是在之前那个部门出了一个大成绩嘛，谁知道那个方案是谁想出来的，没准是姓夏的借花献佛呢。高，真是高！"

同事接完电话，步履匆匆，在桌前坐下。一只手连忙按住鼠标，将对话框最小化，还心虚地回头看宋洋一眼。见到宋洋在认真地低头擦桌子，这才松口气。

擦完桌子，没有人给她安排任何任务。安琪出去开会了，一直在转球的蒋丰也出去了。电脑跟电话很快安装好。她在那里闷闷地坐了半天，有人经过她身边，冲她微笑，但无人停留。更多的人把她当作瘟疫，避之不及。

然而宋洋安之若素，岿然不动。她给沈珏发消息："你在办公室那边实习，有没有关于市场营销部的非机密文件？发给我看看？"

沈珏很快把文件发给她，又顺便告诉她，今晚有人送冰箱过来，但她今晚要加班，可能要宋洋在家看一下。

宋洋回了个好，开始低头看资料。

从这些干巴巴的文字跟数据来看，秦远风是动真格的。

所有部门的负责人，他都谈过话，有些还不止一次。

所以当她在文件上看到公司下一步将宣布砍掉非盈利航线，同时将部分机型卖掉，采取单一机型时，她并不意外。

当年，日航破产在即，日本政府请稻盛和夫出手重建，稻盛和夫采用阿米巴经营，将日航扭亏为盈。

今天，秦远风面临的挑战，不会比稻盛和夫小。

削减成本，提升利润，势在必行。

只是航空业牵一发而动全身，卖掉部分机型，全部采用单一机型，剩余的机组要面临改机型。改装培训、采购或租赁新飞机，都是一笔巨额投入。而沧海航空等以上海为主基地的航司，对诺亚航空虎视眈眈，想在它改革成功前出手扼杀。

幼苗死了，就不会成为威胁整个生态的大树。

而诺亚集团一直跟诺亚航空合作，输送酒店旅游等资源，但诺亚航空没有反哺，长此以往，也会引起集团董事会不满。

她正在做笔记，抬起头来，发现那个叫蒋丰的男生坐在桌前，像玩一样搭着几块积木。那积木搭上去，最上面那块颤颤巍巍，他双手松开，全都塌了下来。

蒋丰倒像是从这游戏中得到莫大启发，两手一拍脑门，飞快在键盘上敲起来。

宋洋接着观察他，见他戴着耳机摇头晃脑，一会儿在文档上敲敲打打，一会儿腾空双手，像在空气中弹琴。

这个人，有点儿意思。

她想起，今天只有这个人，像平常人一样待她。她看他起身，端着杯子上茶水间，她赶紧将自己杯里的凉水倒在盆栽里，飞快跟上去，在茶水间里跟他搭了一会儿话。

一杯咖啡时间，宋洋向蒋丰打听了这个部门的最新动态。比如说，诺亚航空打算跟以成都为基地的另一家小航企合作，共享营销资源。诺亚需要对方在西南华南跟东南亚的网络，对方也需要诺亚集团的旅游酒店资源。

宋洋没看错人，蒋丰是个热心的，但是他跟田芯那种不一样。田芯关心的是人，这个人是否能为自己所用。而蒋丰心思要单纯得多，他对民航工作分外热忱。

两人正聊得欢，安琪突然奔过来说："原来你在这儿呢。"

蒋丰以为她要找自己，正要搭腔，安琪冲宋洋笑笑："快收拾东西，陆经理出差回来，说让你跟曹总监一块儿吃饭。"

怎么看都是一场鸿门宴。

来到包厢时，陆文光已经到了。

跟照片上的人相比，真人看起来更精神些，因为刚结束出差，脸色还有点儿憔悴。他抬起头，打量一眼宋洋，职业性地点头，示意她坐下。

他简短客套，问她到新部门是否习惯。她一一回答。他表现得像个耐心的前辈，像是在默默倾听。又也许只是因为旅途疲累，所以分外沉默。

但在宋洋看来，也许因为对旧诺亚人来说，被秦远风亲自邀请，空降加入的陆文光也是个外来者。既是外来者，自然个性更为谨慎，不轻易开口。尽管根据宋洋查找的资料，他是个能人，曾在秦邦那家公关公司工作过，但他对市场营销更感兴趣，跳出来干后，服务过两家上市企业。她在他的个人社交账户看到，他显然跟各大媒体的广告总监和新媒体大V都很熟。估计秦远风也是看中了他这点。

谈了一会儿，陆文光说："还有一个人，差不多到了。"

安琪在这时推开门："曹总监到了。"

她闪开身，那个人就突然在宋洋跟前出现了。

她还是第一次这样近距离地见到这个人，曹栋然。

跟杂志剪报上一样，只是老了，胖了，但因为比过去更有钱有权，于是也多了些照片上没有的意气风发。那不是属于少年人的意气风发，而是心知自己在这个社会上处在还不错位置的那种意气风发。

曹栋然是秦邦带出来的唯一的徒弟。

纸媒仍兴盛的年代，曹栋然从学校出来实习时，就被安排跟着秦邦。

后来，秦邦因人事斗争，被扔去当交通线的跑线记者。已经是深度新闻部新星的曹栋然，愤然离开原部门，跟随他的师父。

后来宋洪波的事一出，秦邦做了大独家，翻身得道，曹栋然随之升天。

再后来，秦邦跳出传媒，开了公关公司。公司做大不久，曹栋然也加入，成为公司的副总监。

后面的事情，就跟秦远风有点儿关系了——他创业成功，诺亚集团借助资本之力快速膨胀，顺势将老爸那家公司买下，秦邦退休，曹栋然则成为诺亚的公关总监，再后来成为营销总监。昔日以追求公义为目标的热血记者，变成了以粉饰真相为己任的专业人士。

陆文光马上站起来，跟换了张脸似的，因差旅而呈现的疲惫，或说，因面对宋洋这种小职员而惰于展现的热情，在此刻出现了神奇置换。他立起来，上半身微倾，冲对方热情地伸出手："曹总监。"

宋洋在旁边立着，妥帖地扮演着无知小职员的角色。

装。她最擅长了。

装了这么多年了，还不会吗？

陆文光开始介绍："曹总监是诺亚集团的营销总监，是我的老领导，平时跟我们这边也多有合作。"

对方边落座边环视一圈，目光落在宋洋身上。目光是轻的，却有压迫感。她立刻带着笑，喊了一声曹总监，然后说："我知道曹总监。"故意停顿半秒，她又接着微笑道，"我进诺亚，就是因为曹总监。"

这话说出来，曹栋然提了提眉毛，脸上肌肉像笑又不像笑。倒是陆文光打着哈哈说着场面话："是吗？看来曹总监是不少人的偶像啊。"

宋洋接过话："别人我不知道，但我对曹总监的作品了如指掌。"她将他当记者时写过的名篇，后来为中餐馆、酒店、手机品牌做过的策划，一一道出。

没有人会不喜欢恭维。如果有，那是因为马屁没拍到位置上。连安琪都看得出来，曹栋然眼角眉心都舒展开来。她在旁笑眯眯看着，心里对宋洋竖起了提防的牌子。

这时陆文光对安琪说："安琪，你到外面看看菜什么时候上。"安琪点头出去，陆文光转身将门拉上，安琪明白了，于是特地在外面待了好一会儿。

曹栋然的手慢慢转着杯子，笑了笑说："说起来，这家饭店当初也是在我手上做起来，才打开知名度的。"

宋洋点头，会意地微笑。

曹栋然问："看来你对这个案例有印象。"

"通过恋情，把这家店，甚至连女孩落在这儿的书都给炒红了。但大家没意识到，这个不过是事件策划，真正让这家店打出知名度的，是曹总监后续对这家店的一系列品牌传播。"

曹栋然原本斜斜坐着，此时才直起身子，微笑说："你是聪明人。我长话短说。大家都清楚，现在诺亚航处在什么状况，也知道我们需要打响品牌知名度。"后面的话，便都在宋洋的意料之中了。他说当时饭局直播反响很好，网上甚至有秦远风跟宋洋的CP粉。

"还有好多人疯狂艾特官微，把诺亚航空变成CP官站了。"他说这话时，宋洋垂下头，在心里给了自己一个目的已遂的微笑。

他把一张照片推到宋洋跟前，宋洋在上面见到坐在车上的秦远风，站在外面的自己。焦点模糊处有一棵树，把当时在场的唐越光给遮挡住了。

曹栋然解释说："那天有记者在酒店门口堵明星，没想到拍下这张照片。他们找上我们，没准原意是想拿一笔钱，但我们有另一个想法。"他盯着宋洋的眼睛，"上次开会，我有注意到你。挺大胆的一个人。"

"谢谢曹总监。"吃不准他什么意思，宋洋先发制人来了句谢谢。

曹栋然笑起来："既然上次饭局直播给你带来红利，你要不要再试一下？当然了，这一次，剧本不由你。你只需要配合。"

宋洋佯装犹豫，低头盯着那照片，看起来像在思考。半晌，她抬起头："配合什么？"

"配合演戏。"

看着曹栋然自信满满的模样，宋洋轻轻地点了下头。

对方并没意识到，这场戏的剧本，是由宋洋所写。

晚上沈珏要加班，送冰箱的人打电话给宋洋时，她刚从那场鸿门宴出来，刚下地铁。

电话一接通，就听到对方操着一口不咸不淡的普通话，叽里呱啦说个不停。背景还有骂骂咧咧的声音。宋洋正疑心对方打错电话，直到她听清"冰箱"两个字，又重新细问，才听明白。

听了半天，宋洋才闹明白，原来是快递大哥跟小区保安起了争执，他说："我现在进不去啊！我就把你这冰箱放门口了！"

宋洋赶紧说不行，她一个女孩子，怎么可能把冰箱弄上去。

"你们有电梯啊！"快递大哥一副替人着想的样子。

宋洋说，有电梯她也不可能弄上去。她让快递大哥等一等她，她马上到。好说歹说，快递大哥不高兴地说，他先把冰箱放小区保安那儿，自己去送别的。但小区保安不肯保管，两人又吵了起来，电话不知怎的被挂掉。

她边说边赶到小区，这两人还在吵。宋洋上前要搭话，却根本插不进去。住客们进进出出，斜眼看着他们三人的爱恨纠缠。过一会儿，突然有人喊宋洋的名字，她抬头，见到唐越光。他穿着干净的polo衫，从外面走进来。

这还是宋洋生日后，第一次见到唐越光。两人都有些微的尴尬，她跟他说："没什么，就是送快递的在吵架……"

但形势突然急转直下，快递大哥跟小区保安突然发现彼此是同乡，还有共同的小学同学，开始聊开了。

宋洋让他赶紧把冰箱抬上去，他还笑着回头跟保安说："待会儿说，待会儿说！"

唐越光脱下外套，让宋洋替他拿着，上前扶住冰箱一侧，协助快递大哥将它推入电梯。宋洋开了门，看两人将冰箱斜着抬到厨房。

"这样放，这样放！"快递大哥吼。

唐越光说："不，这个门不是标准尺寸，这样进不去，得从这个面。"

最后证实，唐越光说的对。

快递大哥走后，唐越光替宋洋把冰箱接上电源，检查了一下。

"应该OK了，反正有问题就拿去保修。"因为帮忙搬抬冰箱，他上衣衬衫扣子松开了两颗，衣袖卷起，她才注意到他手臂肌肉线条分明。

"好。"宋洋说。

然后两人静了一下。唐越光问："听诺亚的朋友说，你最近调部门了。还好吗？"

"你朋友神通广大，连这个都知道。"宋洋笑笑。

"你不知道自己在诺亚是个网红吗？"

宋洋发觉，原来唐越光也是会开玩笑的。

两人又静了一会儿。厨房正在烧水，水咕噜咕噜，在透明水壶里冒着泡泡。宋洋以此为借口，到厨房里关了水壶，拔掉电线。她问："水刚烧好，你喝茶吗？"

外面没声音。

她走出去，见到唐越光正低头看手机。她走到他跟前，他将手机屏幕翻转过来给她看，是刚才的新闻推送，赫然便是曹栋然给她看的照片。她想，媒体速度真快，已经开始行动了。

唐越光说："对不起。"

宋洋意外地问："什么？"

"当时我在场，没想到被人用来编造新闻。我会想办法替你解释。"见宋洋不说话，他以为她情绪低落，于是重重地说，"我们是朋友，我不会……"

"不用了。"宋洋抬起头，直直地对他说。

唐越光看着她。她重复一遍："不用了。我们早就知道了。也希望你能够保守秘密。"

他看了她好一会儿："你拒绝我……是因为这个？"

宋洋在想，是这个理由会让他更好过，还是继续上次"我不喜欢你"的理由更好？唐越光在她犹豫的沉默中，慢慢说了声"好"，转头就走。

2

沧海航空这边，渐渐也传出消息，说是要改革，要优化，要提升竞争力。

人们说是人称达叔的大老板，受了隔壁诺亚航的刺激。但坐在会议室里，听着周遭长长短短是非的唐越光想，也是时候改革了。

第一个便是翻经济账，要砍预算。

人们生怕这预算砍到薪酬头上，砍到自己头上，都是人心惶惶。但又听说了，达叔在重要会议上表态了，不会裁员。

至于薪酬，他没说。

众人早都有了不祥预感。

但市场竞争激烈，尤其是年龄在三十五岁以上的，都有老有小有房贷有白发有中年危机，只求保住饭碗，只求改革平稳过渡就好。公司能不能在市场上再争一席，那不是自己考虑的事。

今天开的是新引进飞机选装设备的会议。除了唐越光代表的性能部门外，还有飞行部、客舱部、机务部等等。坐在唐越光身旁的是客舱部某个分部的经理，正低头跟财务部的人细声吐槽最近公司在削减经费上走得太快了。

采购部门的副总进来，愉快地跟其他人打了个招呼。乘务分部经理低声跟人八卦："他老婆最近生了个儿子，他心情可好了。"

没等财务部的人反应过来，乘务经理说："第三任老婆。也是我们的小乘。"

因为没有更高级别的领导，整个会议都热热闹闹。还有人在会议室里抽起了烟，女士们嗔笑着："呛死人了。"但都是同事，都是做做样子。

根据会议流程，各个部门开始提需求。提需求之前，采购部副总首先讲解公司近期政策，言下之意，有些地方不是我要刻意为难你们，是上面不让。

但大家都是老江湖了，开这种会议提需求，也不是为自己提的，都是为了工作，也格外理直气壮。

新飞机的机上设备要更换，光是客舱部提需求就讲了半个多小时。

会议开得无聊，唐越光在笔记本上信手写写画画。他画了几架飞机，又分别画出机翼上下表面的激波位置、侧滑中的空气动力、前后三点飞机滑行时的作用力的示意。

唐越光不懂企业经营,但沧海航空内部人浮于事,钩心斗角,他一一看在眼里。

会议结束,相熟的人三三两两留下来,边收拾边闲聊。

唐越光跟他们擦肩而过,听到只言片语里,有提到魏行之名字的,有提到达叔的,甚至还有说到秦远风。

唐越光停下脚步。

他听到他们说:"你说秦远风跟那个女生的绯闻真的假的?"

"炒作吧。两个人都否认了。"

"否认了还继续有照片流出?你以为诺亚的公关是吃素的?"

大家哈哈哈一番,谁都没留意唐越光正站在他们身后,默默地低头收拾手头的笔记。人们还在说话,听到会议室里谁的手机响起,响了好一会儿。

唐越光身旁的人提醒他:"你手机响了。"

他这才回过神。

旁人笑他:"你想什么这么入神?"

唐越光说:"没什么。"

他什么都没想,因为脑袋里再也装不进什么。

会议结束,唐越光回到办公室,就听到上司区路通说,老板达叔要来现场调研,让大家准备好。

所谓的准备,就是一堆华而不实的东西——提前做数据,写报告,做PPT,骗过上级,告诉他们,我们现在已经是亚洲第一、世界前列了。

中间有两个电话打断,其中有个同事问他要一份内部材料。"很急。我现在在外面。发给我。"

唐越光通过公司邮箱发送给他,又特地注明是内部材料。

过一会儿,对方又打电话来,语气又急又不满,说打不开附件,让唐越光解密后直接用微信发给他。

唐越光多了个心眼，没用微信，而是采用公司内部即时通信工具发给他，对方一直没回复，唐越光也没理会，继续埋头赶报告。他加班到很晚，走的时候已经是深夜。走出沧海大楼，看到暗夜中，对面那栋又矮又破的办公楼，有零星的灯光。他在心里想，也不知道那个人，现在在做什么。

回到家，他倒头便睡。

第二天醒来时，手机闹铃不知为何没响，已经晚了一小时。他匆忙洗漱，穿衣，扣好袖扣时，区路通打来电话。

声音低沉，态度可疑，欲言又止。

唐越光疑心是手机信号不好，"喂喂"了几声。

然后，他听到对方说，上级知道他泄漏公司内部材料，需要对他开展调查。

这天又是方家聚餐的日子。宋洋比平时晚了点儿，刚进屋，就听到方妈气急败坏地吼："这怎么会被人看到的！"

宋洋差点儿以为说的是她。

她悄不作声进来，见到方棠黑着脸，咬着牙，就是不解释。方程拦在老妈跟妹妹中间，方爸缩在墙角站着不吭声。

宋洋听了一会儿，才知道发生什么事。

方妈平时跟她的老同学讲，自己女儿跟个年轻机长在一块儿——徐风来其实刚准备升机长，现在还是副驾驶——机长开辆奥迪A8，经常接送棠棠上下班。

然而今天老同学跟方妈说，见到棠棠从一辆苏牌小破车上下来，旁边还坐着个男人。

"看那衣服，绝对不是机长。看那样子，绝对上了年纪。看那架势，绝对家里没矿。"

晚上，方棠一进门，就被方妈逮住质问一番。她还指望着是场误会，没想到方棠直截了当地说，她跟徐风来在"冷静期"。

"冷静期？冷静什么？冷静到什么时候？"方妈震惊了。

方棠不耐烦："就是分了。"

事实上，她跟徐风来没分，但小情绪是有的。

那次，航班上有个旅客，三番两次要酒喝。方棠没太在意，每次都答应。那旅客酒量也是浅，很快就喝醉了，还在飞机上闹事。虽然最后没出什么大乱子，但民航是个对安全高度敏感的行业。事后调查，发现方棠有工作疏忽，方棠被狠狠教训了一顿。

方棠觉得委屈极了，自己不过是做好旅客服务而已。她跟徐风来撒娇，话还没说完，徐风来便轻轻浅浅一笑："像你们这种服务工作，难度不高，你怎么也能做错？还怎么指望你干点儿别的？"

方棠向来反感其他人诋毁她的职业。要是行外人倒也罢了，现在居然是飞行员，还是自己男友。她气极，当下直接摔东西，转身就走。

徐风来也没追上来。

这一过就是好几天，方棠查他的班，看他这几天都在外面飞。她又查跟他同一班的人。哎哟哟不得了，那个特别喜欢勾引男人的邵星星怎么也一起飞？她焦虑，咬得嘴唇都要裂了，还是等不来徐风来的消息，只得干生气。

于是在出任务时，也就没怎么给乘客好脸色。笑起来，比假笑还要假。师父林玲都看在眼里，嘴上没批评她，只淡淡地说落地后一起吃饭。

这天，刚巧林玲弟弟从徐州过来找她，直接把车开到候机楼那边。林玲约了方棠吃饭，顺势让弟弟当起了司机。林玲也就下车买了会儿东西，估计就是那会儿被方妈的朋友看到方棠跟个"没钱的外地老男人"一起。

方棠懒得解释，顺着她的话瞎编。但这无异于在方妈心上掀起十级台风。

方程倒是保持冷静，他知道老妈生气，除了因为方棠没把事告诉她外，还因为这事从她老同学嘴里听到。

她爱面子，而这无异于结结实实打了她的脸，又红又肿，至今都消不下来。

方妈气极，狠狠在桌子上一拍："你怎么啥都瞒着我！啥都不跟我说啊！"

方棠正在心烦，也不想解释，拿过包就要往外走。动作幅度大，拉上一半拉链的黑色小包里，掉出一支日本按摩软膏。

宋洋刚好站在门口，一手虚拦住方棠，一手捡起软膏搁桌上，便对方妈说："妈，您消消气。方棠就是这脾气。她其实特疼您，还给您买了——"

"你闭嘴！"方妈声嘶力竭，"你算什么，整天只会说好话，虚伪到死！方棠可跟你不一样！"

所有人怔住。方棠手里的小包滑落在地，方程僵在原地。空气像被加了凝固剂，粘住每个人。

向来小心翼翼、大气不敢出的方爸，突然睁圆双目，脸像球一样涨起来，暴怒大吼："你胡说八道什么！给我闭嘴！"

中国家庭从来是谁凶谁有理，方妈横行多年，从来没人敢这样说她，尤其是谨小慎微的方爸。

方妈也怔住了，知道自己口无遮拦，一下子不知道该怎么好。

方爸平静下来，慢慢弯腰将方棠掉在地上的包包拾起来，边捡边说："都是一家人，有什么不能坐下来好好说的？"

他把包放在桌上。

桌面上一只小小的包。屋角里，还有个小小的宋洋，跟其他人一样，站在那里。

两三秒后，宋洋反应过来了。

被方棠打开的那扇门，就在她眼前。头一次，宋洋决定不再讨好方妈，转身就往外走。

愣住的方棠在背后喊她，声音远远渺渺。在那把声音后面，好像还有方程的声音，非常不满，质问着："妈，你怎么能这样说宋洋？真的太不该了。"

宋洋站在路边，想要打车，但繁忙时分的上海街头，车子比爱情还要稀少。她朝家的方向走了几步，方棠从后面追上来，跟她说对不起。

"你没有对不起我。"宋洋说，又补充，"你妈也没有。你们一家都没有。"

方棠的声音有点儿惆怅："这事无论如何因为我。"

宋洋说："我其实刚才也生气，也难过，但是冷静下来，站在她的角度想想，一个普通家庭，要把两个孩子拉扯大已经不容易，丈夫突然又带回来一个光吃饭的，也是很为难了。我在你们家，没病没痛，健康成长，这是你们的功劳。我还有什么可以抱怨的？"

方棠还是内疚，但宋洋的体贴让她释然许多。她拍拍宋洋的肩膀，将脑袋靠在她肩膀上："洋洋，要是我像你这么成熟就好了。"

宋洋鹦鹉学舌："要是我像你这么开心就好了。"

方棠心想，才不是这样呢。看起来没心没肺的她，也有很多小烦恼啊。

上海的夜晚潮湿，黑色的树枝将天空分割成许多块。回到方家前，方棠跟师父林玲喝了点儿小酒，听她讲幸福家庭里也有的琐碎烦恼。恋爱脑的女孩子，心里装不下那么多东西，只觉得男朋友忽冷忽热，就是最大的烦恼。听完别人的故事，才觉得自己的事也有点儿渺小。

她借着瞬间的勇气，给徐风来发去消息，说要分手。

没想到徐风来一直没回复她。她抵达方家时，心头已经乌云压境，方妈还要趁机吵架，她更是顺势说出两人已经分手的话来。

但走在夜路上，风一吹，这酒气有点儿醒了。再低头一看，徐风来温柔而调笑地发消息，像哄骗小猫一样，叫她"乖，别闹"。

她瞬间被收缴了勇气。

她跟宋洋两个人，像被卸掉盔甲的武士，慢悠悠走在路上，又慢悠悠走回小区。真是奇怪，这天晚上，方棠就像喝醉酒了一样，絮絮叨叨，对宋洋说出了好些心里话。

她跟方程、宋洋一起长大，但这三人的关系要说亲密，倒也说不上。方棠是个矛盾体，既粗枝大叶，但又颇懂洞察人心，她总觉得宋洋心底藏着什么。她不知道宋洪波、秦邦的事，只知道她生父生母早逝，她小小年纪寄人篱下，像林黛玉一样敏感，也合情合理。

合理是合理，但这年龄相仿的两人之间，到底缺了点儿亲密无间。

直到今天晚上，宋洋静静交出自己的耳朵，仔细收纳好她的胡言乱语，最后说："方棠，从小到大，我都挺羡慕你的。"

"羡慕我？"方棠好像醒了几分。明明自己就没有醉啊。

"因为你活得自我，活得随性，想做什么就去做。"宋洋说，"你几乎是我的另一面。"她一直希望能够成为的另一面。

谁知道方棠的转变是从什么时候开始的，也许跟徐风来有关，又也许跟宋洋这番话有关，也许还跟受了方妈刺激有关。反正，认为自己空有小聪明，干啥啥不行的方棠，在某个瞬间好像醒悟过来一样。

秦远风跟宋洋的绯闻甚嚣尘上时，唐越光正在接受公司内部调查。

他看一眼，心知所谓泄露的，正是当天他发给同事的那份材料，文件上有他名字与工作号的水印。

文件在两人之间传递过，流传出去的，不是唐越光，就是那个同事。

两人都矢口否认。

诡异的是，公司内部邮件跟即时通信工具，同时出现bug。传递过的数据，全部丢失。

唐越光接受调查时，原本跟他有说有笑的同事，突然都成了陌生人。好像他有传染病毒,被他一沾就会感染。

区路通倒是个例外。

唐越光还是个新人时,就在他这个高级工程师手下当助手。区路通清楚他为人。

没有其他人在场时,区路通暗示他,如果有关系的话,不妨试一下。

人们流传过,曾经见过达叔跟唐越光亲切地交谈,甚至还拍拍他肩膀。但随着唐越光低调的日子一天天过下去,大家又觉得流言果然只是流言,唐越光无论如何不像个有背景的人,这传闻也就散了。

但区路通没忘。

因为达叔拍唐越光肩膀那天,他在现场。

对唐越光好,一开始的确是出于私心。但后来也因为在这个年轻人身上看到自己的初心。出于欣赏,他也常常邀请唐越光到自己家里吃饭。区路通的妻子以前当过记者,很快查出来唐越光的身份。他们才知道,这年轻人尽管没什么显赫身世,但父亲秦邦跟达叔私交不错,算是老朋友,而这种关系,有时候比单纯建立在利益上的更牢固。

只是,唐越光一次都没利用过这层关系。

区路通知道这年轻人固执而倔强,又过分理想主义。他私下给唐越光这个建议,并且在达叔调研那天,安排唐越光去接待。

如果他懂,自然知道怎么做。

达叔过来那天,唐越光提前跟他的秘书联络。

唐越光只是理想主义,也不是个傻子。这次的事情,他有太多想不通的地方,他在接受调查时据理力争,但上面始终态度含糊,而且对他提出的疑点视而不见。他甚至有想过,难道跟秦远风有关系?

航企原本就有很多关系户,有了这些人,协调航班正常、申请航线、在机场拿好资源,都更容易些。

作为著名媒体人、公关企业老板的儿子,他的关系算不上特殊。

只是达叔跟秦邦私交甚深,于是唐越光进沧海后,在某次上台领奖后,达叔曾在台下简单跟他聊过几句,问候了一下秦邦近况。

也仅此而已。

达叔不曾照顾过他,他也不曾找达叔要过什么。

对于这种关系,他是满意的。

只是今天,也许要打破这个平衡了。

达叔的秘书发来消息,说他们大约十分钟后到。唐越光打电话给区路通,区路通匆忙下楼,跟他一起迎接。

达叔的车停在沧大楼门外。

秘书先下车,跟区路通打了招呼,然后达叔才慢悠悠步下车来。他的年纪比秦邦大一点儿,但跟有锻炼习惯的秦邦比起来,看上去要苍老很多。他抿着嘴,走路走得慢而沉。区路通上前跟他说话,说好几句,他才回复一句,而且走得慢,架子端得十足。

他们走到电梯口时,唐越光早已在此等候,为他们按好电梯,等他进去。

达叔步入电梯时,目光掠过唐越光。

唐越光内心有点儿期待,期待他像此前那样,和蔼主动地跟自己打个招呼,说一两句话。这样他才好抓紧机会,用两三句话把他的事跟对方讲一遍。

但达叔只是背着手,目光淡淡地掠过他。

唐越光最后跟随进电梯,感受到了其中的轻慢。

整个调研过程中,唐越光都没机会跟达叔说上话。调研接近尾声,唐越光坐在会议室里,眼看着达叔的秘书走出去跟司机打电话,显然马上要走。

十分钟后,区路通告诉他,董事长要赶行程,让他先去按电梯。

过了一会儿,办公区里一片喧嚷,达叔在人群簇拥下走出来,依旧是淡淡的表情。唐越光按住电梯,以目光迎接他走越近。

达叔进入电梯,随后是他的秘书,还有区路通,还有隔壁部门的两位经理。他们在达叔身后两侧排开,脸上挂着诚意满满的微笑,身体微微弓起,呈现护主之势。

唐越光最后进入,站在区路通身旁,电梯的一角。

电梯并不宽敞,他距离达叔,只有三个拳头的距离。

电梯里非常安静。

下到一层,电梯门开了。

达叔率先走出,就在区路通跟秘书一左一右跟随时,唐越光比他们更快地迈开脚步,将他与达叔的距离,从三个拳头拉近到一个拳头,低声地说:"董事长,我刚接到父亲的电话,他让我问候一下您。"

达叔慢慢地转过身,给了唐越光一个眼神。

从一开始,唐越光就知道,达叔认得自己。

静了静,达叔慢慢"唔"了一声,然后问:"你父亲还好吗?"

"他精神不错。"唐越光心想,自己已经很久没见过秦邦了。但谁也不会追究这种话是真是假。他知道达叔明白,自己找他有事。

看达叔只是点点头,秘书非常识相,上前说:"董事长还要赶行程。"

达叔继续往前走。

唐越光顾不上别的,也紧紧跟随,边走边说:"非常冒昧,但有一件事,我想跟董事长汇报一下。"

秘书还想拦,达叔阻止了对方,示意唐越光说下去。唐越光按照早已打好的腹稿,抓住机会,言简意赅说清楚那件事。他向达叔表达了自己的意思,并且说明,他并不是想靠关系为自己争取什么,只是数据丢失,实在太过蹊跷,希望能够获得公正待遇。

达叔听完,只点头说:"我知道了。"

唐越光想从他脸上看出点儿什么,却找不到线索。

只见达叔看了看远方,忽然感慨起来:"说起来,我跟你父亲也是很多年的老朋友了。当年我在沧海航空负责营销时,他还是个跑线记者,就这么认识了。这也是很多年的感情了。"

唐越光不明白他这番感慨因何而来,只默默听着。区路通跟其他两位经理,还有他的秘书,都非常识相,隔开距离站着,并不会听到他们之间的话。

达叔又说:"现在的年轻人,可能不明白过去父辈的价值观吧。生意场上,越往上走,朋友跟资源的重合度就越高。把脸撕破,可能抢得了一时的资源,却少了个朋友,多了个敌人,并不是什么好事。"

听到这里,唐越光已经明白,达叔是知道这件事的。不光知道,这事没准还是达叔的直接授意,只为了羞辱他,开走他。

一切都是因为秦远风。

他不得不表态:"董事长,我同意您的观点。至于我的其他家人跟您之间的误会,我想说,秦远风是秦远风,我是我。"

达叔若有若无地笑了笑。唐越光又从这笑容中,读出了几分轻慢。

如果是其他人,也许会将这段话以缄默的假笑做结。然而唐越光总有些气盛,忍不住力争,态度婉转而坚持:"秦家是秦家,我是我。我进入沧海,靠的是自己,跟他们无关。我在沧海做的一切,也仅代表自己,跟他们无关。"

这次,达叔笑出了声音。他轻飘飘地抛给唐越光一个眼神:"年轻人,你真的以为你进入沧海,靠的是自己?虽然你不姓秦,但秦邦还记得你这个亲儿子。否则,他不会在知道你向沧海投简历后,直接给我打来电话。"

达叔给秘书一个眼神,秘书上前为他拉开车门,达叔坐到车上。他透过车窗,意味深长地看一眼立在外面的唐越光。

"告诉秦远风,诺亚集团的摊子铺得那么大,资金链绷得这么紧,他还要作死,掺一脚到民航业来。民航是什么?是重资产行业!别以为懂互联网就懂一切了。他立个冒险家人设,差不多就得了,别把自己也玩进去了。研究研究我们的股权结构，他就知道，诺亚永远也不可能是沧海的对手。"

唐越光站在那儿，眼看着车子驶远，也听不到区路通在耳边喊他。

这是他第一次觉得，沧海航空，不值得他留下。

方程当初成为飞行学员，是养成生，也就是高考考入民航院校，学习四年飞行专业，毕业后得到本科文凭和飞行执照。他的大部分同事也都走同样的路径。

也有像徐风来这样，本科在读时转学校转专业，成为飞行学员。也许因为多学了两年的经济专业，跟大部分飞行员相比，徐风来说话总是一套套的。他在其他小飞跟空乘跟前，谈奥地利学派，谈贸易对等，谈产权保护，跟其他行业的人交谈时，又喜欢讲航班备降、空中管制、燃油消耗。尤其喜欢讲他经历过的空中惊魂，无论旁边坐着谁，立马对他肃然起敬。

好几次，方程跟妹妹说，找机会跟她男朋友吃个饭，让他见见。方棠都推托，连男朋友名字都不告诉他。后来还是方程打听出来的。

方程最要好的朋友也是小飞，在诺亚航空，叫庞飞。这家伙就要结婚了，这天方程航班落地回到上海，发消息约他出来喝一杯。

庞飞很快回复：约了人。

方程飞快回复：女人？

庞飞回了个笑脸。

方程坐在一排椅子上，等机组车来。除了他，旁边还有两个空乘，正在谈论保健品。他闲着无聊，发过去一条语音："是老婆，还是别的女人？我可是记得你快要结婚的。"

机组车到了，方程收起手机。机组车的腹舱打开，他把自己的行李箱放进去，一回头看到那两个空乘站在后面等，他下意识微笑，伸手接过她们手上的箱子，替她们放进去。他看了一眼，觉得年轻点儿的那个长得还不错，还非常甜美地冲他说了声"谢谢"。

他上了车，找了个靠窗的位置。一眼见到那个年轻空乘边跟同事说话，边有意地用目光瞥向他。

但方程今天有点儿累，假装看不到这眼神，抱着手臂睡觉。中途醒来，见到那个女孩不知道什么时候已经下了车，他掏出手机看，见到庞飞回复了一条信息——所谓的快要结婚，就是还没结婚嘛。

方程没有回复，将手机塞回口袋，沉沉睡着。外面景色是河流，在他的睡意中汩汩流动，往后，往后。

醒来是因为一通电话。公司那边通知他，说机队要评选优秀飞行员，领导提议选他，让他早日交自己的先进事迹材料。方程马上清醒过来，在电话这头向机队的行政助理道谢，说些改天请吃饭之类的话。挂掉电话没多久，车子抵达小区附近，他下了车，走了几步，想了想，又给行政助理发了条微信，说：要不就今天？

对方也回复得快：请吃饭就免了，一起出来喝一杯吧。

行政助理叫童航，当年也是民航院校的飞行学员，比方程低几届。但跟白鹭飞一样，当时没飞出来，就转地面了。

他个性跟方程有点儿像，会察言观色，会看人说话，情商高，在地面行政体系中混得好，吃得开。

在空管、机场、航司这些民航单位里，像童航、白鹭飞这种名字带有飞、航、扬一类字眼的人不少，可以想见他们的父母就是民航人，给小孩命名也打上了烙印。童航这名字又像通航，特别吉利，姐姐们调侃他，不去规划发展部就浪费了。

童航嘴上总是笑着嚷嚷："我不配呀。"跟卖命做事比起来，他更倾向于搞关系。

在航空公司，飞行员比其他岗位的人地位更高，要转管理岗的话，升职速度也更快，机会更多。高层中大多数人也都是飞行员出身，师徒关系错综复杂，交织成一张张大的人脉网络。童航喜欢交朋友，尤其是他认为有前途的飞行员朋友。

这天晚上，他约方程在天空之城小聚。

他提前到了，跟这里的几个熟人打了个招呼，坐在吧台前，独自喝一杯杏仁马天尼。白鹭飞正在玻璃柜前，取出他的飞机手办，逐一擦拭。童航本想过去跟他打声招呼，方程这时走了进来。

因为明天备份，不能喝酒，方程要了杯不含酒精的饮料。两人有一句没一句地聊着，说起身边的人和事。中间童航跑到外面去接了个电话，方程在那儿抽着烟，瞥着进门的人，却一眼瞧见庞飞。

跟他一起进来的女生，短发，浓眉大眼，穿着浅色男式衬衣，看起来像林青霞早期电影里的男装打扮。方程见过庞飞的未婚妻，还一起吃过饭，是长发温婉裙裾飘飘的一朵小花，跟这个不一样。

方程多看几眼，这时庞飞却注意到他的目光，回头跟女伴说了句什么，大方迎上来，在方程肩膀上捶了一下。

方程不客气地问他："约会也不离公司远点儿？不怕老婆看见？"

"是同事，同事。"庞飞笑着说，又压低一点儿声音，"就是在熟人多的地方，被看见了也理直气壮，特地找个什么地方被看到了，百口莫辩啊。"

方程也笑着，打了他一拳："你还提前想好了啊。"

那女生已经走过来，静静站在庞飞身旁，两人不便再说什么。庞飞介绍说："这是我同事，沈珏。这家伙是我哥们儿，在沧海航空，也是飞的，叫方程。"

方程跟沈珏客客气气地说了声你好，看了一眼对方那张有点儿英气的脸，突然想起，自己见过她。

谁想到，她也来了上海。

他客套地问："沈小姐是做什么的？"

"叫我沈珏好了。我还在试用期，目前在做些行政工作。"

"挺好的。"方程应得很敷衍。对于这些围着飞行员转的新人，他没有好感。上次偶遇那面，飞快在他脑子里转了一圈，现在印象已经很模糊了。他隐约只记得自己当时想过跟她有一场艳遇来着，后来因为什么,又放弃了这个念头。

也许因为,自己不喜欢捞女?方程在模糊的记忆中,将自己合理美化了。

庞飞跟方程打了声招呼,就跟沈珏找了个位子坐下。童航也打完电话回来,跟方程笑着抱怨说:"现在搞这些行政的活儿就是烦,上下班都没有界限了。"

"忙点儿也是好事。"方程笑笑说,但不知怎的,注意力偏在沈珏那边。他看见她正在低头看菜单,非常安静的样子。

童航在耳边说:"哈,你以为是你们啊,飞得多还有小时费?还有政策保护你们的作息,不让超时?我们干了也白干。"

方程把目光收回来,说了些场面话。

但童航很快分享起公司内部消息来,比如说,人称达叔的大老板在闭门会议上破口大骂秦远风,说他不懂事。

"不懂事?"方程对这个用词觉得很新鲜。

童航解释,说达叔跟秦邦关系不错,现在秦远风这么掺和一脚,他当然生气。听说,达叔约秦邦见面,要通过老朋友给秦远风施加压力,但似乎并没什么用。

为了压制诺亚航空,沧海航空连连出招——跟代理谈判、打价格战、直接泼脏水。

谁想到,秦远风直接从沧海航空内部挖走了魏行之。不过是个不受重视的人,但挪了地儿,立马大放异彩。沧海航空对付敌人的手段、下一步计划,他熟悉得很,见招拆招,气得达叔在内部会议上破口大骂。

方程有一句没一句地听着。他跟地面人员不同,公司内部明争暗斗,外部抢占资源,全都跟他没多大关系。他只要好好飞就行了。中国民航市场很大,他们这批人赶上了好时候,供不应求,人力资源抢手,升机长的速度也比国外飞行员快多了。

童航说:"达叔也不是吃素的,听说已经在找局方那边了,希望能够给诺亚施加压力。听说诺亚要改革了,牵一发动全身,要是这时候再承受点儿压力,怕是得破产了。"

方程随口应了两句,目光飘向庞飞那边。他看到庞飞一直在努力逗沈珏说话。

庞飞是那种约会中男子的常见模样,不动声色地得劲,要把肚子里、骨头里、钱包里藏着掖着的一切都倒出来。沈珏却全然没有约会女子的面有喜色,看上去有点儿木木的。

这种木然,方程疑心自己看错。

因为他从来没在年轻漂亮而自知的女孩身上,见到过这种神态。

"跟莫高窟、龙门石窟比起来,我对甘肃天水的麦积山石窟印象更深刻。"庞飞坐在椅子上,两条腿交叠起来,坐得舒坦,重复着他在其他女孩面前说过无数次的话题,"那是北朝造像保存最完整的地方。"

他边说边替沈珏倒了点儿水,看沈珏没什么反应,于是自然而然地问她,平时都去哪里玩。

沈珏似乎对这个话题提不起兴趣:"没去哪里。"

何止对出去玩不感兴趣,她对跟庞飞见面也不感兴趣。但庞飞给她发了无数信息,方棠又告诉她,应该多认识公司别的人,扩展人脉,她回头看了看宋洋,宋洋也鼓励她,她才终于答应出来。

庞飞对她的回答有点儿意外。他跟十个女孩子聊天,问起有什么兴趣,八个回答逛街,九个回答看电影,十个回答旅游。他还想接着撩,沈珏却反客为主地问起话来——你在诺亚多久啦,是不是一毕业就在这里飞了,公司以前是怎么样的,跟现在有什么变化,你对公司有什么想法,你认为公司在整个行业中处于什么水平。

庞飞觉得有点儿奇怪,笑了笑:"你这是在做调研吗?"

沈珏奇道:"不然还能聊什么?"

服务生这时端上来草莓小烘饼。庞飞尝试转变话题:"你平时来得多吗？这里以民航为主题，来的人也大多是在附近上班的业内人士。航司的、机场的、空管的都有。"

"之前来过。"

"跟男朋友？"庞飞笑。

"同事。"沈珏言简意赅。别的女孩，也许会趁机澄清，娇嗲地笑一声"我没男朋友呀"，但是她看起来一脸严肃。

庞飞又把话题转到美食上："西藏南路有家店，他们家TAPAS很好。如果你有兴趣，下次带你去试试。"

沈珏很勉强地笑了笑，没说好，也没说不好。

庞飞问："你平时下班后，都做些什么？"

"我最近刚找了房子，然后还在看书。因为刚进入这个行业，不懂的太多，所以就边看书边找人聊，算是学习。"

"哦。"庞飞心想，我就是那个被学习的了。

两个人静了一下。彼此都拿起眼前的杯子，喝了一口水。

庞飞终于忍不住问："你不会去逛一下街什么的？"

"我刚来，对上海不熟，也对逛街没兴趣。"

庞飞又"哦"了一下。这一次，他彻底不知道说什么了。

倒是沈珏调整了一下坐姿，又重新找到了话题："我想知道，作为飞行人员，你对公司改革有什么想法？"

这次轮到庞飞勉强微笑了。他喝了一口气泡水，觉得一股气咕噜咕噜直往上涌。他心想，我去，白白浪费了一个晚上。

那天晚上，方程看到庞飞跟沈珏一块儿离开，临走，招呼都没跟自己打一个。不知道是对身为男人的同类特别宽容，还是对女性特别苛刻，他心里升起了些许不快与鄙视，倒不是针对庞飞，而是对沈珏。

他心里想，跟一个快要结婚的男人约会的女孩子，能够好到哪去？

3

曹栋然深谙如何炒作。

陆文光作为诺亚航空的营销经理,他也代表公司协调处理与政府相关职能部门、各大媒体和广告策划公司的关系,在危机公关时,配合诺亚集团公关部门一同处理。但他处理过的都是常规业务,这种类娱乐圈的炒作,还真不能跟曹栋然比。

曹栋然的团队养了个小号,以小女生的角度发些图文,从不露脸。但如果有心人一直往前翻,会看得出来,这是个前阵子才入职诺亚航空的女孩。

这个号,原本是为了之前"诺亚最美女孩"的策划,现在被征用来炒恋情。

在曹栋然的安排下,这个小号"手滑"点赞了秦远风跟宋洋的那张照片。在同一天,账号又发了一条状态,声称:"真是人才。网友们也是太有想象力了。如果我也有这种想象力,就不用发愁公司新开曼谷航线的推广方案了。"

结尾那三个萌萌的表情包,完全不是宋洋的风格。

但她异常配合,在他们的指导下,开始拍摄一些不露脸,却满藏身份线索的照片。

曹栋然的团队设计了一张清单,拍摄内容包括宋洋的卧室、办公桌、没有任何饰品的手掌、穿小白球鞋的双脚……

"人设要清爽,要贴近普通大众,绝对不能炫富。"这是曹栋然的要求。

其他要求,则是在这些不露面的照片里,偶尔"不经意"露出诺亚航空。小号里,有时候宋洋在烦恼新开航线的推广方案,有时候去跟拍公司机组成员的航前会议,有时候跟老板去参观航餐厨房,有时候也出现在某些诺亚航线的目的地。

女主角忙碌配合，男主角秦远风却始终没出现。

到市场部后，宋洋还没谢过夏语冰，于是这个周末约她喝下午茶。夏语冰打量这姑娘，发觉她头发修饰过，衣品提升，笑笑说："变化很大啊。"

宋洋也笑。夏语冰问她近况，适不适应。她说："还行。"又主动聊起最近诺亚航空处境不妙一事来。

沧海航空已经伸出了铁掌，非要拍扁砸平这株新生的萌芽。

"他们的股权结构复杂，有地方的，有央企，有民企。虽然这造成了他们尾大不掉，但是在力量博弈时，他们倒是拥有别人没有的优势。"夏语冰说，沧海航空正向民航局提出申诉，要求他们干预诺亚航空的低价方案，声称诺亚航空扰乱市场秩序，带来了不良影响。魏行之赶紧到民航局去解释。"好像秦远风也去了。"

"秦老板也去了？"宋洋多少有点儿意外。

夏语冰笑了起来："他不是还亲身上阵，连绯闻男主都当上了吗？还有什么不能做的。"

宋洋从夏语冰那儿，听到不少秦远风的近况。

他很忙，忙于躲避竞争对手的铁拳。

在降低运营成本后，诺亚航空将部门主打航线票价定在市场平均票价的3.5折上，这触及沧海等传统航空公司的底线。而新开航的上海飞曼谷航线，秦远风公然将票价定在1元。

超低票价市场促销手段，在国外很常见。这些低价票的座位，仅占不足10%，因此既起到宣传效果，又不会损害利润。且航班均为劣质航班时刻，适合价格敏感的乘客。因为客户源不同，因此对占有优质航班时刻资源的业界大佬来说，并没有直接正面的冲突。

但就是这样，大佬们还是被触怒了。

尤其是被挖角的沧海航空。

在诺亚航空上海飞天津的航线售出1元低票价后，天津物价局到诺亚航空进行调查，开出20万元罚单，并决定召开听证会。

人们传说，这件事背后的推手，是沧海航空。

毕竟，沧海航空在国内双基地运行，除了上海，还有天津。诺亚航空这条航线，无异于在他们家主阵地上，直接插了一刀。

记者蜂拥而至，都想跟诺亚约时间，给秦远风做采访。采访还没约到，各主要媒体已收到曹栋然亲自发来的消息，说"老板正在度假"，后面还发了个笑脸。

这个时候度假？财经记者还没嗅到什么异常，娱乐记者已经扒出了宋洋的小号——当然是曹栋然事先安排好的那个。

在小号里，宋洋披着一件淡绿色男式外套，走在泰国海滩上。尽管她只给镜头留下一个背影，但细心的网友发现了两条重要线索。

第一，她手腕上那条链子，在当日直播饭局里，也出现在她手上，是同一条。

第二，她身上那件男装外套，曾经在秦远风身上出现过。连磨损的位置跟纹路形状都一模一样，不是同款，就是同一件。

而秦远风在社交网络发布了自己在酒店看海的照片。网友发现，正是宋洋出现的那个海滩。

网上一下炸开了锅。伴随着诺亚航空老板跟下属的绯闻，被反复提起的，还有这家公司的新闻，他们的低票价，还有他们的改革。

娱乐八卦，永远是最好的流量入口。

就连久未联系的旧同学，也给宋洋打电话发消息，问她绯闻是真是假。这些反应，自然早在曹栋然的预料之中，因此就连给这些旧同学的回复，也需遵照曹栋然团队提供的模板，不得自行发挥。

这些"身边人"，从当事人那里获得第一手似是而非的资讯，一转头，迫不及待便发出去，又为这段绯闻添加柴火。

倒是跟宋洋同屋的沈珏，非常体己，什么都没问。

沈珏的试用期即将过去。

她在行政办公室，顶头上司跟身边同事都是人精，说每一句话都要分外小心。尽管上班并不耗费体力，但每次下班，她都觉得特别耗费精力。

但也算她幸运，顶头上司欧阳青自己在险恶重重的"宫斗"中一路爬过来，对同类便分外不喜与警惕。沈珏这种低调干活的老实人，就特别让他满意。

他原本觉得这个小女孩就是个普通人，没什么特色。但有次他看沈珏默默接了电话，回头向自己请假，问起原因，才说是外婆病得严重。

几天后，沈珏回来，衣服已经换成清一色的黑跟白。

欧阳青问她，她平静地说，外婆下了病危通知书，后来抢救过来了，但身体很差很差，医生说也撑不了多久。

然后她继续工作，该干活干活，该加班加班，眼神中没有半点儿哀痛。

欧阳青曾经听人说过，沈珏由单亲妈妈抚养长大，估计跟外婆关系也比较密切。然而现在看她忙碌工作，觉得她过分冷静，近乎冷血。他对这姑娘的好感便直线下降了。

办公室里有位叫姚国栋的后勤，在差不多时间也回老家去了。一周后回来，直接递交了辞职信，神态中掩不住的喜色。欧阳青一看就懂，老人估计留下了遗产。姚国栋连老人去世都来不及等，急吼吼就辞职了。

但欧阳青那天下班后，隔着落地玻璃窗，还见到这个人。他抱着手，正跟沈珏说话。看那神色，似乎是在数落她。

沈珏脸色冷冷的，也没理会他，转身就走。姚国栋倒是意犹未尽，在她身后跟了几步，又说了几句什么。

欧阳青有点儿意外，下意识便觉得这个女生跟他有感情纠葛。沈珏长得好看，肤色白，神情总是淡淡的，男同事在背后称她小龙女，欧阳青也觉得她气质有点儿像。

她看起来像是跟杨过相爱前的小龙女，对男女关系尚未开窍，对借故接近的男同事总是不咸不淡，保持一定距离。

谁想到，她背后居然跟姚国栋那种已婚男人不清不楚。

这两件事加在一起，欧阳青对沈珏的人品产生了怀疑。他打算给她的试用期打个低分，届时人力资源部门就会跟她解除劳动合同。

沈珏并不知道欧阳青的想法，一天到晚，仍是沉默着，在打印机与扫描仪、碎纸机与电话、办公室与会议室之间，来回奔波着。

公司上下，也只有宋洋一个人知道她发生了什么。知道她母亲留给她唯一的房子，因为母亲出事前没有立遗嘱，因此由她跟妹妹、外婆继承。

这次外婆病危，她们才知道，舅舅一家早已怂恿外婆在清醒时立了遗嘱，将她那部分全部留给家里的男孙姚国栋。

然而外婆治病的钱，全是沈珏出的。舅舅说，姚国栋刚生了个儿子，经济负担太重了。"沈珏，你也为我们姚家考虑一下。我妈，你外婆，也不想姚家的小孙子连奶都吃不上啊。"

沈珏说："你们姚家的事，跟我有什么关系。"

妹妹沈雯说话更直接："要么咱们就不付医药费了，反正你们就是想把外婆拖死，不是吗？"

沈雯还要高考，沈珏让妹妹别管这事。她四处跟朋友借了钱，将外婆的医药费给付上了，医院才为外婆做手术。

她没跟公司说太多，只是说外婆生病，也没说多重。公司那边刚好有个大型的国际航空论坛在筹备，工作群里天天忙得不可开交。她想着自己即将到期的试用期，还没付清的房租，沈雯未来的学费，咬咬牙，买了火车硬座票，一路挤回上海。

试用期将满的那个星期，办公室也刚好忙完一个大型会议的筹备。欧阳青本来要请大伙儿吃饭，但临时接到出差任务。他让办公室副主任先张罗一顿，等他回来再慰劳大家。

沈珏很讨厌应酬，但她跟宋洋一块儿住，跟住隔壁的方棠也混熟起来。沈珏做饭好吃,方棠便经常过来蹭饭,"老吃外卖对身体跟皮肤都不好。"她这么说。但见到沈珏老在家里吃,她又耳提面命起来,说她偶尔还是要出去跟人吃饭交流:"很多信息都是在饭桌上交流出来的,很多感情就是喝酒喝出来的。"

感情是需要沟通的,尤其在试用期结束这个关键时刻。

沈珏觉得,方棠说的话挺有道理。

那天饭桌上,众人之间不断相互劝酒。沈珏辈分最低,给人敬酒敬得最多。她自小跟着母亲长大,母亲对她的唯一期望就是好好读书出人头地。她没有经过家族聚会灌酒的沉浸式教育,酒量基本为零。

晕晕乎乎熬完饭局,她在门口,站立不稳地送走副主任和助理。副主任临走时,看沈珏不太对劲,于是吩咐一个入职才两年的小男生,记得送她回去。

沈珏还在硬撑,看着副主任上车,对他说自己没事。

车子驶走,她刚转身,一个中年男同事虚扶着她的手臂,觍着脸:"小姑娘,酒量不错啊。"另一个男同事也走上前,怪声怪气地笑:"走走走,再找个地方一起喝!"

沈珏双脚轻飘飘,两个大男人,一人一边架着她。附近站着那个入职两年的小男生,眼瞅着这态势不太对,犹豫着,道德小人跟现实小人在打架,后者打赢了前者。

毕竟,这两个男同事都是有点儿背景的,而且气量小,睚眦必报。

反正,都是同事,他们应该也不会拿沈珏怎么样吧?他在心里想着。

这片附近很多餐厅。因为就在公司附近,方程跟朋友吃完饭出来,笑着说了"再见",回转身往停车场方向走。

经过旁边一间餐厅时,门口有两个男人跟一个女的拉拉扯扯。男的上了点儿年纪,嘴上还笑着说:"……我跟欧阳很熟,实习报告会给你好好写……"

方程一听就觉得怪怪的,下意识往那边多看两眼。

一看，就发现那被人拉扯着的女生，不正是那个"捞女"吗？

看来男女关系不清不楚的。他不想多管闲事，但又忍不住多看两眼，发现她醉得走不动，几乎被人拽着走。那两个男人，看起来跟她认识，但是这种行为，几乎跟男人在酒吧门口"捡尸"无异了。

沈珏明显喝得醉，意识还没彻底飘走，胡乱推着两个男人，想叫他们滚开，却话都说不清楚。两个人却更加起劲，在餐厅门口拉拉扯扯，其中一人冲站在路边发愣的男生高声说："待着干吗？快叫个车——"

车子还没叫到，人倒是来了一个。

方程站在两男人之间，一把拉过沈珏，自己护在她跟前。

"你……你谁？"中年油腻男一不甘丢人，但气势已经弱了不少。不说外形条件，光是在方程这套三道杠前，他就矮了下去。到底是航司的人，阶层观念深入脑髓，地面人员就是不如飞行员地位高。

"你管我谁，你谁才是。两个大男人，在街上对女孩子毛手毛脚。"

"我们是她同事！"中年油腻男二说，"看她醉了，要送她回家。"

"她家在哪里？"方程问。

两个男人怔了怔，下意识回头看那个菜鸟男。但菜鸟男在方程走过来时，见势头不对，早已溜了。

方程也不再跟这两人纠缠，拉起醉醺醺的沈珏，半抱半拽，将她带到停车场，塞到车里。

沈珏突然低头。

方程大叫："喂，你别在我车上吐——"他嫌弃地将沈珏半推出车外，按着她的脑袋，任她在车厢外吐一地，然后扔给她两张纸巾。

沈珏吐完，上了车，倒头就睡。

车开得平稳，很快驶入小区。方程跟方棠原本就住同一个小区，后来宋洋跟沈珏也搬进来，方程经常也能在小区里碰见她们。因为庞飞那件事,他对沈珏一直没有好感。这次看到沈珏跟两个中年男人一起喝得醉醺醺,对她印象更差了。

车子驶入车库,停好车,他给宋洋打电话。宋洋没接。又给方棠打电话,方棠关机了。他登录公司系统查方棠的班,看到她今天飞长沙。

他骂了句脏话,继续打宋洋电话。

电话响了好一会儿,接起来,却是另外一个人。电话那头很吵,对方快速地说:"宋洋现在正在拍摄……不方便接电话……你给她发消息……"

方程一个字都没来得及说,对方就把电话挂了。

他回头看一眼身边的沈珏,她翻了个身,继续睡。

他只得将她抱下车,先寄存在自己家里。

她虽然轻,但这么抱着一路,也费劲得很。偏偏电梯下得慢,几乎过了一个世纪后,电梯门开了。

里面走出来一个秀美女生,肤白长腿,第一眼见到方程,脸上挂上甜甜的笑。第二眼看到他怀里的沈珏,笑容立马酸下来,馊了。

这是外航的一个空乘,公司也在附近。方程跟她眉来眼去好长一段时间,前两天刚开始找个借口,有了第一次对话,交换了微信。方程看她朋友圈,知道她过两天要飞冲绳,跟自己的飞行任务刚好一样。

他小心翼翼地给她留言,用轻松的口吻说,到了冲绳可以一起约个饭。

对方爽快答应。

还没到冲绳,对方已经架起墨镜,笑容从有到无,冷冷地跟他擦肩而过,装作不认识。方程忍不住脱口而出:"这是我妹,喝醉了。"

空乘放慢了脚步,款款回头,微笑:"是吗?跟上次那个妹妹比起来,样子变化可真大。"

方程才想起，她之前见过方棠。

还要解释，但电梯门已经关上。

方程还要抱着这个罪魁祸首回家。

一进屋，沈珏就"哇"的一口吐出来。

"我……"方程将她连拖带拽到洗手间，几乎把她的头按到马桶里，自己拿着拖把，黑着脸，一下一下地拖干净她的呕吐物。

搞干净卫生后，他回头再看，沈珏已经靠在马桶上睡着了。

方程任由她坐在地板上，靠着马桶睡，心里有点儿"你活该"的快意。他走到外面阳台上，慢慢抽上一支烟。黑色夜空中，可以看到有飞机划过一道淡淡的白痕，他想起以前他的每个女朋友都告诉他，天上有飞机飞过时，她们会想，是不是他正在天空留下痕迹。

他想起这些话，顿时起了鸡皮疙瘩。

抽完一支烟，他回洗手间里看她。她还在睡，也不知道怎的，居然满脸泪痕。

"喝个酒就吐，吐完就哭，你真出息。"他边嘲讽，边抱起她走到客厅。

也许因为彻底失去意识，现在的她软软的，小小的，缩在他怀里。

他忽然想起来，他跟她第一次见面，是在襄阳。那次，她捡到他的手机。那次，他觉得她很美，还期待跟她有一段艳遇。

方程抱着她走到沙发前，他腾出手，任她滑到沙发上。她头发散乱，丝丝缕缕披挂下来，有几根跑到嘴边了。他有强迫症似的，弯身，替她拨开那头发。

他的手触到她的皮肤，也是软软的。

方程看了她一会儿，才慢慢站起来，抓起手机，给宋洋发了条消息，说她的室友在自己这儿喝醉了。让她今晚到家后，到他这儿将她接回去。

想了想，又补充了一条："看好她。别不会喝酒还乱来。"

发完消息，方程还没睡意，也不太放心得下沈珏。他从卧室里抱出来毯子，给她盖在身上，自己也顺势在另一张长沙发上躺倒。

半夜里，他迷迷糊糊醒过来一次，看到沈珏还在睡。黑暗中，他看着她的睡颜，觉得她看上去可真累。说起来，她也不过是个实习生吧，还在试用期。但每次在小区见到她，她不是在接电话讲工作，就是抱着一堆文件夹低头走路，或者在翻包里的资料。

那是所有在这座城市里没有背景、在老家也没有退路的孩子，呈现出来的共同姿态。只是她的姿态，比所有人都更硬。看人的时候，眼神又有点儿怯生生的。

他盯着她看了一会儿，又无所事事地伸手去拿桌面上的手机。手机上弹出方棠发给他的消息，她说："我报考了飞行员。"

方程腾地坐起，动作幅度太大，一下踢翻了沙发前的小茶几。声响太大，沈珏翻了个身，睁开双眼，看着方程。

方程也看着她。

手机又弹出一条消息。方棠说："诺亚航空社会招聘飞行员，我报考了。"

他走到阳台上，呼吸着冷冽的空气，给方棠打了个电话。

他问了她三个问题：是认真的吗？能吃得了苦吗？能坚持吗？

方棠给了他三个肯定答复。

在外人看来，方棠是个单细胞生物，只有方程知道，这个妹妹表面机灵狡黠，实则一根筋。她要做一件事，就会有恒心。

就冲着她从天生黑皮、易胖体质，仅凭毅力，少吃多动不晒太阳，坚持烦琐护肤流程，变成人们眼中的美女，就可见她并不是人们以为的草包美人。

但当飞行员，还是超出了方程的意料。

他问她："你知道，女飞的体检跟男飞一模一样吗？给你放电动转椅上，来来回回转个好几十圈，男人都受不了，一下来就吐了。"

"我不怕。"

"当飞行员，要过英语这关。这不是背几段英语广播词的事。"

"小瞧我?"

"你可能要到国外学飞,没有人照顾你,没有人体谅你是女生,你要跟男生一起跑步,一起上课,背书,考试。"

"知道啦知道啦,我有心理准备。"

方程沉默半响。夜空中划过一架飞机,小小的,像一颗希望的星。方程想起自己当年报考飞行员时,也如此一腔热血,虽然过程艰辛,但终究熬过来了。

无论是方棠,还是宋洋,他都不认为她们是风一吹就掉瓣儿的花。她们更像常春藤,给她们一堵墙,就能往上爬。

他抖落烟灰:"好。祝你顺利。"

挂掉电话,回身到屋子里,沈珏正站在沙发旁,一脸警觉地看着自己。

方程几乎失笑,心想,眼前还站着这么一株常春藤。他用手指了指:"门口在那边。你醒了,可以自己走回去。"

沈珏张嘴,方程语速飞快,堵上她的话:"对的你差点儿吐在我的车上后来又吐在我家地板上不过我已经搞好卫生了不用谢我。"想了想,又补充,"酒量不好的话,还是少跟莫名其妙的男人一起喝吧。"

这话充满了鄙视。沈珏一怔,但慢慢回想起昨晚公司饭局的事。她脸色苍白,方程知道她有点儿后怕,于心不忍地安慰她:"你没事。"又笑笑,"你酒醒得倒是挺快,脑子没受影响啊。还会走路吗?要不要我扶你回去?"

"不用。"屋里的灯只开了一半,沈珏跌跌碰碰开始往外走,一脚踢到沙发上。

痛死了。但穷孩子都特别能忍,一声不吭。

方程啪地把灯全部打开。他走到门边,推门,半倚门而立,歪着脑袋朝她笑:"小心慢走。"

诺亚航空只招收少量飞行员，但这次社会招聘的宣传却铺天盖地，轰轰烈烈。跟秦远风的绯闻、诺亚面临听证会等新闻一起，占据眼球。方棠作为唯一录取的女生，而且还是沧海航空的前空乘，无论从"诺亚VS沧海"角度，还是从世人喜欢看空姐的角度，都充满话题性。

但对方妈而言，这就是另一回事了。

方棠是按照她心目中的模子，精心培育出来的花。她知道女儿不是一根草，杂草在相亲市场与世俗天平上毫无分量。她也不希望方棠成为一棵树，男人看到树会绕着走。

她只要当一朵美丽的花就好，自然会有蜜蜂、蝴蝶上门。

自从那天听老同学说碰到方棠跟个"糙男人"一起的事后，方妈受了打击，一改常态，在同学群里一声不吭。好几天过去了，这天沧海航空新开斯德哥尔摩航线上了新闻，方妈往群里转发了新闻。

马上有同学捧场：你家儿子还是女儿飞这个啊？

方妈秒回：不知道啊，等公司安排吧。反正他们不是飞这里就是飞那里。

另一个从来不吭声的同学，突然往群里扔了条链接，方妈点开一看，劈头就是方棠的照片。新闻标题是"沧海航空前空姐投身诺亚航空，梦想当机长"。

方妈突然觉得血压升高。

对这个女儿，她最了解不过。吃苦，她不行；冲动，经常有。

很明显，也许是因为失恋，也许是因为上次跟自己吵架，所以她一时冲动，想要向前任证明自己的能耐。

方妈还记得方程当年学飞时，也生怕自己飞不出来。而当时跟他比较要好的几个学员里，就有一个没飞出来，转到地面。

连男生都飞不出来，方棠能行？

到时候她飞不出来，能干什么？白浪费了几年青春，人也老了，空姐光环也没了。

方妈顾不上在同学群里的丢人现眼，立马拿起电话就打给方棠。

方棠没接。

小妮子，明显躲着自己。

她不甘心，又打给方程。

方程倒是很快接了电话，冷静听完她叽里呱啦一大通，才平静地说："我知道。我听方棠说了。我支持她。"

反了！一个反了，两个也反了！

第二天一早，沈珏比谁都更早来上班。

她就是这种性格，看起来又小又怯，但其实比谁都固执。前一天加了班，或喝了酒，第二天大家都习惯晚点儿来。但她偏偏来得更早。

欧阳青搭最早的机回到上海，还没回家，先拖着行李到办公室。进门就看见沈珏在那里坐着。

他过去打了个招呼，问她忙什么。

沈珏说，她把国际论坛上的会议录音整理出来。

"明天估计可以交。"

欧阳青笑了笑，心里想，果然是个没有职场经验的人。一般职场老油条，工作慢慢磨，完成了也先压在手上。上级派活儿，就说自己手头还有一堆事情。

他问："你们昨晚不是出去吃了？你没去吗？"

沈珏愣了愣，说去了。

欧阳青看她神色，也没多想，看了一下她整理的会议材料，简单提了点儿要求。

这时陆陆续续有人来上班。副主任见到欧阳青，走过去，笑着问他怎么这么早回来。欧阳青跟他说起这次临时出差，是一个采购会议。沈珏就在旁边桌子上，充耳不闻，塞着耳机听会议录音，整理材料。

大伙儿都陆陆续续来了。

首先是那个小男生,看到欧阳青俯在沈珏桌前跟她说话,他有点儿慌,低着脑袋回到自己位置上。

两个中年男人来得晚,一前一后,前面那个看到欧阳青跟副主任在沈珏桌旁说话,后面那个什么都没看到。欧阳青跟副主任已各自回小办公室。

前者给后者发了个消息,两人走到外面抽烟。隔着玻璃门,边抖着腿,边说着话,边恶狠狠地朝里面沈珏的位置看去。

"你说她是不是打小报告了?""肯定的。小杨说看到了。""看到什么?""一大早看到她抓着欧阳青,说悄悄话。"

把烟头摁灭,一扔,骂了句脏话。两人商量了一下,说只要跟小杨说好,矢口不认,就没人能证实。沈珏的试用期马上到了,根据诺亚航空惯例,除了上司外,同事评价也占一定比例分值,她就要卷铺盖走人了。

他们边说,边隔着玻璃门看一眼沈珏。那姑娘无知无觉,还在埋头干活。

沈珏一直加班到晚上,她给宋洋发消息,说今晚不回去吃。

宋洋给她回复:真巧,我也是。

两人各自捧着泡面,在茶水间相遇。宋洋看沈珏神色有点儿不对,问她发生什么事。

沈珏先是不肯说,后来把昨晚发生的事,还有今天听到那两人在外面说的话告诉了宋洋。

宋洋先骂了一顿,然后问她:"你怎么听到他们说的话?"

"他们站在小会议室门口聊天,会议室里面有人正在测试录音设备,刚好把他们的话录进去了。"

宋洋问她有什么打算。沈珏没明白:"我能有什么打算?"

宋洋跟她说:"把那段录音给我。"

4

秦远风一直没露面。

人没出现,消息就到处跑。真真假假。

网上出现了"秦远风新欢闺蜜"的爆料,后来被辟谣。又有一个女生照片,穿三点式,身材玲珑有致,在酒店泳池对牢镜头甜甜地笑,模样有点儿像宋洋,也被辟谣。

大众媒体时代,人人都是游戏的一部分,都不好糊弄。

很快,就有帖子说不想再见到秦远风。

这种帖子的出现,曹栋然早已预料到。老狐狸懂得网友心理,包括这种逆反。

他坐在办公桌前,用电话给自己团队布置任务。他是传统媒体时代过来的人,下属只觉得他不喜欢在微信上布置工作。

他笑笑:"我老人家,不相信网络呀。"

下属嘻嘻哈哈,拍着马屁,说曹总怎么会是老人家呢,前几天还见到曹总跟网红打扮的小女生约会呢。曹栋然只是笑。

他不相信的,当然不是网络,而是人心。

从另一个角度来说,他最相信的,也是人心。

秦邦说过,人心的变化,是可预测的。

曹栋然自然也懂。

再继续这样推下去,网友厌倦是迟早的事。他的团队早有安排,在放了两个烟雾信息,做了两次辟谣后,再没放出任何消息,甚至有意降热度。恰好,碰上了女明星离婚,人们的注意力都被转移。

只有财经版还在关心秦远风跟诺亚航空,却又都是负面消息。

奇怪的是,诺亚集团一直没对这些负面消息做任何解释跟澄清。

往娱乐版平静水面丢下的那粒石子,是在人们又开始对女明星离婚新闻产生厌倦的时候。记者收到消息:秦远风跟宋洋在外面吃饭。

网友在网络另一端,看到现场盛况。秦远风跟宋洋从餐厅出来,外面围了一圈又一圈记者。秦远风高大,保持微笑,走在前面;宋洋纤小,低头跟在后面。秦远风往左一点儿,记者们往左边靠。秦远风往右一点儿,记者们往右边移。

他一点点儿小心突围,寸步难行,嘴上笑着,让记者注意安全,小心一点儿。

正这么说着,已有人将镜头跟话筒对到宋洋跟前,冲她大声说:"网友们说你心机深重,有意接近老板。你怎么看?"

灯光对牢宋洋闪个不停,她在闪光灯前低头,看起来非常茫然。

秦远风转过身,牵起她的手,仍旧笑着,礼貌地对记者说话。反反复复,仍旧是让他们小心的说辞。寸步难行,仍奋勉突围,他笑着说:"这么晚了,大家还没吃饭吧?"

记者中,有人笑了,也有人说:"对啊,说几句吧,不然我们回去交不了差,都走不了。"

有跟曹栋然关系好的记者,在人群中突然问起诺亚航空的事。"听证会的事,明摆着针对诺亚的低价措施。你有什么应对方法?这次听证会,会不会影响以后的发展?"

听到这个问题,秦远风终于停步。宋洋知道自己是配角,稍微往后侧点儿身,站在他半边身子后。从镜头上看,像是秦远风将她护在身后。

秦远风肩膀宽阔,牵起宋洋的手,大大方方让记者们拍。

他正式开腔,无关恋情:"既然大家问起听证会跟诺亚的事,我就浪费各位一点儿时间,简单回复一下。这次听证会需要民航局跟发改委出面,如果他们表态支持我秦远风,第二天你们这些记者朋友就会说他们破坏行规——"

有记者在人群中笑了笑。

秦远风又说:"假如他们反对诺亚,这又跟他们支持诺亚当中国民航业改革的先行者,支持中国出现形式多样的航司的做法,产生矛盾。"

他最后笑了笑,姿态体己:"所以,为了不给有关部门带来麻烦,经过协商,我们决定将上海飞天津航线恢复至普通票价。"

现场哗了一下。

秦远风说:"但是,诺亚要成为中国民航业改革先行者的决心,是不会变的。大家可以多关心。"

有人趁机问:"利用恋情炒作,也是改革的一部分吗?很多人说你们的恋情是炒作,是不是从饭局直播就开始策划了?"

秦远风笑起来,说:"那就要问问当时宋洋航班上救的那个小孩了。"

大家都懂他的意思,也都附和地笑笑。

又有人高声问:"大家说诺亚航空的飞机位置太窄,又不提供吃的,很不舒服!"

秦远风淡定应对:"是啊,现在我们的飞行可能没有过去舒适,但是每个人都能够承担机票的价格。这应该是好事吧?"

司机早已将车驶过来,在人群外围静静等待。秦远风跟记者们说,大家等了一个晚上很辛苦,他会让秘书给每个人一份小礼物。秘书苏卫在此时从餐厅里走出,手里拿着平板,笑容可掬,让各位媒体老师登记一下各人名字、地址跟所属媒体,并且贴心提示:"可以是家庭地址。"

这也都是曹栋然提前安排好的。

这种活儿,向来都是公关负责。出现在现场,妥帖照顾各位媒体老师的需求,并且贴心递上车马费或者小礼品。但这次秦远风跟宋洋外出就餐,即使媒体人心照不宣,不过是借着他们来传递诺亚航空的信息,但如果公关人员出现在现场,这场戏未免太失真。

既然要演,就要好好演。

在秘书微笑应对记者时,秦远风已牵着宋洋上车。

上了车,进入封闭空间,秦远风松开宋洋的手,不再是人前演戏的模样。人前的一切表情都太耗费精力,到了无人的地方,他将这精力节省下来。

结合最近诺亚的形势,宋洋能够想象,这个时刻在战场上的男人,肉体跟灵魂都是绷紧的。外表嬉笑怒骂,内心杀气腾腾。

秦远风闭着眼睛,突然问了一句:"你住哪里?"

因为一直在想诺亚的事,宋洋反应慢,一秒后才"啊"了一下。秦远风睁眼,看向她。她报了个地址。秦远风跟司机说:"先送她回家吧。"

宋洋说谢谢。

秦远风没反应,又闭上眼睛。但这次,她确认他不是在睡觉,而是在想事情。她能看到他眼皮的微微颤动。

宋洋不得不承认,她多少有点儿受到身边这个男人的鞭策。她为了追寻真相才进来诺亚航空,但不知不觉,被他们一心想把一件事做好的态度鼓舞。跟诺亚的体量相比,它的对手可称为巨人,但有勇气挑战巨人的,让人敬佩。而且宋洋相信,能在市场推动下实现变革的,不会是本处于垄断地位的大企业。

两个人一路都没说话,宋洋感觉空气紧绷着。秦远风偶尔睁眼看窗外,似乎心驰远方。直到车子驶到小区,宋洋下车,向他跟司机说谢谢,他都始终没开过腔。不知道是因为疲累,还是因为觉得她不配。

诺亚航空在上海飞天津航线上恢复正常票价后,听证会取消。但市场部员工一直在讨论这事,都觉得秦远风没法顺利推行诺亚的改革。

其他航司不愿放过诺亚,听证会取消后,天津机场维修厂房续约在即,突然提出涨十倍租金,就连机场提供的牵引车、除冰车等设备使用费,也猛涨三四倍,给出的理由却都是些莫须有的场面话。

天津是沧海航空的第二基地,沧海跟当地机场关系良好,背后理由非常明显了。

他们觉得，诺亚航空有好多航班时刻都是垃圾时刻，如果连低价的噱头都没了，还拿什么跟别人竞争？

"要玩低价，也玩不过那些大公司。你说是吧？"

"我们是不是该提前找别的工作了？"

"去沧海怎么样？哈！"

他们在茶水间低声说着话，宋洋一进来，这声音一下消失。

宋洋还是个寻常职员的身份，除了有"炒作任务"在身时，基本都正常上班。只是她去到哪儿，哪儿就像被按下消音键。没有人跟她说话，没有人给她安排工作。她只能去找陆文光。

陆文光正在办公室里折纸飞机，听到她这么说，抬头看她一眼："没必要吧……但你如果想做的话……"他放下纸飞机，"魏老大新来了一位助理。他想看一下各部门改革推行的情况，你先把材料整理出来吧。"

这活儿对其他人来说是苦差事，对宋洋却是求之不得。她花了一周时间，阅读部门的所有材料。午饭时间，她跟蒋丰一起吃，找他了解更多情况。

这家伙是个怪咖，别人对宋洋都适当保持礼貌的距离，或者呈上虚伪的热情，只有他还当她是一个正常人。跟她一样，他在市场部也没融入群体，但他显得悠然自得。

在魏行之主持下，诺亚航空的改革已经在推行。宋洋跟其他人谈话，知道他在机队优化、采购流程优化、压缩管理结构、提高生产率、产品调整方面都做了大量工作。

蒋丰看宋洋正在汇总节省营销成本的报告，好心提醒她："听说这个新总助是技术出身，不懂营销。我估计他只会稍微瞄一下，走个过场。再说了，航司最大头的成本都在燃油那儿，我们这块能省出什么呢？"

宋洋现在跟蒋丰比较熟，说话也比较直接。她从电脑屏幕前扭过头:"你肯定没省吃俭用过。你不知道,一家公司跟一个人一样,要省钱,就得从方方面面。"

她又扭头去看眼前的数据。

推行改革以来,陆文光以直销大量代替了代理人销售,网上直销大量代替了门市直销。

在广告宣传方面,广告费用更是大幅削减。主要的广告费用,基本花在推广诺亚航的App上。至于公司广告跟航线广告,则用社交媒体营销来代替。

再具体点儿,就是秦远风的恋情炒作。

宋洋想了想,决定不把这个写上去。

蒋丰突然靠过来,愁眉苦脸:"你觉得这个App怎么样?"

他负责公司App,每天跟外包公司对接,提思路跟意见。有时候宋洋开他玩笑,说他是产品经理,但大家都知道,真正拍板的人是陆文光,蒋丰不过是个跑腿打杂的。

但这个跑腿的够好使,陆文光乐得多一双腿,替他走更远的路。

宋洋反问:"你不是问过了?基本功能都齐了,机票预订、行程管理、航班动态查询、值机办理。操作也挺流畅的,没有闪退。你还有不满意的?"话是这么说,但宋洋很喜欢蒋丰这种做事认真的个性。

蒋丰还是不放心,他脖子上戴着个阴阳师周边U型枕,又歪在椅子上,靠着个凉宫春日靠枕,边看手机边发呆去了。

宋洋继续干她的活儿。

那天下班前,安琪通知她,总助突然来了,临时召集开会,让她带上材料也去。宋洋说:"但我材料还没写好。"

安琪对着她笑得灿烂:"没事。他说只是刚好有事过来,临时碰个面。"

宋洋站在打印机前,心里想着,让她把没检查过的材料交给人看,就像在众目睽睽下裸泳一样难受。

办公区里,突然有人喊:"总助!"

接着越来越多人喊,像火光一盏一盏传过来,一盏一盏被点亮。脚步声踢踢踏踏,夹杂着陆文光的声音。

打印完了,宋洋弯下身,去抽出那一沓材料。厚厚的纸张在手上,热乎乎的。

陆文光的声音跟脚步声一起传进来:"我们的办公区大概就是这样……这里是放打印机跟档案的……"

脚步声在旁边停下。

宋洋直起身,黑色眼眸的视线里,唐越光站在她的跟前。他冲她微微点头,嘴角略上扬,似乎在微笑,但看起来并不开心。

在她记忆中,他一半开心,一半不开心。

陆文光还在跟他说话,他应了一句什么,目光仍落在宋洋身上。陆文光以为他对秦远风的"女朋友"好奇,但又不好跟他说这是炒作,只跟他介绍:"这是宋洋,特别能干。"又说,"宋洋,这是唐总助。"

宋洋心想,她真是笨,怎么会想不到呢。

在公司文件上看过新来的总助的名字,唐越光。她以为只是同名。她不想看到这个名字,连他的履历都没看一眼,关掉文件。

唐越光跟陆文光走开。宋洋捧着那沓厚厚的材料,在掌心中早已冷却。

会议开始。宋洋坐在最角落的位置,桌面摆上录音笔,同时飞快做着记录。

作为总经理助理,唐越光只是陆文光的同级。但在大企业中,总助相当于总经理的延伸,在其他员工心目中,几乎是总经理的传声筒。他的位置被安排在正中间,陆文光坐在他身旁。

唐越光虽是技术出身,但也并非不懂人情世故。他一看这排位,不动声色地站在侧面椅子旁,笑着让陆文光坐上首。众目睽睽下,陆文光也不便于反复推让。会议过程中,唐越光像个倾听者一样,听着陆文光跟其他同事的话，偶尔问话，也以"我不懂市场营销，所以问个外行问题"作为开头，边听边认真记录。

他大抵知道，虽然自己的身份秘而不宣，但一家公司里，消息灵通的人比比皆是。突然空降一个总助，在沧海航空还不过是个性能工程帅，没有管理经验，必引人议论。他更小心谨慎。

会议中途休息，宋洋到长桌那边去取茶点。唐越光跟陆文光等人聊天，陆文光推开了窗户，给他递烟。唐越光稍犹豫，还是接过。

宋洋想起来，他说过，很讨厌在室内抽烟的人。

人果然也是会变的。

两人聊起来，陆文光打听其他部门各项措施的推行情况。唐越光技术出身，对机务跟运行都更了解，便提起公司正通过减少过站时间，提高飞机利用效率，降低维修成本这些措施，在同等时间，以更少人力运送更多旅客。

"这几天我跟魏总走访现场，列了个清单，看看哪些地方可以压缩过站时间的。但具体还需要而乘务和清洁、加油人员的配合。"他说完这句话，慢慢吸了一口烟，又长长吐出，目光搜寻着什么。

宋洋递上一个烟灰缸，放在两人之间。

"谢谢。"他说，摁灭香烟。

宋洋想，他并没有变，只是更为世故，更懂得掩饰。

他们又聊起天津机场的危机。魏行之的想法是，兵来将挡水来土掩，只将急用的部件维护维修放在天津机场，其余大部分另外找地方。唐越光同意，同时又提出，自己有同学在天津机场，他父母在那边是高层，也许他可以找找关系。

宋洋想，她还是第一次从唐越光嘴里听到"找关系"三个字。

会议散了。宋洋看到沈珏发来消息，想晚上煮火锅，但是忘记买面条，让宋洋下班经过超市买一包。是两小时前的消息了。

办公室内众人大多都下班了，只开了一半灯，亮着那块，坐着蒋丰。他在纸上写写画画，宋洋过去看见一张思维导图，他刚好转过脸，冲她笑笑："越讨厌开会的人，越拥有被会议困住的体质。"

两人收拾东西，一起走到楼下。他们都住附近，骑单车上下班。站在大楼外放单车的地方，蒋丰开始说起他的App，内测反响还好，但他总觉得还有哪里需要改进。

宋洋说："回家吃饱再想吧，你这个工作狂。"

蒋丰还在不着边际地说他的构想。宋洋低头，将单车从密密麻麻的同伴中推出来，突然听到蒋丰喊了声"总助"。

她抬头，见到唐越光。他冲他们点点头，算是打了个招呼，又走开。

宋洋有种微妙的预感，总觉得今天还会再见到他。骑车到小区，她停好车，正要走进去，一眼瞥见小区门外停了辆车，有点儿眼熟。

她从包里掏钥匙，有人在身后喊她。

钥匙又从手里滑落到包里，悄无声息，像击中了一只球，又像她的预感击中了现实。

唐越光走上前，低声说："聊几句？"

两人沿着路边，在沉默中信步走着。见宋洋手里还提着一包面条，唐越光说："我替你拿？"她说："谢谢，不用。"

唐越光"嗯"了一声。

夏天过去了，上海的夜夹杂着风的声音。远处的霓虹灯疏疏落落，遥遥落在他俩身上，像是周身落满一层温柔的烟灰。

就像一阵风把身上的烟灰吹走，又跌落现实。她开口说道："恭喜。"又说，"一段时间没联系，我还不知道你已经从沧海跳过来。"

他"嗯"了一声："我倒是常常看到你的新闻。"

宋洋知道他指什么。她想说什么，又觉得不用说。

他开口："我知道，都是炒作。秦远风不喜欢你这种。"

宋洋微笑："我有那么不讨人喜欢吗？"突然又觉得这玩笑话不

太合适，于是说，"我本来就不讨人喜欢。"

他问："刚才那个男生，不是挺喜欢你的？"

对话突然变得像二流蹩脚言情小说的三流对白。她言简意赅地说，那是关系较好的男同事："我在那里也没有朋友。谁都不敢接近我。"

又是一阵沉默。马路对面有年轻女生，拴着狗绳，边低头玩手机边遛狗，跟他们一样的沉默。唐越光犹豫了一下，开口说："如果你还把我当朋友……"

宋洋没等他说完，忽然扭头看向马路对面。"你看。狗很简单很直接的，你对它好，它就会对你好。但是人类比这复杂多了，有利益有算计有背叛有恩怨。你对我好，我永远都记在心上，永远是我心里最珍贵的人。但是因为一些原因，我跟你不可能成为朋友。"

"连普通朋友都不行？"唐越光的脸像烟灰一样白，只有声音维系着冷静，"我可以知道原因吗？"

"你会知道原因，但不是现在。"宋洋低声说，"我希望到时候，你不会恨我。"

她低头看了看手中的购物袋："我的室友还在饿着肚子等我，我要回去了。再见。"

5

所有食材都备好，沈珏边看书边等宋洋的面条。

她一直没回来。

沈珏给她打电话，电话一直响着，没人接。

她看一眼窗外，见到对面高层公寓楼阳台上，夜风吹得衣服一掀一掀。她把喝了一半的瓶装果汁搁在桌上，带着钥匙，锁上门出去。

一出门，就见到方程跟宋洋站在门外。宋洋手里提着购物袋，往面前递了递:"我下午开会,手机调静音,一直忘了调回来。"

沈珏是何其敏感的人,一听宋洋这故作轻松的语气,就觉得她并不开心。

她迟疑地看向方程。方程解释:"刚在楼下碰到,宋洋叫我过来一起吃火锅。"

晚上气温降下来,正是吃火锅好时节。沈珏早已在客厅里摆出大阵势,肥牛、羊羔肉、鲜虾滑、墨鱼丸、蟹棒、鱼豆腐、鸭血、黑毛肚、雪花牛肉、五花肉卷、淮山、脆皮肠、冬瓜、牛肚、火锅面、芝麻酱、香辣牛肉酱、孜然酱。

宋洋盘腿坐在小地毯上,每样都吃。

她在职场混久了,过去那个寄人篱下的丑小鸭变了,行立坐卧都有了气场。曹栋然团队在研究分析后,将她改造成清爽可人的日系女孩。换了发型,替她搭配,教她化妆。行走吃饭都有老师培训。

当时方棠还在航校昏天黑地培训,偶尔刷手机看到宋洋跟秦远风的消息。她打给宋洋,第一句话不是问恋情真假,而是惊喜大喊:"洋洋你变了!"

宋洋自己没感觉。但一个女人身边的男人有地位,她的身价也随之高涨,最先反应过来的是身边人。

方棠出国前,他们最后一次在方家聚餐。方妈跟女儿还在冷战,没给她好脸色,倒是看宋洋时,带了些敬畏的神情,相当不自然。当宋洋要跑去厨房帮忙时,方妈受宠若惊,大惊失色,叫上方爸二人一起合力将她推出去。

现在,方程看她坐在小地毯上,心无旁骛地挑着火锅里的东西吃,也觉得她不再是过去那个低眉顺目的小妹妹了。

她依旧心事重重,但不再前怕狼后怕虎。跟过去跟世界刻意保持距离的宋洋相比,现在她会专注地听人说话,她会笑。

也会哭。

就像刚才在楼下,他见到她在小区门口,跟一个年轻男人说话。

说完话，她转过身，低着脑袋快步走到树荫下。她对着那棵树站了好一会儿，抬起手一直揉眼睛，好一会儿才走开。方程正在那儿偷看呢，就直接跟她迎面撞上了，真尴尬。

宋洋大方邀请："我家吃火锅。你也过来吧，热闹些。"

但方棠不在，方程一个人热闹不起来。宋洋太静，沈珏更沉默。这顿饭吃得安安静静。

吃到一半，曹栋然打来电话，宋洋跑到房间里接，关上门。

客厅只剩下方程跟沈珏。

更安静了。

方程瞥一眼宋洋房间，又瞥一眼沈珏："她总是这么神秘兮兮的？"

沈珏说："她神不神秘我不知道，我只知道她有心事。"又看向方程，"是不是你说了什么让她不开心的话？"

"谢谢，你太高估我了。我本事不高，顶多也就让一个女人开心，还不能让一个女人伤心。"

他又问起来："上次欺负你的那两个同事，后来没对你怎么样吧？"

"他们被辞退了。"她跟方程说起，宋洋替她出头，用匿名邮箱将那段录音发给欧阳青的事。

欧阳青到底是职场上摸爬滚打过来的人，不动声色。两天后，将沈珏叫到办公室，把门关上，问起她这件事。她一五一十地说出来。但说录音与她无关，是在会议室测试录音设备的人无意中录下的。欧阳青在知道她没有吃亏后，跟她说，站在女性角度，本来应该让那两个家伙站出来给你公开道歉，只是这样有损公司形象。他只能让他们私下给她道歉。

沈珏直截了当地告诉欧阳青，自己很实在，不需要虚伪的道歉，让他们滚就是了。

"你真的用了滚这个词？"方程笑着问。

"我当时比较激动。"沈珏有点儿害羞。

方程又看着她笑："骂得好。这种人，就该让他们滚！"

沈珏被他看得不好意思，安静地捞着锅里的肉丸，半天没吭声，好一会儿才说："那天，谢谢你。"

"嗯。"方程突然不贫嘴了，也没说话，仍然只是看着沈珏，笑笑。沈珏低下脑袋，盯着火锅里的食材，看它们扑通扑通在沸腾的锅里上下挣扎。骨头汤的香气溢出来，冒一个泡泡，破了，又冒一个泡泡，又破掉。

两人坐立不安。

"那个……"沈珏突然抬头说。

"什么？"

"你电话一直在振。"

"我的吗？我以为是你的。"

沈珏指了指桌面，她的手机安安静静躺在两人眼皮子底下。

方程掏出手机，电话那头，方棠劈头就问："半天不接电话，又跟哪个女人在一起？"

他扭头，看了沈珏一眼，竟无言以对。好一会儿，才问："怎么了？"

沈珏看他接起电话，又瞧自己一眼，也不知道他什么意思。于是背转身子，低头吃东西。方程在她背后，居然对电话那头谈起了空气动力学——

"飞行高度越高，空气就越稀薄……是啊，这样飞机发动机的输出功率会降低的，所以在高海拔机场起飞，就要减少负载量……"

沈珏想起来，她从没见过方程工作时的模样。毕竟谁也不能进驾驶舱。但现在跟方棠认真讲起飞机性能的方程，突然显得不再讨厌。

她默默喝了一口果汁。突然又想，今天还没洗头发，抬头看了方程一眼，默默跟他移开了一点儿距离。

宋洋从房间里走出来，又坐在小地毯上，她听见方程打电话，听了一下，转头问沈珏："方棠吗？"

"应该是。"

宋洋夹了一条脆皮肠到碗里，低声说："真羡慕她啊，有从头来过的勇气。"

沈珏总觉得，宋洋跟方棠不是一个世界的人。宋洋深沉忧郁，方棠浅薄快乐。但她们的友情跟相互羡慕，似乎又是真的。

是啊，即使让她挑选，她也宁愿浅薄但活得开怀，也不愿意像宋洋那样，心事重重，满怀秘密。

沈珏又喝了一口果汁，目光掠过方程。他正在笑骂妹妹是个白痴。她忽然想，如果自己也是小康家庭出来的天真女孩，多半会爱上这个男人吧。

但她不能。

母亲当年就是这样，小地方的女孩子，爱上一个来自北京的飞行员，还怀上了他的孩子。后来才知道，对方有妻儿，她立马跟对方断了联系。

即使后来母亲结了婚，有了沈雯，又离了婚，这件事还是她人生中的污点。小时候，她到亲戚家去拜年，亲戚夸她跟妹妹长得白净好看，外婆都会撇撇嘴，说一句："女孩子长得好看，以后还不是出卖色相，赚男人的钱。"

这种阴阳怪气的话，她从小听到大，因此在漫长的青春期里，她都做中性打扮。

沈珏坐在那里，边吃边想过去。方程打完电话一回头，看她无声喝着一瓶果汁，觉得这女孩老是满身荆棘保护自己。他本以为她是个捞女，但接触久了发现恰恰相反。

三个人坐在那儿吃火锅，心里都装着东西。

结束国内的理论培训，方棠刚抵达美国航校，就有点儿犯怵。

尽管做好了心理准备，但此地的荒凉还是出乎她意料。黄色土地上,远远堆着积木般的矮小公寓楼。公路上穿梭的稀少车辆,在热辣太阳底下扬起黄色尘土,覆了路边仅有的几个行人一脸细沙。

没有娱乐设施,没有购物中心,有一家还算大的超市,需要驱车三十多公里。方棠周末搭车去了一趟,后悔没多带护肤品,因为这里卖的只有老美的开架货。

这航校每年招收三百多名中国学员,方棠所在的校区,主要接收中国航空公司送来委托培训的学员。

方棠是仅有的几名女性之一。

飞行驾照培训分私照、仪表、商照三个阶段,也就是说,方棠需要在航校中依次通过私用驾驶员执照、飞机仪表等级实践、商用驾驶员执照的考试。

她问过身边人,说是最快的也要一年,大部分人在一年半以内,跟出发前,方程告诉她的情况一样。

同行的其他学员都是男生,特别照顾她,想跟她约会的也不少。尤其知道她原来是空乘后,简直把她视为女神。

但方棠没流露出任何兴趣。大家也就放弃了,渐渐相处得跟兄弟一样。

她很快发现,女孩子学飞,简直就像历经九九八十一难。方程跟她说首先要过语言关,她还自信满满:"我没问题的。"

她自诩英语还不错,念书时成绩不咋的,但英语还可以。也是方妈年轻时有出国梦,自己实现不了,就要在女儿身上实现。

方妈没能嫁给有钱人,就想让女儿找个有钱的。入豪门太难,那就嫁机长也行。

方妈没能出国,就想让女儿嫁给老外,最好是华人,同声同气。所以她不管方棠的学习,但英语教育上特别舍得投资。方棠胆子大面皮厚,念书时也跟一些老外约会过,英语差不到哪儿去。

直到她去了航校,才发现,用英语谈情说爱、用英语做客舱服务,和用英语学"气动特性估算",是完全不一样的。以前看美剧学的内容完全没用,她只能用最土的办法,把每页书上不懂的单词画出来,逐个逐个背。晚上背不完,一早爬起来接着背。

体力是另一个考验。每天清早,学员们都要起来跑十公里,她也不例外。一开始,她还要比其他男生提前半小时起来,化完妆再下楼,两天后,她实在起不来了,开始素脸迎人。反正跑完后,妆也花了,头发也乱了。

语言跟体力,还只是其中两难。

她以前就不爱读书,现在却要花大量时间学理论,如同读天书一般。其他男学员对工程原理更有悟性,很快就明白。她听不懂,一遍又一遍看书,还要查字典,补习到深夜。

偶尔会接到方爸、方程跟宋洋的电话。唯独方妈,一次都没打来。

她出发时,方妈也没来机场送行。

谁知道她是不是还在生气。

听方程说,方妈一点儿不看好女儿,私底下说,这家伙吃不了苦头,你等着瞧,她在国内培训时就会受不了,还没到航校就会举白旗。"不过你也别听妈这么说,她还是心疼你的,不希望你吃苦。"方程试图缓和这母女两人的关系。

"是不希望我吃苦,还是看不起我?她希望我嫁给飞行员,但当我提出要自己当飞行员时,她为什么就不能支持我?难道女孩子只能通过婚姻变有钱,就不能通过自我奋斗是吗?"方棠一口气把憋屈说出来。

方程内心也认同她的想法,但没法在她面前说什么。

倒是平时不怎么说话的方爸,跟女儿通视频,说:"只要你不后悔,只要你没有危险,你做什么我都是支持的。你快乐就好。"

方棠擦了擦眼角。

方爸问:"怎么了?"

"哦,眼睛入沙子了。"

"傻孩子。"

每次视频的时间都短,因为她的休息时间本就宝贵。过去刷剧聊八卦逛街的日子,就像看不见摸不着的前世一样久远,她跟灌了孟婆汤一样,什么都不记得了。

但有一个人,她还是偶尔会想起。

徐风来,还活在她的朋友圈里。

他开始拍小视频,从不露脸,原声出演。都是他的日常,执行任务的,坐机组车的,抵达候机楼的,在各国机场、广场、酒店大堂、著名景点的,剪接技巧高超,评论区一片"机长小哥哥好帅"赞美声。

徐风来向来是有才华而自知。因资质出众,优越感更强。

有一条高赞评论:"我是慕强的,飞行员的素质跟收入都比大部分男人高,一看到他们的制服,我就被诱惑得情窦炸开。"下面纷纷:"我也炸开了!"

方棠想,这世界怎么了?女人们都这么想,难怪现在连飞行学员都能轻易约炮。人们所谓的慕强,只会指向男人吧。女人一强大起来,就要被视为异类了。

但包括方妈在内的女人们都没意识到,时代变了。灰姑娘靠婚姻改变命运的时代,过去了。方棠不止一次听说,她的师姐们嫁给富人,遇到对方婚内出轨,要么忍气吞声认了,要想离婚,就别指望能带走什么财产。结婚前,这些有钱人就已经安排得明明白白。

后来师姐们都学乖了。就像过去的女明星爱嫁豪门,现在更愿意嫁同行,空乘们也把择偶目光都投向了驾驶舱里的同行。

徐风来这种人,更炙手可热了。

想想就来气。

方棠赶紧平复心情,转头去看跟自己有关的报道。《诺亚航空招收女飞,空乘的机长梦》,阅读量不低,但评论里不是点评她的颜值跟身材,就是打赌她能不能飞出来的。

她气得扔掉手机,开始继续埋头看飞机性能工程学。

来到航校的第二个月,方棠打退堂鼓了。

每个教员负责五到六个学员,但教员经常变化,不知道哪天就突然换了人。其他男生都担心换教员,觉得好不容易摸清楚一个人的脾性,跟他搞好关系,突然又从头开始,实在太累。方棠倒是不以为意。

毕竟,以前会的本事,她始终没丢。

跟男人相处的本事。

如果说她在这个鸟不拉屎的地方,有唯一一点点儿兴味的话,就是跟过去女人堆相比,这里是男人的世界。当她第一天走进教室时,班上其余所有人(性别:男)眼睛发直,亮亮地盯着她。

训练至今,她只见过一个女教员,男生们背地里叫她女魔头,但是方棠看着她走路的英姿,心里暗想,她也想成为那样的人。至于其他男教员,个性不同,但都是男人,再怎么心里歧视中国人,也都喜欢年轻漂亮的亚洲女孩。方棠并无心利用性别优势,但过去的个性跟职业使然,让她习惯了永远笑脸迎人。加上这次跟方妈大闹一场才出来,背后承载着所有人议论她"肯定飞不出来"的压力,她比所有时候都能吃苦,自然也得到教员们的欣赏。

这天清早,教员一如既往把他们几个叫起来,沿着学校周围跑十公里。方棠大姨妈快到了,下腹坠痛得厉害,但她没法用这个请假。她问过其他女学员,这种情况下都只能用止痛药解决。她服了一片止痛药才出来,但身体上的疲累还是反映在四肢疲软上。她远远地落在队伍后面。

前面的男生回过头来,有意识放慢脚步,一起等她。

远远地,教员吹起了口哨,用英文骂了句脏话。男生们赶紧抬头,继续维持正常步速。

学校附近是牧场,这天三三两两围了几个人,有人在收拾,有人在拍照。方棠看到那里的荒草黑了一圈，涂着白漆的双螺旋桨飞机摔在那里，机身已烧成残骸。她听到前面的男生们在小声讨论，说是昨晚摔下来的，机上的学员跟教员当场死亡。

还没有人来收拾飞机残骸，这里仿佛一个小型的悲剧博物馆一样，供人一览无遗。方棠跑过残骸旁边时，依稀看到驾驶舱里有来不及擦干的血迹。也许飞行员没按要求拉好肩带，头部猛烈地撞在仪表板上。

她突然觉得头晕目眩，脚一歪，整个儿跌下来。

身旁正在拍照的男人，一把扶住她，用英文对她说"小心"，但态度非常冷漠，好像她在制造什么麻烦。她麻木地说了声"谢谢"，抬头看到男人的脸，是年轻的亚洲男子。

前面的男生跑远，方棠眼里却只有驾驶舱的血。她想起方程说过，民航安全规章是用血写成的。

现在她明白这句话的意思了。

后面那几公里，她好像腾云驾雾一样，不知怎样跑完的。跑完步后，教员把所有人叫到机库里训话。

那天多云，还下着小雨。六个人身子没擦干，汗水贴着衣服，方棠感觉浑身黏腻。

长着小胡子的教员，站在一架双发螺旋桨飞机旁，训话式向他们每个人问话。

"你叫什么名字？"

"你们来这里干什么？"

"你们的职责是什么？"

男生们挺直胸膛，任由汗水滴答滴答，沿着额头落在脚边。他们把自己的名字跟想法吼叫着喊出来。

轮到方棠时，她的脑袋突然一片空白。

我来这里干什么？我的职责是什么？

她的想法简单，过分简单。从小到大，她在恋爱路上一路顺利，姜书河的插曲很快被她抛诸脑后。她像《绿野仙踪》里没有心的稻草人，唯一的痛苦并非来自失去那个男人，而是居然被对方骗过的智商失落。但徐风来是唯一的例外。没有背叛，没有欺骗，但她感受不到爱与尊重，她甚至能从对方的笑意里感受到嘲讽。这嘲讽并非针对她一个，而是针对所有被他迷住的女人。

教员提高了声音："你叫什么名字！"

"我叫方棠——"

"你来这里干什么！"

干什么？

方棠肤浅，肤浅的人做肤浅的事。她只想争一口气。

她从没想过，这口气会争得这么艰难。汗水从她的额头滴落，让她想起那个飞行员的血。她突然一个字都说不出来。

在理论课上，在驾驶舱里，她都可以用英语流利地跟年轻的当地教员开玩笑，他们也喜欢跟年轻漂亮的亚洲女孩调调情。但今天，就连这个平时对她额外照顾的教员也特别严肃。

当着这么多学员的面，她没法撒娇。

也不想撒娇。

天气和飞机不会因为她是女孩子，就对她格外开恩。

"绕着机库再跑十圈！"教员开口。

有男生张了张嘴，刚说出一个"她"字，教员就吼："没有求情！这是一个不能讲人情的行业！"

男生闭上了嘴，没有人再敢为她说话。

方棠麻木地抬腿，开始绕着机库跑。外面的雨下得越来越大，片刻不停打在她脸上。她能看到刚才那个亚洲人披着雨衣，正往这边走来。她跑完一圈，他消失了。

当她跑完十圈，再次出现在机库时，她见到那个亚洲人也在机库里，正跟她的教员说话。教员喊她过来，那男人也在旁边，看着她。

教员问："你跑完了？"

"跑完了。"

"怎么样?"

"我来这里,是为了要学飞行。我的职责,是要把飞机从起点安全地飞到终点。"她半喘着气,说出了刚才已经想好的答案。

教员抱着手臂,小胡子下看不出是笑脸还是什么。他说:"不错。但你刚才也经过了飞机失事的地点吧?你现在知道,学飞行不是一件容易的事。如果你现在后悔了,还来得及。"

方棠张了张嘴,嘴唇颤抖着。

教员跟身旁那个亚洲男子,都在看着她。

她说:"我不后悔。一点儿都不后悔!"

6

宋洋很久没到天空之城。现在她走在路上,都会被人指指点点。

娱乐八卦就是个大池,把她放到整个大池子里,估计没人在意她那点子流量。但民航圈子小,平时空姐爆不雅视频了,谁跟谁睡了,机长原配打小三了,都能热闹半天。像这种级别的恋情,大家更关注。

曹栋然在办公室点燃一根香烟,跷起腿,笑笑说:"成名的滋味,怎么样?"

"现在还没味道,但我知道,以后会是臭的。"宋洋非常坦然。

曹栋然大笑起来。他举双手,几乎做投降状:"你这是怪我把你名声搞臭?你错了!"

他身子往大班椅上一靠,神情得意:"人们都认为,秦远风会养你这只金丝雀。但我坚持,你一定要正常上下班,每天继续回办公室,跟别人一起加班,甚至比大家都晚下班,下班后到超市买日用品,自己提着购物袋回出租屋。为什么?这样你才接地气,才讨网友喜欢，才更贴合诺亚航的受众形象啊！"

他将手一挥，意味深长地笑笑："等你跟老板'分手'以后，你会发现，你在相亲市场上的价格会比一般女人高得多。"他身子往大班椅上一靠，优哉游哉地说，"有这种分量的前任，以后接近你的男人都不会差到哪里去。"

宋洋微微一笑，心里却对这种物化女性的调调翻了个白眼。

宋洋特别会装，装得低眉顺目。像曹栋然这种喜欢讲自己光荣事迹的中年男人，最喜欢跟年轻女性高谈阔论，尤其当宋洋主动问起他过往的事。

但曹栋然很少提起他当记者时的事，只不住夸口自己在公关界的几个著名案例。

宋洋知道曹栋然曾经拿下新闻大奖。照片上的他，头发杂乱，看起来年少轻狂，在获奖感言里写着："我不会是一颗流星。"此时的秦邦，曹栋然曾经的老师，却因为在媒体内部职场斗争失败，被发配到当交通业跑线记者。

宋洋问起这件往事，曹栋然一副看透别人的神情，嘴角翘了翘："哈，你这是关心未来公公？"他笑着低头，又抬头瞥宋洋一眼，"秦远风不会喜欢你的。他以前的女朋友，全是海外名校毕业的著名新闻主播、美女律师之类。"

她也直截了当："我对秦远风没兴趣。"

曹栋然不说话，几乎是咬着牙，一直带着点儿奇怪的笑，看向宋洋。半晌，他拍了拍她的手背，正要说什么，有下属从外面走进来，他将手缩回。

这一次，宋洋以为自己敏感。

一周后，宋洋跟曹栋然进电梯时，电梯门刚合上，他突然凑过来，脸贴得离她很近，带着点儿笑说："你的皮肤真不错。"他马上就要伸出手，摸她的脸。她及时打了几个喷嚏，也不用手捂着，以飞沫隔开距离。电梯门开了，下属在外面礼貌地喊一声"曹总监"。

宋洋跟曹栋然团队相处久了，有意识地跟他们的人套近乎，不时给他们带点儿小东西。在方家住的时候，她从方妈身上洞察人性种种，这套学问拿出来，得心应手。

曹栋然吃宋洋豆腐，连续两次都被人看到。有不喜曹栋然的女孩子，跟宋洋推心置腹，告诉她自己也试过。

"不过他怕老婆，他老婆非常厉害。"

宋洋像收集玩具的小孩子一样，早已集齐曹栋然事业征程的起起伏伏，唯独家庭方面全然空白。

她冲对方微笑："肚子饿不饿？一起去天空之城。请你喝东西。"

一开始，宋洋还跟对方假模假式聊诺亚的事。她们聊听证会取消，但老牌航司并没放弃围剿诺亚。票价大战硝烟燃起，包括沧海航空在内的两三家大航空公司，开始低价促销。

很快，就把话题引到曹栋然身上。一顿饭下来，宋洋打听到不少有用消息。

曹栋然老婆也是媒体人，拿过不少重量级新闻大奖，人出色，人脉也广。曹栋然获奖时，正是刚开始跟她恋爱的时候。

"他通过那篇独立调查，揭露了一家省级大型企业的黑幕，报道出来后，那家企业直接垮掉，再也起不来。后来有人说，那篇稿子，他老婆在背后出了不少力，包括他的奖项，也跟她的人脉有关系。"

那以后的事，宋洋从媒体上也知道不少。曹栋然自那以后，从深度调查记者转型为财经记者，一连写了好多篇负面报道。他再也没获过奖，但似乎他也并不在意奖项。宋洋从曹栋然下属口中得知，那段时间，曹栋然奉子成婚，老婆婚后就退出了媒体圈。

回到家，桌上放着沈珏的字条，说她通过了试用期，今晚跟同事出去庆祝，晚点儿回来，别锁门。

宋洋把自己关在房间里，一篇一篇翻阅曹栋然的财经作品。

全是中小型企业的负面报道。

宋洋搜了搜这些被他写过的相关企业，基本上都还在，有的经营得不错，有的已经没落。

她知道媒体会写软文，也会收钱黑竞争对手。她跟一些做传媒的朋友聊过，知道这种钱，一般是记者跟主编共同分账的。

"主编又不是傻子，肯定看得出来。所以记者也不会独吞。"朋友说，"但是后来出了'请放人'那件事后，上面管得严，现在不会再有以前那种收了钱死劲夸或者死劲黑的媒体老师了。也就收收车马费、小礼品。钱再多收一点儿，就会构成犯罪。"

朋友看她认真记录，突然又紧张起来："哎，你要干什么？可别把我的名字写上去啊！"

宋洋看着曹栋然的这些财经报道，怀疑这里存在利益交换。要么就是收了竞争对手的钱，要么就是威胁企业未果，写负面报道报复。

问题是，利益交换的金额有多大？

如果像朋友说的，只是车马费跟小礼品，就算是行规，无法构成犯罪。

宋洋的手来来回回在平板电脑上滑动，毫无头绪。她整个儿躺倒在床上，闭着眼睛想，慢慢睡着了。迷迷糊糊间，似乎听到开门的声音，然后有个男人在说话，像是方程的声音。沈珏又说了句什么，好像是叫他别吵醒宋洋，最后又说"谢谢你送我回来"。

宋洋再次醒来，已经是夜里两点半。她走出客厅，见到沈珏房门紧闭，显然已经在睡梦中。她拾起衣服就到浴室，匆匆洗头洗澡。

手指抓住湿漉漉的头发，一点儿一点儿吹干时，她想起来，他们说曹栋然的老婆叫什么名字来着？梅茵。

她急匆匆吹干头发，回到房间，抱着电脑搜索这个名字。

在企业查的网页上，她看到梅茵名下有两家公司，一家是宠物用品公司，一家是保健品公司，两家公司都已经注销。

她抓起桌面的本子，翻到后面，一笔一画抄下来公司名字。纸张有点儿脆,她从大学用到现在,就用来记这一件事。

想了想,她在纸上画下时间轴。曹栋然获奖时间,每篇财经报道发表时间,从第一篇到最后一篇。

最后一篇,是在父亲操纵航班紧急迫降前一个月。

她用笔在纸上来来回回,复盘这些人物关系跟时间线。

沈珏夜里起来上洗手间,趿着鞋在客厅里走过去,一会儿后又走回房间。她在宋洋门前停下,看门缝透出的光,小声问:"还没睡?你这个工作狂。"

"你睡吧。"宋洋说。

"注意身体啊。"沈珏又"嗒嗒嗒"回到房里。

屋子又恢复一片寂静。宋洋房间里,四周皆暗,只有电脑桌前的灯团着一圈光。她盯着本子上的字,忽然想起今天那个女生说起传媒界一件大事。

当时南方有个媒体记者被逮捕,罪名是收受竞争对手的钱,针对某企业一连写了二十篇负面报道,涉嫌损害商业信誉罪。那个记者并非第一个触犯这项罪名的,但由于他所在的媒体连续三天在头版头条刊载"请放人"三个大字,成为躁动一时的新闻事件。

也就是在那件事后,曹栋然没再写负面报道。

宋洋猜测,曹栋然从这件事中敏感地嗅到了危险。

没猜错的话,曹栋然妻子梅茵的公司,就是用来利益输送跟洗钱的。曹栋然收受利益巨大,他害怕成为下一个"请放人"对象,及时收手。而此时的秦邦,只是个交通线的跑线记者,正等待一个机会。

就在此时,父亲成为英雄机长,全国瞩目。

他就是秦邦他们所等待的那个机会。

在诺亚航空跟其他航司价格战正酣时,秦远风突然接受了采访。

采访他的不是传统电视台,或者时尚杂志,而是在年轻人中极受欢迎的B站。视频里,他跟拥有400万粉丝的财经博主大熊信步走在虹桥机场里,边走边聊。不时有人认出他,跟他打招呼,他也笑着跟人打招呼,又继续谈话。

大熊问:"我是不是不能问你关于恋情的问题?"

"随便。但这样不会破坏你的人设吗?你可是财经大V,这样配合我炒作,不太好吧?"

两个人都笑起来。

两个人在机场里走,秦远风带他到登机口,看旅客刷脸秒速验证登机。大熊开玩笑说:"我怕脸太大,屏幕里刷不完一张脸。"秦远风在旁哈哈大笑,非常配合。

大熊并没有放过尖锐问题,他问:"听说你们公司之前在裁员,我在这里看,果然被机器替代了啊。"

秦远风笑着回答:"裁员是外界的说法,我们内部用'毕业'这个词。诺亚航空出来的人炙手可热,很多公司抢着要。"

秦远风手上拿着机场外场证,在一些普通旅客无法到达的门前刷了刷,带大熊通过步梯,走到停机坪上。

风大,他遥遥指着停机坪那头的飞机说:"这就是诺亚的飞机。"他们走到飞机底下,机务正在检查,外场保障员正捧着平板电脑在记录,秦远风过去跟他们打了招呼。他跟大熊说:"上去看看?"

上了飞机,俏皮活泼的空乘跟大熊笑着打招呼。大熊转过身对秦远风说:"她们笑得很可爱,跟我在其他公司看到的职业假笑不一样。"

秦远风说:"我让培训部不要让她们含着筷子练习假笑。我跟你一样,每次看到职业假笑就浑身起鸡皮疙瘩。"

他们在头等舱坐下。大熊问起两舱的问题。他说虽然诺亚航空没有正式宣布,但是大家都知道诺亚经常搞大促,正在走低成本航空路线,也就是国外常说的LCC(Low-cost Carrier)。"国外的LCC通常都取消两舱,诺亚会不会也这样?"

"不瞒你说，"秦远风摊开双手，笑了笑，"我们正在讨论。他们要是知道我提前对着镜头说出来，一定骂死我。我个人也倾向取消两舱。传统航空公司的飞机就是社会的缩影，把人分为三六九等。但是在诺亚航班上，所有人都是平等的。"

虚伪。

宋洋在屏幕前看到这里时，心里冒出这一句。

秦远风是聪明的。民航业内人士清楚，取消头等舱跟商务舱，改为全经济舱布局，再加上拆除厨房设施，就能让座椅更紧密排列，缩小间距，增加数量，为提高客座率提供条件。但从他嘴里说出来，就像是为了社会大义。

这么想的时候，她正坐在秦远风对面。秦远风此时正在接电话，而她边在手机上回看他的直播，边打量眼前这人。

秦远风放下了电话，继续吃饭。

他们正在澳门一家冰室吃饭，要黑松露炒蛋猪扒包跟菠萝油。这饭店是老字号，店面跟这城市一样小，但挤满了内地游客。不时有人朝秦远风他们看过来。

秦远风问她："跟上海的港式茶餐厅比如何？"

宋洋实话实说："我吃不出好坏，感觉都一样。"

秦远风笑起来。

就跟他们在直播饭局的时候一样，两人边吃边谈，聊的都是吃。没有话题比这个更安全。

出了冰室，两人穿过旧城区，并肩走在澳门狭窄的长街上。即将来到内地游客众多的大三巴附近时，秦远风轻轻握住她的手。

他的手很凉，刚才的食物并没有温暖到他。

宋洋想，他一路谈美食风景，是否另有心事呢？

夏语冰说过，秦远风在诺亚集团那边有点儿问题，受到牵制，他一门心思做好诺亚航空，正是利用旧公司为新公司输送利益和客户资源。架空旧公司谈不上，但转移重要资源的意图很明显。

秦远风跟她说："我们俩一直不说话，会显得很奇怪。"他低头看她，微微一笑，仿佛正看向自己真正的恋人。

他问："你在想什么？"

宋洋撒了个谎："我在想曹总监。"

"他？"

"他很厉害。"这句话出自真心。

B站直播里，秦远风主动跟大熊说："你要跟空姐一起合影吗？"空乘一人抱着一个诺亚航空的毛绒飞机玩偶，笑着塞到大熊怀里。秦远风掏出手机，给大熊他们拍照。

镜头一晃，拍到秦远风的手机屏幕上，是他跟宋洋的合影。

这是曹栋然的主意。整个过程没有直接提到恋情，没有炒作嫌疑，但是手机屏幕上又有画面一闪而过，提供了话题。宋洋不得不佩服。

这天正是澳门回归周年纪念日，主要景点跟大街上都是彩旗。葡国建筑跟岭南建筑夹杂的街道两旁，店铺竖着支付宝跟微信支付码，用简体字写着"欢迎光临"。华南冬天不冷，宋洋在这儿走了一圈，就感觉微微出汗。

秦远风晚饭后要到香港，宋洋回上海。他说，如果她愿意的话，可以继续在澳门逛逛。"我对这里的感觉比香港要好些。"他说。

宋洋告诉他，自己想早点儿回沪，还有活儿要做。

秦远风笑了起来。他们说这话的时候，正走进一家当地私厨。私厨藏在当地民居里，秦远风说，这里要比下午他们去的那家旅客打卡景点好吃得多。他们预订了一个晚上，不会有别人，可以真正享受食物了。

宋洋跟在秦远风身后，看他高大的身影慢慢步行上弯曲狭窄的楼梯，又看着他来到门口，接受葡人长相的私厨老板娘迎接。这里没有别人，她于是又喊他秦先生，然后问："你为什么会笑呢？"

他已经被人领着，走了进去。穿过屋子，他们走到外面的大露台上，面前是一张铺着桌布的大长桌。秘书苏卫，还有别的一些工作人员已经到了，正在说话。他们没想到秦远风自己摸上门来了，苏卫站起来走上前去，喊秦远风的英文名Hugo，还笑着说："怎么不叫我们下去接你？"

秦远风脱下围巾跟外套，笑着说："被人看到我恋爱还要带着你们吗？"

苏卫他们在秦远风身旁坐下，宋洋也坐了下来，在一个离秦远风最远的位置。秦远风转过头问她："你刚问我那个问题是吧？因为你听起来，很像一个急于跟老板表态的员工。"

宋洋知道秦远风不喜欢自己，她一直知道的。从饭局上她提出那个问题开始。只是他现在需要她配合，一直没流露出来。现在在室内，没有外人，他神态看起来有点儿放松，脸上也没有了装出来的那种笑。苏卫在替他倒酒，跟他说着话。

秦远风是大佬，大佬不缺往他身上扑的人。只有曹栋然这种，才特别享受年轻女孩的奉迎。早在进入市场部时，宋洋已经想过要调整策略了。她要对秦远风有话直说，七分真，三分假。

这家葡国菜做得好。香肠端上来，侍者浇上烈酒，当面烤。他们在火光中，边就着啤酒吃香肠跟烧乳猪，边聊起明天跟香港旅游发展局会面的流程。

苏卫笑着道："Hugo不喜欢晚上谈公事。"老板娘在里面开了电视，电视上正在直播回归日庆典。

从露台往下看，大街上挤满了看热闹的市民，手上拿着彩旗，孩子骑在父亲肩膀上，手里挥着小小的特区旗。大三巴跟新马路一带，灯杆上树枝上，缀着小灯泡，暖暖的色调。距离圣诞节还有五天，彩饰全都挂上了，城中各名店大促销，赌场游客比往常更多，来往码头跟赌场的小巴穿梭不停。上千人组成的巡游队伍在城区穿行，他们从露台往下看，正好看到队伍的尾巴。

里面的电视传来粤语播报："玫瑰堂、大三巴、仁慈堂、妈阁庙等旧地都有灯饰装置……大三巴牌坊前都是市民跟游客……"

秦远风喝了点儿酒,在灯下翻开苏卫带过来的一本侦探小说。宋洋抬头看一眼,封面是阿加莎的《无人生还》。苏卫他们靠在那儿,往下张望楼下的巡游队伍,冲那些挥舞小旗的孩子招手。

宋洋开口:"我看的第一本阿加莎是《罗杰疑案》,但最喜欢的是这本。"

秦远风抬起头,从书本上方看她:"你是也喜欢阿加莎,还是看过我的采访,特地找来看?"秦远风在采访中提过自己喜欢阿加莎。

"有区别吗?"

秦远风把书翻过来,盖在桌面上:"有没有心机的区别。"他微微一笑,耐人寻味,"前者更讨人喜欢。"

宋洋也微笑,同样耐人寻味:"你想过没有,没有心机的人,根本没法来到你身边。你看看他们——"她的目光掠过稍远处的苏卫他们,"他喊你英文名,跟你处得像兄弟一样,只是因为他要迎合你亲和力强的风格。甚至,你知道他们为什么要走开,假装像孩子一样开心地看这些纪念巡游吗?"她一只手托起下巴,"他们认为,老板喝了点儿小酒,这时候可能需要一个女人陪他聊聊天。"

秦远风考究似的看了她一会儿:"你有点儿不一样了。"

"说话更直接了,是吗?因为我发现自己就像个小屁孩,心里想着什么,身边的大人一清二楚。我这点儿小聪明,在你面前是不够用的,与其瞻前顾后,不如索性摊开来说。"

秦远风打量她,她头发干净整齐,为了配合今天的炒作,特地化了点儿妆,是甜美可人那种风格。这应该是出于曹栋然的设计。在他的规划中,诺亚要做廉价航空,秦远风走接地气路线,秦远风的绯闻女友也应该是可爱的邻家女孩,而非美艳的长腿模特。

邻家女孩并不符他的口味,但只是炒作,一切都没关系。秦远风对宋洋的身体并不十分感兴趣,但是她的智力跟灵魂值得探寻。而且苏卫也许是对的,此刻他喝了点儿小酒,身边缺少个女伴……

他将目光移回书页上,翻过去一页,又平静地说:"如果你想扑我,今晚是唯一机会。我可以留在澳门过夜,明早再去香港。"

这时,澳门塔附近的海面上,庆祝回归的礼炮声隆隆,烟花嗖嗖地蹿上夜空,在小孩子的尖叫声中,颤巍巍张开爪子,又颤巍巍地消失在另一朵更大更美的烟花后面。苏卫他们少见多怪地"喔"了起来,假装不知道另一边发生什么事。

烟花映着两人的脸,宋洋的脸在明处,秦远风的脸在暗处。

宋洋说:"对不起,我让你误会了。我待会儿就要赶回上海。"

玩欲擒故纵的人,他不是没见过,但她不像是演的——又也许,她只是比其他演员更出色。

但无所谓了。他点头,笑了一下,继续看《无人生还》,不再理会她。

故事接近尾声,只剩下一男一女,各怀鬼胎,相互试探。女人心想,这是一只狼的脸,我以前从没好好看过他。男人迅速转动大脑,想尽办法稳住对面的女人。

他看过这本书很多遍,直到现在才意识到,最后一幕,原来也可以理解为一个男人与一个女人之间的智斗。

宋洋此时起身去接电话。曹栋然给她发来一张照片,照片看起来,宋洋跟唐越光站在夜晚小区门口,正拥抱对方。曹栋然有点儿气急败坏:"这到底怎么回事?有记者来问,我都不知道要怎么回应。"

又是障眼法。宋洋心平气和:"旁边应该还有一台冰箱、一个快递大哥跟一个保安。"

发觉不是他想的那样,曹栋然稍微松口气。冷静下来,他也想明白了:恋情这招太成功,替诺亚航空增加不少曝光,沧海航空等对手眼红了。最好的应对,当然是从宋洋那儿下手。

她真正的恋人一曝光,便不攻自破。

谁想到,宋洋的恋人还是秦远风的亲弟。事情更显有趣。曹栋然可以想象,对手会往两个方向做文章。要不给宋洋泼脏水,说她通过弟弟搭上哥哥，要不说秦远风借弟弟女友来炒作。无论哪种，都会毁掉这场营销。

曹栋然恼恨自己没事先跟宋洋说清楚，让她跟异性保持距离，他冷着声音说："现在只好请唐总助也配合演戏，出来说明一下了。就是恐怕外界不信。"

"我是网友，我就不会信。"宋洋顺水推舟，填了一把柴火，"倒不如——"她停顿一下，等着曹栋然的发问。

"倒不如什么？"

"倒不如让秦邦出来，上演一出秦远风带女友见家长。"宋洋说，多少被认为是炒作或露水情缘的明星恋情，直到传出见家长，网友们才认定是真爱。

曹栋然在电话那头犹豫。宋洋沉默，抬头看天上烟火。

过了半天，曹栋然说："我试试跟远风说一下，但他不一定会同意。"他喜欢在人前直呼老板名字，显示其关系亲密。但他很快又觉得刚才在年轻女孩跟前，失了分寸，丢了颜面，于是重整河山，一笑道："但我有信心他会接受。以我跟秦邦的关系，我也有信心能说服他。"

宋洋抬头，看一朵烟花在头顶绽放。她说："那最好不过了。"

秦远风看完最后的结局，把书合上，抬头见到宋洋已听完电话，加入苏卫他们，一起站在那儿看远处的海。

又有烟火"砰砰砰"上天，绽放。

秦远风也不知什么时候，站在了他们身后，一起抬头看烟火。海面上，跨海大桥上亮起了灯。天与地，海与天，都是光，都是声。

就这么静静看了一会儿，苏卫接到电话，宋洋听到是曹栋然来电。苏卫看一眼秦远风，秦远风点头，苏卫将电话递给他，他边听边往里屋走去。

宋洋悄然回头，透过玻璃门看着他低头打电话。一开始，他只露一个背影，后来慢慢转过身来，但从侧面看，也瞧不出什么。然后，宋洋看到他似乎对着电话那头,微微点了点头。这似乎是个肯定的身体语言。宋洋放下心来,不自觉地微笑。

天空安静了一会儿,苏卫他们散开,认为烟花已放完。

秦远风恰在此时抬起头,往外面张望,对上了宋洋的目光。

就在此时,空中又突然炸裂开全晚最大最绚丽的烟火,烟火的影子投在玻璃门上,仿佛在着深色长风衣的秦远风身上,绽出一朵彩花。宋洋不知道的是,秦远风从玻璃门内往外面看,她那小小的身体恰在烟火下方。

跟秦邦的饭局,很快定下了时间。

曹栋然嘴巴不密,宋洋很快从他那儿听到了更多消息。比如说,他们父子两人的关系并不好,此前还因为得罪沧海航空一事闹过不愉快。宋洋给他泡了茶,还没开口问他,曹栋然已扬扬自得地介绍起自己怎样说服秦邦。

即使网上仍有秦远风炒作恋情的声音,但诺亚航空的整体宣传策略在年轻人中反响热烈。

陆文光的市场定位相当成功——主推年轻人市场。

跟大航司相比,他们的航班时刻极差,加上取消了两舱,商务客人是不可能选择他们的。除了利用诺亚集团的旅客资源外,散客市场上,吸引追求个性与性价比的年轻人,是唯一选择。

但在当时,国内旅客普遍都还认为低成本航空就是low,就是掉身价。

陆文光跟魏行之开过几次会,两个人的意见统一。通过市场策略,利用公关配合,将飞行打造成轻松有趣的事。秦远风那段时间一直在国外,陆文光急于向他当面汇报,于是一早出现在他酒店餐厅里。

他们在一顿早餐时间里,沟通完这件事。秦远风说:"你决定就行,我没意见。"

陆文光心头狂喜。在飞过来的长途航班上，他打好了腹稿，打算从放弃传统营销，利用互联网与目标客户群贴近说起，再讲到整体市场造势、用户体验。他还拿着之前宋洋整理的数据，背了几个关键数据，必要时直接抖出来。

但秦远风压根儿没给他机会，跟他说："你试试这酒店的传统英式早餐，我最喜欢烤熟番茄的口感。"他握着叉子，"你的方案，我听魏行之电话里跟我讲过了，很好，放手做。"

陆文光是个善于摸上司想法的人，但这事也跟宋洋有点儿关系。

宋洋告诉他，他们在澳门时，秦远风跟私厨老板娘闲聊，说起在欧洲当背包客的经历。聊着聊着，他回过头，跟苏卫提了一句，说低成本航空在国外相当流行，但在国内还要从教育市场做起，让大家知道坐飞机只有两点最重要，一是安全，二是准点。

年轻人吸收新鲜事物快，是最容易接受调教的，当他们一旦容纳了一样新东西，这东西就能够依靠几个年轻的意见领袖，在全民中普及。

陆文光很快着手做起来。

秦远风本人也亲力亲为。在香港飞回上海的航班上，他从几套广告方案中，亲自挑选了一套。最后还发了一段意见："我们是民主的公司，一切以大家选出来的方案为主。我这个，只能算一票。"

但他选出来的海报，主色调强烈，只有蓝白二色，非常清爽。诺亚logo与飞机涂装，也同样配合蓝色调。

与此同时，诺亚航空的广告也推出市场。他们没有投放电视台，还是选择在B站首发。跟讲着不着边际的套话、假装温情的传统航司比起来，诺亚的广告更大胆有趣。广告结束后，蒋丰做的App二维码出现在最后，下载量随广告点击量激增。

诺亚航空在秦远风的带领下，就如当日稻盛和夫领导下的新日航一样，从一簇火苗变成一束光。在光之中，一切都不同起来。

宋洋也在忙。

她的灵魂，依然揪着父亲事件的线索不放。她最近跟IT部门的人走得很近，IT部门男多女少，但她不知怎的跟其中一个女生当上了朋友，人们常见她跟那女孩一块儿吃饭。

她的肉身，则劈成两半，一半配合陆文光在市场部的工作，另一半配合曹栋然的炒作。就在这时间间隙中，还协助曹栋然团队搞了场新闻发布会。

曹栋然作为诺亚集团兼诺亚航空的新闻发言人，在发布会上表示，低价票的投放将从原来一个航班的10%到15%，增加至30%至40%。

面对记者问起这是否属于炒作，属于市场的不理性行为，曹栋然说："谢谢你的担忧，但我个人认为这个决策恰恰是理性的。对乘客来说，他们用更低的价钱就能够飞。对我们来说，在旅游淡季降低票价，保住高客座率。对大家都是好事。"

有记者问到，诺亚航空作为业内后生，公然掀起价格战，触犯了其他几大航空公司，使其联手围剿。诺亚航空怕不怕？

"秦远风估计不怕。他是个独自开飞机乘热气球越大西洋的人物。但是我怕。"曹栋然笑了笑，"但既然都已经惹怒业界大佬们了，诺亚现在能够做的，也就只有硬着头皮上了。秦远风说了，现在我们唯一能做的，就是想尽办法生存下去。"

宋洋挽着秦远风的手臂走进餐厅时，电视上正重播着曹栋然这番话。

秦邦坐在那儿，抬起头，一动不动地看着。宋洋专注地凝视他。

周围的人瞬间模糊掉，宋洋的眼睛里只有他。他看起来比盛年时期更瘦削，像一把收在剑鞘里的长剑，两鬓有些灰白，但他们进来时，他的目光立即从电视转移到他们身上，双目有神。

看得出来，他仍浑身都是火候。

宋洋想，这样一个男人，应仍有无穷无尽的精力，怎会这么早提前退休呢？

秦远风过去跟他打招呼，他转过头来，首先看了宋洋一眼，然后点了点头。

饭局的地点是刻意选择过的。

必须有人看到他们三人一起，然而聊天内容又不能让人听到。

在外人看来，这活脱脱就是男人带女友见家长的场面。只有近到他们身边的人才会发现，秦邦没理会宋洋，只是跟秦远风讲话。

侍者端上黑咖啡，放在秦邦眼皮底下。秦邦没碰杯子。他专注地跟秦远风说，让他不要做得太过火："你渴望当英雄，但有没有想过要付出什么代价。"

宋洋拿起桌上的盐，一言不发，撒到秦邦的咖啡里。

秦邦抬头看她。

她又是饭局直播里那个纯良无害的女学生模样："秦老师，如果您的口味跟十二年前接受上海财经频道采访的时候一样，您应该会喜欢。"

从那一刻开始，秦邦对她留下了深刻印象。

他开口，对宋洋说了第一句话："我听曹栋然提过你。他说你很聪明。"

聪明这个词，有时候未必是个褒义词，尤其当它从另一个聪明人嘴里说出来时。宋洋静静等待着下文。

秦邦说："他说你对我们俩记者时期的作品，都了如指掌。像你这样年轻，不可能经历过我们的全盛时期。你对我又百般讨好，我会理解为，你为了得到远风而努力。"他交叠双手，搁在下巴处，完全是当初莫宏声审视她的神态，"我不明白的是——你为什么要跟阿光走得那样近？"

秦远风终于开口，一只手搭在他父亲的手背上，语气有些不悦："爸，她是我的员工。你这样说，未免太不礼貌。"

秦邦将脸转向秦远风："但你跟我有同样的想法，不是吗？"他又将脸朝向宋洋，"曹栋然告诉我，那是借位拍照。可是那照片起码说明了一点：你跟他，夜晚仍在一起，靠得很近。"

宋洋笑了笑："秦先生，您可知道，男人跟女人，也是可以成为朋友的？"

这时有服务生端上来海鲜饭，他们都不再说话。宋洋喝一口鲜果汁，心想，真好。

这些男人，把所有女人都想象成捞女。自己得以在这个掩饰下，安然无恙。这么一想，她带了点儿笑，连自己都不察觉，却被秦远风看在眼里。他看这女孩，大口大口吃着甜品，好像她来到这里，不是为了配合演戏，也不是为了讨好谁，只一心一意地享受美食。

服务生走开后，宋洋若无其事地问起来："秦先生觉得这里的海鲜饭，跟西班牙的比，怎么样？"她好像一点儿没觉得秦邦刚才的话有什么冒犯，认认真真讨论起美食。她笑了笑，露出洁白牙齿："我记得当年秦先生为了英雄机长背后的真相，一直跑到西班牙去找当事人。您在后来的采访里说，您当时只是个落魄记者，掏钱买了机票，订了华人旅馆后，连饭钱都没有。但是您说自己是个赌徒，您直觉这是桩大新闻，您无论如何都要做。"

她放下果汁，看定秦邦一双眼睛里："您用别人的隐私换来出头之日，我用一顿饭换来一份工作。我们之间，没有谁比谁更高级。"她又笑了一笑，"这里的果汁真的好喝，没有那种假惺惺的甜味。这才够真实。"

事后秦邦觉得，宋洋那番话不过是刻意对仗工整，但他不得不承认，他有那么一秒，几乎被她说服。

果然，秦远风携女友跟父亲吃饭的新闻一出，人们开始认为这不像是炒作了。这时又有人开始发声，说宋洋跟唐越光的照片就是借位拍摄。当然了，这些人，这些声音，也都是曹栋然放出去的。

自媒体跟网友的舆论风向变了。

另一方面,上次新闻发布会后,媒体大多以"秦远风:我们唯一能做的就是想尽办法生存下去"作为标题。

曹栋然认为是他的手笔,甚是得意。宋洋现在跟在他身后久了,暗中学习,也明白了其中操作。

接到发布会邀请函的,只有跟诺亚关系好的媒体,基本上还都是交通线的跑线记者。比起去蹲公交集团、铁道部的新闻,他们更乐于往航空公司跑。航司也从不亏待他们,每次新开航,都有专门的公关人员陪同,酒店食宿全包,全程伺候得好好的。通稿一发,工作完成。

跟这些记者打交道不算难事。

曹栋然在这种小女生前,无论如何不能失了尊严。他现在跟团队吃饭,也会叫上宋洋,一起讨论炒作后续。他用筷子点着自己碗底,大声说:"负面新闻出来时,那些记者怎么打发?谁知道?"

小男生说:"给钱?"

又有人说:"公关他们主编啊。"

曹栋然大笑:"都不是!直接找报社的发行部!告诉他们,以后飞机上不会再配他们的报纸!外部矛盾转化为内部矛盾,剩下的,就是他们发行部跟采编部的内耗了。"

其他人一副"老板真牛"的模样。

宋洋不语,在曹栋然没碰过的小炒肉里,夹了一块。

曹栋然突然凑近了看她,喝醉酒一样问:"宋洋,你好像不服气啊?"

宋洋抬起头,笑了笑:"服气,服气极了。只是一想到说这番话的曹总监,当年也是个追寻真相,揭发了很多企业黑幕的热血记者,我就觉得世界真微妙。"

曹栋然怔了怔,很快反应过来:"没想到你对我的事情,还挺留意嘛。"他笑着,一只手轻轻地搭上她的肩膀,也没顾及周围都是下属。

宋洋拨开了他的手，微笑："知己知彼。"

下一句是，百战不殆。

曹栋然看她这模样，忍不住在心里骂了句脏话。宋洋最近态度有点儿变化，不再是刚见面时那个怯生生、低眉顺目、端茶倒水的小妹。前两周，他们公关团队一起加班时，老婆梅茵开着车过来，让他在儿子的什么出国文件上签名。宋洋居然主动过去跟梅茵说话，还一聊就聊好久。

曹栋然自认为阅人无数，心想这又是个不知道天高地厚的女人，真以为自己当上秦远风的绯闻女友了，自己就能够跟他平起平坐了。他内心杀气腾腾，心想，时机成熟，诺亚不再需要炒作老板恋情时，他就能轻而易举将这个女人抹黑，让全网对她人肉攻击。

这天吃完午饭，回到办公室，他打了个盹，好一会儿才慢慢爬起来。坐在电脑前，觉得特别困，也没心思看稿子，索性走到外面吸烟区，点燃一支烟，慢慢抽起来。

梅茵打给他时，他抽完一支烟，刚回到办公室。他关上办公室门，声音带点儿不耐烦："怎么了？"

"你什么时候回来？"电话那头劈头就问。

"今晚不回去吃……"

"你收到消息了吗？"梅茵没理会他的惺惺作态。

"什么消息？"曹栋然将身子躺倒在办公室沙发上，眼睛看着天花板，想着今天晚上要不要去找情人。但对方最近越发贪得无厌，让他看着心烦。小地方出来的小女生，也就一开始能够满足她们的胃口，越到后来就越像贪吃蛇。但他想起对方在床上蛇一样扭摆，又有点儿不舍……

梅茵提高了说话的声音："宏达、万和跟联清这三家公司的服务器昨晚被黑客入侵，历年来的信息全面泄露。现在他们捂着这事，外界都还不知道——"

曹栋然坐直了身子,但脑袋还没回过神来。"你是说……"

"就是那三家公司。我担心当年的事会泄露。你查一下。立刻!马上!"

曹栋然腾地从沙发上坐起来。他挂掉电话,在电脑上登录账户,输入密码。

当他看到账户里的金额安安全全地躺在那里时,舒了一口气。

他靠在大班椅上,心里想,梅茵也是太紧张了。

但也由不得她不紧张。这件事实在巧合。宏达、万和跟联清,正是当年贿赂他,让他抹黑竞争对手的三家公司。他一连写了数十篇稿件,使得对手公司的股价连连下挫。对手公司也知道怎么回事,联系到曹栋然本人,主动给他送钱,开的价码比对方还高。但梅茵提醒他,小心有诈,他只能按捺住自己的欲望,义正词严地拒掉对方。

南方某个传媒"请放人"事件出来后,他庆幸自己听梅茵的话。当时,也是梅茵跟他说,不要直接收钱。她找了个信得过的人一起注册了个空壳公司,对方是名义大股东,她只是小股东。曹栋然收钱全部不经自己的手,由对方公司借由合作形式,把钱转到梅茵公司。后来,曹栋然跳出报社,跟秦邦一起创业做公关,梅茵才把名义上的大股东踢出去。

曹栋然不是党员干部,不是官员领导,没有人会监督追查他的财务状况,更不会追查到他家人身上。但梅茵非常聪明,仍再三提醒他低调。他们在英属维尔京群岛注册了子公司,将钱转到境外,同时把国内公司注销掉。

梅茵学金融,当财经记者前,曾经在金融机构做过。她行事分外小心。曹栋然承认,他虽然对这个妻子已经没欲望没感情,但她的头脑绝非小情人可比。

他盯着账户上的金额,数着上面一个个零。心里想着,那几家公司遇到黑客,估计真的只是巧合。

曹栋然想着,跷起双腿搁在桌面上,慢慢抽了一根烟,才拨电话给梅茵。

梅茵正在跟人通话。

他没在意。

中间有人敲门,是下属过来让他签份文件。他心情大好,边签边想,今晚还是去一趟情人那儿吧。刚被吓了一下,得补回来。

下属出去后,他先给自己当年在宏达跟万和的联系人打了电话,问他们知不知道这事。他们其中一个已经退休,但儿子还在里面,另一个已经移民,都说不知道。曹栋然笑笑:"看来你们老东家还捂得挺严。"他跟两人分别讨论了一下,觉得事情过去已久,不需要太紧张。

他想给联清再打个电话,想了想,觉得太小题大做,索性直接给梅茵又打了个电话。这次梅茵很快接起电话,语速很快:"我刚在跟儿子打电话呢……找我有事?"

曹栋然心想,你这女人是失忆了?他也有点儿不高兴,但耐着性子说:"你刚说的那件事,我查了一下账户,钱还在。"

"什么事?"梅茵问。

曹栋然是真的不高兴了。他又着腰,不耐烦地:"你刚不是给我电话,说宏达、万和跟联清被人黑了,怕当年我收他们钱的事给抖出来了吗?我刚赶紧去查了账户,钱还在。我还问过老冯老李,都说没听过这事。而且即使客户资料泄露,发现跟你的公司有关系,也说明不了什么。"最后他咳了一下,突然没底气,"哦对了,今晚我很忙,就不回家了……"

"你到底在说什么?"梅茵语气不解,又好笑又好气地反问他,"曹栋然你是不是做梦了,还是脑子烧坏了,或者被哪个女人给下了迷药?我今天一整天都没给你打过电话。"

曹栋然彻底愣住,脑袋一片空白。

有那么一刻,他觉得梅茵跟他开玩笑,因为猜到他今晚去哪儿,所以故意气他?

电话那头，梅茵倒是警觉起来："怎么会有人突然提起这事？而且还假装是我？会不会是……"她想了想，"用合成声音技术进行诈骗，这事并不罕见。你是不是被人骗钱了，还是怎么了……你听到我说话吗……"

曹栋然握着手机的手心，渗出细密的汗。他抬头注视着电脑屏幕后上方，发现那里有个很小的摄像头，闪着隐秘的光。他此前浑然没注意过。

他噌地挂掉电话，前额都是汗，几乎竭尽全力地推开门，此时恰好有职员经过门前，他直冲对方吼："怎么回事！"

小男生一脸茫然，曹栋然几乎连拖带拽，将对方拉进来，用手指着那摄像头，大吼大叫："这里怎么会有摄像头！怎么回事！"

对方被他吓出冷汗，没明白为何风度翩翩的上司突然大发雷霆。半天才想起来，急急忙忙说："这间办公室，之前是市场营销部的小会议室。当时您提出为了方便，要在诺亚航空也增加您的办公室，所以才把这小会议室腾出来给您用。估计、估计是当时没把摄像头拆下来……"

"怎么可能！这种事怎么会有疏忽！"曹栋然吼完，看到对方像看怪物一样的眼神，终于意识到自己失态。他冷静下来，觉得自己小题大做了。摄像头即使拍到，也没有人会去注意，他只要跟IT部门提出删掉视频，就没问题了。

他这么想着，便疲惫地挥了挥手，对那人说："行了行了，你出去吧。"

对方畏畏缩缩，关门退出那一刻，突然又想到了什么，立即跟曹栋然说："我想起来了，当时办公室改造的负责人是宋洋……没准是她疏忽了。"

再小的人物也有自己的爱恨偏好。市场部很多人看宋洋不顺眼，趁这机会，捅一刀。

曹栋然听到这个名字，却忽然联想起一些事情来。

比如之前团建时，曹栋然带上梅茵来。宋洋一门心思跟梅茵套近乎，跟她分一组，同吃同睡。想到刚才梅茵所说的声音合成，这并非不可能。语音克隆早已实现。就像明星原声导航，大家都分不清那是郭德纲、林志玲真人录音，还是AI合成。

他站在办公室的落地玻璃窗前，神情复杂地看着外面。

对面是市场营销部的大办公区，尽管过了下班时间，但大部分人仍埋头电脑桌前。偶尔有一两个人，拿着文件，在格子间之间穿行。他能够想象，外面一片嗡嗡嗡之声，像工蜂。

在他们之间，宋洋是个异类。她长身直立，站在窗前。此时忽然转过脸来，看向曹栋然的办公室。

他突然想起，她曾经还像个打杂工一样，替他收拾过办公室。

然而现在，她站在这些忙碌的工蜂之间，原本毫无表情的脸上，突然绽放出心满意足的微笑。

窗户往外推开，高楼间的风吹进来，拂起她长长大衣的衣摆，她看起来就像一只女王蜂。

一只胜券在握的女王蜂。